Gipsy blues

Jean Vautrin

Gipsy blues

Roman

Æ
Allary Éditions

Un livre édité par Nicole Lattès.

Kai jas ame, Romale ?
Où allons-nous, Roms ?

N'avlom ke tumende
o maro te mangel
Avlom ke tumende
Kam man pativ te den

Je ne suis pas venu à toi
Pour mendier du pain.
Je suis venu à toi
Te demander de me respecter.

Avant tout…

Ouvrez ce livre.
Ouvrez ce livre, monsieur.

Regardez dehors au travers des persiennes.

Faites marcher votre petit cœur.

Assurez-vous que personne, aucun être transi de froid, ne rôde devant votre porte à la recherche d'un lit, d'un toit, d'une parole de réconfort.

Sinon, en route ! Ouvrez votre fenêtre. Installez-vous sans tarder. Tournez ! Tournez les pages de mes carnets de moleskine ! Jargonnez les mots que j'emploie. Partagez ma fièvre. Trouvez la cadence.

Le pied levé, même la jambe, hop, je vous attends ! Entamez rock, farandole, galops, roulades, rebondissements, roulements de caisse ! Cognez-vous la tête aux mirages, éblouissements, vertiges, fumées noires ! *Cante flamenco* ou violons d'Europe centrale, les yeux des danseurs sont noirs, les couteaux s'agitent, le drame est dans la coulisse, les talons frappent le sol.

Vous verrez, sur mes pages, c'est bric, c'est broc, c'est l'odeur de la vie – branle-bas des plus féroces, boucheries toutes rouges, enterrements superbes !

Tournez, tournez les pages du foutu livre ! Ça suffira. Vous y découvrirez le grand bazar. Tous les maléfices, les trucs mistoufles, les folies corde-au-cou qui m'ont emporté comme fétu dans le sombre courant de la vie. Vous apprendrez le tourbillon, la fracasse et la paille humide du cachot. Vous encaisserez les bleus, les bosses, les horions, les insultes, les croûtes que j'ai récoltés.

Vous verrez, vous distinguerez bien assez tôt comme il est glacial, l'horizon ! Envahi de vilains oiseaux noirs prêts à vous enfoncer les yeux d'un coup de bec !

Pourtant, dès mon premier ouf, c'est inouï comme j'avais soif d'aimer les autres. Enfant de la lune et du soleil, j'avais une envie folle de coller mon oreille contre le fût des arbres. D'écouter battre sous l'écorce le suc de la terre. De me mêler à la gaudriole générale. À tout ce raffut de la création. D'orchestrer le cui-cui des oiseaux, d'apprivoiser le savoir des personnes. Pas une minute, je n'imaginais que les gens puissent être aussi arrogants, aussi méchants. *O mensi !* comme nous les appelons dans notre parler manouche. Les gens ! Les passants ordinaires, je veux dire. *Gadjé !* Des corniauds de tous les jours qui vont, qui viennent et traversent devant nous.

Comme j'étais naïf ! J'ignorais qu'en naissant Tsigane, je serais rabaissé au rang de gueux, de sauvage, de chien errant qui ne connaît ni les lois ni la morale ordinaire.

Pouilleux guet-apens en vérité ! J'étais pourtant un bon candidat au bonheur. J'étais dégourdi. Toujours aux avant-postes. À preuve… Au grand bal de la vie, je me suis servi presto. Je voulais tout ce que je ne voyais pas venir. Le poulet, le caviar, l'instruction, la certitude d'être aimé. Au lieu de cela, souvent, j'ai récolté la bourlingue, la châtaigne, l'humiliation, l'odeur du sang dans la bouche. N'importe ! Hardi sur la cabosse, je n'étais pas douillet.

Puisque je voulais tout voir, tout connaître, tout entendre, j'étais mûr pour connaître l'aventure des chemins. J'étais prêt à traverser les cerceaux de feu tendus sur mon passage !

Pour le moment, laissez-moi, orgueilleux, faire l'article ! Mon histoire ne tient pas dans un panier. Les événements débordent. Par où commencer ?

Très tôt, j'ai sauté dans le vide. Très vite, j'ai su que désobéir, c'était chercher.

À ma façon, j'ai caressé le monde ! J'ai ri. J'ai bu. J'ai joué du violon. J'ai connu des passions funestes. Mais pas que ça. Il faut que ça se sache… J'ai souvent pris la mauvaise porte. J'ai vécu l'instant délicieux du danger, la cruauté du désir, la jalousie, la vengeance et l'envie de devenir un salaud absolu. Inutile, n'est-ce pas, d'ajouter le remords au regret. Là-dessus, pour le moment, je me tais.

J'ai aussi écouté le rossignol à la nuit tombée, capté l'odeur du vent, fouillé les braises du passé et testé la rage des hommes. J'ai voulu vivre sans lois, en homme libre, et, s'il est vrai que mon plus grand méfait est le crime, je n'ai pas échappé à la honte.

Chez nous, les Roms, selon la tradition, un meurtrier est un être impur. Déclaré *maxrime* ou *magerde* par la communauté, celui qui a assassiné n'a plus le droit de communiquer avec les siens. Ni même de vivre parmi eux. Il n'a plus que la terre noire pour s'étendre, et sous la tente de son exil « n'entreront plus sans doute que les vents glacés venus du nord ».

Ainsi s'est abattu le froid sur la vie rêvée de votre serviteur qui s'annonçait pourtant comme un banquet sans fin. Ainsi vais-je conduire mon histoire vers sa conclusion lugubre. Je veux vous y préparer.

En attendant, délivrez-moi les mains ! Je débouche l'encrier ! J'attrape la plume.

Tout ça est écrit !

Je contemple un moment mes ongles sales et mes mains crevassées. Au rendez-vous de la liberté, j'ai marché sans m'arrêter. J'ai foncé. J'ai dératé. J'ai forcé sur la guibolle. J'ai cru en l'arc-en-ciel. Et toutes ces lubies, forcément, allaient m'entraîner aussi loin que vont les pages de ces carnets de moleskine que je veux déposer ce matin sur le rebord de votre fenêtre.

Lisez-les, je vous prie ! Recueillez-les, monsieur ! Faites-en un livre. C'est là ma dernière volonté.

Pour aller jusqu'à vous, je vais devoir déployer des ailes de géant ! La meute des justiciers a retrouvé ma trace. J'entends aboyer les chiens lâchés à ma poursuite.

Je ferme les poings. J'aborde le terme d'un harassant voyage. Ma main est crispée sur ma hanche. Mon avant-bras, le devant de mon pantalon sont maculés de sang poisseux. Je grimace.

Je me hâte en direction de votre maison blanche, en haut de la colline de sable. Avec une grande difficulté pour respirer, je cours. Mon reste de vie ne sert qu'à ça.

Votre maison, c'est là. C'est au bout de la rue ensablée. C'est presque là. À ma portée. Mitoyenne de la dune battue par le vent.

Encore un effort, mon corps !

La pluie recommence à tomber. Elle avance par vagues

sur la grève en contrebas. Elle redouble. Les chiens jetés sur ma piste s'enrouent dans le lointain.

Je cours, je trébuche. Je fuis. Je découvre dans ma bouche le goût, fade et épicé à la fois, d'une autre salive. Le sang, peut-être.

N'importe ! J'avance !

En m'adressant à vous, nul doute que je monte à la grande échelle ! Comment savoir si je frappe à la bonne fenêtre ? N'importe ! Je vous fais le dépositaire du seul bien que je possède. Vous n'imaginez pas, monsieur, comme les pages que je vous confie enferment l'idée d'une obsession tenace : ma main a toujours été captive de l'écriture.

Je vous en prie, déchiffrez ma musique ! Découvrez que les fils de la nature, les *Kale Roma* – les hommes noirs – qui vivent sous des tentes déchirées n'échappent ni à l'angoisse, ni à la douleur, ni à la honte et que nourris de grain empoisonné, souvent ils n'ont de ressources que des gestes désespérés !

La hargne m'envahit. Un sentiment d'injustice. J'imagine qu'une mauvaise peur se lit sur mon visage. Inutile d'essayer de rebrousser chemin ! Dans votre monde d'argent et de bruit, il est trop tard pour nous, les Roms. De partout, la violence accourt ! La curée est proche !

Entendez les godillots !

La *klistarja*[1] rapplique au grand complet. Les *gardés*[2], les *dzukels*[3] – tous lancés. Les voilà qui arrivent dans mon dos dans un grand bruit de mousquetons et d'aboiements sauvages.

1. Gendarmerie.
2. Flics.
3. Chiens.

La pluie redouble. Comme je m'y attendais, à l'horizon se dessine un formidable arc-en-ciel. Il a suffi que j'y pense très fort pour qu'il apparaisse dans sa splendeur colorée.

Votre maison est située juste au pied de l'arc-en-ciel.

Je cours. Je m'enlise dans le sable. Je patauge, le regard vide. Le froid grouille autour de mes pieds et vous ne le savez pas.

Je dépose mon trésor sur le rebord de votre fenêtre. Je frappe aux carreaux pour vous alerter.

Lorsque je me retourne, un grand flic cagoulé de noir vient de surgir. Il s'encadre dans la porte du jardin. Il pousse un cri rauque.

Il épaule son arme automatique. Soudain, une lumière éblouissante jaillit au fond de moi. Fulgurante et vive, elle aveugle tout ce qui a été et tout ce qui pourra être… Sous mes paupières se peignent des couleurs chatoyantes. Mon cœur s'arrête dans ma bouche. Un grand poids me recouvre.

Je fais deux trois pas et je vois blanc.

Tout blanc.

Et c'est peut-être encourageant…

Quand vous refermerez ce livre, monsieur, je serai mort à vingt-quatre ans.

Premier carnet de moleskine

1
Les cercles de la haine

Pour le moment, je n'ai que quinze printemps dans les veines mais je tiens dans la main un miroir qui reflète des siècles de cendres.

Nous, les Coureux, les Bohèmes, les camps-volants, les nomades, les caraques, les Romé, les Manouches, les Yeniches, les Sinté, les Gitans, appelez-nous comme vous voudrez – c'est ainsi –, nous sommes les survivants d'un long destin de sang. Peuple rejeté, peuple dénigré, livré aux préjugés, à la discrimination, nous avançons depuis longtemps sur des chemins hasardeux. Nous sommes infatigables parce que nous sommes Tsiganes de la tête aux pieds. Et parce que nous sommes Tsiganes, parce que le monde est notre maison, le ciel notre toit, la terre notre sol, nous avons de quoi parler…

Ma voix, telle qu'elle vous parvient aujourd'hui, est encore une voix d'enfant même si la force qui respire en moi est celle de la révolte.

O tchavo, un enfant, c'est fait pour dire la vérité. Paraît qu'elle sort spontanément de nos bouches. Tant pis si nous avançons de travers, comme c'est mon cas. Tant pis si nous nous mettons hors la loi et marchons vers le vague, les lèvres fendues, la tête basse. Tant pis si l'idée de la morale se débine devant nous. Tant pis si nous avons saigné de partout.

Plaies, bosses ou colère, je ne cacherai rien.

Même, je vais balayer large dès que je reprendrai la parole. On va m'entendre loin. Au jeu de qui c'est qu'est fautif, pas question de me laisser faire. J'ai trop d'élan ! Trop de haine et de fiel accumulés. Il faut que je les perde ! Que je les épuise avant de pouvoir reparler à quiconque.

*

Vite, que je vous raconte mes oignons ! Depuis qu'au pied du tableau noir, on s'est foutu la pâtée avec madame Angela Costes, la prof de géographie, la vie fait un boucan extraordinaire.

Tout est déboîté. Tout est à l'envers. Je blaire plus personne. Ni le dieu des arbres, ni les maîtresses d'école ! Je suis dans la peau d'un *caillera*, d'un voyou, d'un *vakeso*, pire que ce que vous avez jamais vu dans une série à la télé. Je suis colère noire. J'ai envie d'inventer ma propre violence !

Fallait les entendre, les profs, les pions, la conseillère d'orientation, même l'infirmière diplômée – tous – dire qu'on est des *zasociaux* ! Des *zinadaptés* ! Ils s'en gavaient la moelle !

Même le principal était dans le coup.

Le big PDG des études avait son Mérite bleu affiché au revers de sa veste de cérémonie. Il avait mis son masque à grimaces. Il commençait toutes ses invectives par des « Z ». Z comme l'appellation « Z » des convois de déportés tsiganes que les Allemands envoyaient vers Auschwitz à des fins de stérilisation. À croire que la chanson de l'extermination n'a jamais cessé !

Avec son impayable accent alsacien, grand-père Schnuckenack Runkele m'a assez raconté ça – la route des camps –, Ravensbrück ou Berleburg, les barbelés, les punitions, le typhus. La malédiction qui, depuis des siècles, pèse sur nos têtes.

Mon vieux sait de quoi il retourne. Il a entendu chanter la mort dès 1941.

J'entends encore chevroter sa voix indignée :

– N'oublie pas ce que je te dis, petit ! Il faut que tu apprennes à regarder le monde par son trou du cul. Tant pis pour l'odeur ! Mets-y ton nez ! Ouvre grands tes yeux ! Il faut voir en face la terrible logique. Elle vise à nous faire disparaître !

Et vous devriez voir ça ! Comme on s'arrache mal aux liens exécrés du passé !

Dans ses moments de rêverie, en sirotant sa pipe, quand il tend l'oreille au moindre bruit, *mur papu*[1] entend encore aboyer les kapos, les officiers poméraniens. Dans les travées cernées de barbelés, jusqu'au fond des baraquements, des voix vocifèrent dans les haut-parleurs. Le drame éclate dès le petit matin.

« Halte à la *Zigeunertum* ! Stop à la race gitane ! *Verbrennen Sie sie alle !* Brûlez-les tous ! »

Les nouveaux maîtres du monde, du talon de leurs bottes, aplatissent les mauvaises herbes avec une obstination de mulets à œillères.

1. Mon grand-père (manouche).

Le knout est là ! Le vieil homme entend encore l'averse. Il entend la grêle des coups s'abattre sur l'échine des malades. Les râles des mourants l'étourdissent. C'est à pisser mourir !

Il revoit comme si c'était dans la pièce la danse des insignes à tête de mort sur les casquettes, les baïonnettes à tête d'aigle, les bottes qui écrasent les doigts.

On ne sait jamais quand ça va le prendre, ce relent de *Nacht und Nebel.* Grand-père en a plein le cigare. Plein une boîte. Plein une hotte, plein la bourriche, jusqu'à la fin de sa vie.

D'un coup, il sort de sa quiétude. Il jette un regard rapide du côté de son avant-bras où un numéro déteint est tatoué. Des tas d'idées lui passent soudain par la tête. Sans qu'il ait bu ou trinqué, il débloque. Il déraille. Il s'emballe de toutes ses forces restantes.

Il geint, il voit des fantômes :

– *Achtung ! Achtung !… Die weißen Blusen ! Da die ärtze !*[1]

Il arrache ses vêtements en un réflexe fou. Cul nu, il tend l'index vers une ombre qui bouge sur la cloison. L'angoisse déforme son visage. Il n'est plus maître de ses mots.

Il bredouille :

– Gaffe ! Lui… c'est Mengele ! Il faut pas lui demander des manières !

Terrorisé, il se protège la tête de ses bras levés. Il court à toute vibure vers le fond de la caravane. Il se planque. Laisse venir à sa bouche des mots sans suite. Il tend le bras. Il pointe l'horizon… Au bout de la voie ferroviaire,

1. Attention ! Attention !… Les blouses blanches ! Voilà les médecins !

là-bas dans le brouillard, au-delà du fronton du camp, *Arbeit und Freiheit*, se dessinent les contours des gibets.

J'essaie de le ramener à la raison.

Tassé contre le buffet, en douceur, il reprend ses esprits.

Pour finir, il est pris d'une quinte de toux. Il referme la malle aux souvenirs. Il s'extirpe du cauchemar. Il réintègre son fauteuil d'osier.

Il tapote ses coussins. Il cherche une goulée d'air, il lève les yeux vers moi :

– Maudit soit le frisson qu'occasionne la voix des bourreaux ! dit-il.

Il regarde autour de lui.

Vite, il reprend du poil.

Quand il va bien, pour le moindre coucou qui chante, pour le plus ordinaire papillon de chou qui zigzague sous son nez, sa voix est encore ferme et résolue.

Il ne mourra, vous verrez, que lorsque j'aurai dépassé mes grands vingt ans.

2

Toujours l'incroyable revient…

Mardi dernier, au collège, même insupportable pestilence… *Kran* ! La mauvaise odeur était là !… Même barouf !… Mêmes étrons dans la bouche !

À chacun sa canaille ! À chacun ses prédateurs ! J'avais trouvé les miens !… Z sur toute la ligne ! Les *zindésirables*, ça remettait ça sur le tapis, le danger gitan ! Des *zinclassables*, des *zinstables*, on était. Des zigomars pas possibles. Des zombies venus d'une autre planète !

Et depuis que j'ai vu la jeune pionne qui prenait ma défense se faire *ken* par la préfète des études et ce gros craqueur de prof de gym commencer à briefer ses collègues sur les gens du voyage, j'ai su que la partie était perdue. On allait me virer. M'éliminer. M'envoyer ailleurs. Sur le bord du chemin de la mauvaise route. Comme mes parents avant moi. Comme *Gross Vater* Runkele, si heureux en Alsace, au pied des vignes de Riquewihr, avant que ne survienne le bruit des bottes nazies. Comme mes arrière-grands-parents, longtemps tapis dans un taudis insalubre des faubourgs de Pest avant d'en être extirpés par la force et jetés sur les chemins d'Europe – livrés aux turpitudes de périples aux tracés incertains. Comme mes aïeuls de la nuit des siècles, *lovari*, *churari*, *ursari* – chaudronniers, rempailleurs, étameurs –, du temps qu'ils dressaient des ours ou qu'ils jouaient du violon dans les mariages, au fond des terres sablonneuses, entre Danube et Puszta hongroise.

C'est tel ! Mardi, j'ai vu l'incroyable.

J'ai vu se rassembler autour de moi le cercle baveux de la haine. J'ai vu dans les yeux d'honnêtes gens brûler des herbes sèches. J'ai su que l'éducation pour tous et la scolarisation de nous *zautres,* c'était bidon. Chiqué. Nibe et archifoutaise.

En un clin d'œil, les masques sont tombés. Mes juges seraient intraitables. L'air de rien, leur gentille chanson de bienvenue de la rentrée pour intégrer la communauté nomade et *lui fournir une éducation fraternelle* et *républicaine* tournait à la poisseuse désespérance. Tous unis dans la complainte du reproche, classe de troisième, ils reprenaient en chœur le même refrain désabusé.

La prof de géo, tout excitée par la misère. Les deux bras au ciel. Étranglée vive par les méfaits de l'analphabétisme. Les soupirs qu'elle poussait ! La chaleur au cou, avec ses grosses cuisses de jument, ses nichons sauteurs. À ses côtés, le prof de gym, le champion des agrès et de la corde lisse avec ses cheveux en brosse et ses records de saut à la perche. Derrière eux, le chef d'établissement et sa cravate à pois, ses cheveux gris bien rangés et *Le Monde de l'Éducation* à la main. Tous avaient le même souffle en bouche. Ils me regardaient féroces. Ils vociféraient. Ils resautaient atroces. Ils s'étourdissaient de la même incompréhension. Parfois, je leur envoyais une vanne. Ils étaient désarmés. Ils restaient sans parole. En carafe devant le méchant romanichel.

J'ai commencé à plier mes affaires et, le temps que le sportif de haut niveau leur fourre dans le citron que rien ne pourrait jamais amender les Gitans, que nous étions déséquilibrés, sans caractère, incapables de tenir parole ou de fournir un effort soutenu, je m'étais taillé de leur Conseil de discipline.

Porte qui claque. Course folle. Le cœur sous la langue. Des larmes qui dévalent. Et depuis, la foire aux lèvres ! Je vomis ! Je graillonne sur l'enseignement ! Je dégobille ! Je dégorge sur tout c'qui bouge !

C'est comme ça que c'est.

Je fugue. Je zone. Je suis dans la peau de l'ennemi public numéro un. Je dors sur le quai, derrière l'église. J'habite sur un carton ondulé.

Tout le monde me cherche… *Wanted!* Tête à prix, le *Gipsy* ! Les bourres sont après moi. Toute la *schmitterie*[1] du canton. Si je rentre au campement à Toulenne où sont nos caravanes, ils vont me chourer. Je gaffe au moindre danger. Je déchiffre les carrefours. Dans leurs Mégane pourries, les poulagas à casquettes plates, les *klisté* comme nous disons, rôdent en pyjamas gyrophares. J'évite les réverbères. Je fréquente les impasses malsaines.

Estourbi par le froid, je reviens sur mes pas. J'ai la goutte au nez. Le *vin ta*, le zef, me fouette le visage. Je suis les murs, les affiches décollées. J'ai la dalle. J'ai faim. J'ai *bok.* J'ai un creux. Je me trouverais bien un petit morceau à manger.

1. Flicaille.

J'ai aperçu mes yeux dans la glace d'une vitrine. J'ai vu du noir percé par une courte flamme.

Je ne vais pas m'étendre là-dessus. Ce soir, je n'aime personne.

3

Les courants de l'âme

Puisque je suis le triste héros de cette histoire, je vais me mettre à la parade, vous raconter avec ma jeune expérience tout ce qui glue le long du macadam, tout ce qui poisse, transperce jusqu'à l'os… *o brisedo*, la pluie… *o sil*, le froid… l'averse qui fait claquer des dents, l'asphalte qui glisse – noire, luisante, assassine. Les éclairages froids des néons, encore plus glaciaux depuis qu'il flotte sans arrêt. Les ombres qui s'allongent sur un monde qui pue atroce et ne prête qu'aux riches.

Je veux vous faire connaître la peur de rester seul en compagnie des réverbères. La grille d'un pavillon de meulière restée entrouverte sur un jardin d'aucubas. Un tricycle de gosse, au fond d'une allée mouillée. Un ballon de foot oublié sous la pluie. La vie qui s'éteint derrière les rideaux. Les soirées peinardes des retraités qui s'endorment devant la télé aux alentours de vingt-deux heures. Le chiche éclairage d'une loupiote allumée sous les combles. Et le ballet des buées jetées sur les murs des maisons par les dernières bagnoles pressées qui rentrent au garage, tandis que, sur l'autoroute d'Aquitaine, s'installe le cortège ininterrompu des gros-culs roulant vers les profits et pertes de l'Espagne européenne.

Il fait noir quand on est seul.

*

Je suis perché sur le trottoir en face. J'ai le nez qui goutte. Je renifle. Je gargouille. J'écoute mon estomac qui se plaint. N'y pense pas, *tchavo*[1] ! Fouette ta bravoure et suis ta route !

L'eau d'une gouttière gerbe dans mon cou. Un serpent froid s'enroule autour de ma colonne vertébrale. N'importe ! Fouette, fouette ailleurs !

Fougo ! Vite ! Que je profite de la circonstance, comme ça, sous la flotte, pour vous affranchir, monsieur, sur la façon dont je vais aborder ce qui me tarabuste. Que je vous dise surtout comment est survenu le vilain. Comment, en plus de ma carcasse défoncée, de mes nerfs abîmés et de mes soucis personnels, je traverse un moment où je ne suis pas dans les clous. On peut même dire en contrebande.

La poisse qui n'en finit pas ! Je l'ai autour de moi. Je l'ai partout. Dans la gorge et dans le ventre. Ça n'est pas à tenir, la furie qui me gonfle ! Je vois tout ça terminer affreux.

Soi-disant qu'à la fin des temps, le monde des adultes sera jugé par des épaves dans mon genre. Des laissés-

1. Gamin.

pour-compte. Des pauvres. Des *misérables*, comme les appelait Victor Hugo, mon préféré dans les bouquins.

Parfois, je me prends à rêver. Au lieu de se contenter de regarder le monde dans l'espoir de glaner les miettes des seigneurs du pognon, je me demande si nous, les pauvres, il ne faudrait pas nous transformer en méchants intégraux.

Un jour, les repus, les gavés, on leur couperait la tête et les couilles. Vaste travail purificateur ! On leur arracherait les privilèges. On n'irait peut-être pas jusqu'à leur prendre la vie par les yeux, à la pointe du couteau, comme aux *sosojs*[1] avant de les mettre dans la marmite. Mais on les foutrait à poil par moins dix. On les ferait coucher dehors sous les trombes et dans le gel. On les mettrait à la grelotte sous la neige. Camping sur les trottoirs, comme les SDF. Histoire de les forger. Rapport à l'endurance. À l'apprentissage. À la comparaison. À la fraternité du partage. Ou alors, si on était moins vaches que Robespierre, on leur ferait juste bouffer leur fric en grosses coupures. Les plus riches mourraient d'indigestion. Bien que ce ne soit pas sûr… les ventrus ont l'habitude du trop bouffer.

Ce que je viens de dire peut choquer les âmes pudibondes, mais je tiens à la vérité. Je donne tout le jus de ma révolte, quitte à regretter mes mots. Je regrette, je vous dis ! Parce que, même si tout est laid autour de moi, je ne voudrais pas passer pour un monstre ou qu'on vous raconte mes affaires tout de travers. Qu'on salisse mes intentions. Qu'on dise, patati patata, les Tsiganes, les romanos, les voleurs de poules, c'est de la graine d'assassin. Qu'on déforme les circonstances. Elles sont bien assez pénibles comme ça et pas près de s'atténuer.

1. Lapins (manouche).

N'importe ! Le drame continue dehors. Le froid, l'indifférence, la poisse, ça reboume de plus belle. Le poitrail en coffre-fort, les riches font bedaine sur leur tas d'or. Ils sont de plus en plus riches. Les pauvres de plus en plus nus.

Cette nuit, rétréci par tous les bouts, je tâte ma nuque qui me fait mal. Ça ne va pas du tout ! Le zinc dégouline des cataractes sur moi.

Je pense à tous ces livres qui disent que le Gitan porte dans l'âme un chemin destiné à ne jamais arriver.

Et je poursuis ma course titubante.

4

Mur papu

Je vous ai laissé en carafe de rire ? Je deviens raisonneur ? Vous préféreriez du plus juteux ? Simplement instruire votre curiosité ? Je peux commencer par vous raconter l'histoire de notre galopade à travers les siècles.

Zingari en Italie, gitanos en Espagne, gypsies en Angleterre, Tsiganes en France, zigeuner en Allemagne – nomades et noirs de peau – nous venons de loin. De la nuit des temps. Je suis sanskrit, figurez-vous ! Rajasthani par le cœur. Les livres savants en attestent. *Hindi mê Karta hû !... Penjabi mê kerdaé !* L'histoire de mes ancêtres remonte jusqu'aux Indes.

Je tiens ces certitudes de la bouche de mon grand-père. *Mur papu !* Encore lui ! Toujours lui ! Il est l'indestructible, il est la nécessaire personne pour laquelle j'ai le plus de respect au monde.

*

Taisons-nous ! Le voilà ! Je l'entends ! Ses chaussures rabotent l'éboulis. La terre du chemin. Il s'avance pour toujours au-devant de moi. *Mur kako !* Schnuckenack

Runkele ! – le vieux musicien, l'extraordinaire violoniste. Le voilà jusque dans mes songes ! Il fait presque peur. Il a le visage fermé. Ses lèvres sont grises.

Seuls ses yeux entretiennent un reste de braise.

Il est imbattable pour raconter les sources de la vie. Il a tellement côtoyé la faucheuse aux yeux creux qu'à bientôt quatre-vingt-deux ans, il peut se permettre de la narguer. Elle ne peut rien contre lui. Juste ajouter un peu de patine et de dignité à sa carcasse déjà si dure. Sa vitalité est surnaturelle.

Souvent, grand-père me fait venir à ses côtés.

Au moindre rayon de soleil, il se tient dehors, dans son fauteuil d'osier, au pied de sa vardine[1].

– *Ap katé, Cornelius !* Viens ici, Cornélius ! *Bech télé !*… Assieds-toi !

Pour moi seul, les paupières mi-closes, il récite la Loi. La loi du Gitan, celle de la communauté fraternelle dont les trois commandements sont : « Ne t'éloigne pas du Gitan, sois vrai avec le Gitan, paie ce que tu dois au Gitan. »

Il rouvre les yeux. Je fixe le dos de ses mains à la peau parcheminée.

Il dit vaillamment :

– Dieu m'a mis où je suis pour tout raconter : nos malheurs et nos joies, nos aspirations, les tribulations qui nous collent à la peau et nous réduisent au rang de mal-

1. Roulotte.

aimés. Et après moi, ce sera à toi, *tikno*[1], de leur dire que nous méritons une vraie place dans le monde…

Souvent, la tête levée vers les nuages, il laisse passer une longue minute au cadran du ciel.

Il finit par dire :

– Ça me donne du vrai malaise, le rêve et la réalité…

Il prend le temps de cracher sur une pierre et dit en jonglant avec une idée obstinée :

– La réalité, aujourd'hui, a un goût de lessiveuse ! Bourriquerie incroyable ! Transe furieuse ! Tout est à vendre ! Les *gadgé* sautent dans le vide ! Chanteurs en batterie ! Héros milliardaires ! Charité tapage ! Empochez la galette ! Que ça !… Pourtant, l'Histoire reste !

Il se lève. Il fait quelques pas hésitants. Il laisse sa main errer sur le tronc d'un arbre en forme de parasol. *Son* arbre. Celui avec lequel il parle. Il en caresse l'écorce usée comme du velours. Il renifle l'odeur de moisissure qu'elle a laissée au creux de sa paume.

Il prend une expression très grave.

Il répète :

– L'Histoire reste…

Il ajoute dans un murmure :

– En même temps, la barbarie est là !… Comme aux temps les plus froids. Les plus dangereux. Les plus obscurs…

« Schnuckie », comme les anciens l'appellent familièrement, sait de quoi il parle. Il a survécu à toutes les brutalités des nazis, aux pendaisons, aux injections de typhus, aux brimades, supplices et mascarades d'une idéologie qui voulait nous voir crever. Il a été torturé à l'électricité. Vous

1. Petit.

avez remarqué ? Les suppliciés ne vieillissent pas comme vous et moi. Ils perdent leurs dents. Ils se rident précocement. Ils se voûtent.

Mais nous sommes là.

Nous sommes toujours là, le peuple gitan.

Nous foulons l'esclavage comme une harde de *banitcho*[1] piétine les feuilles mortes au fond des broussailles. « Fils de la nature et du marais », ainsi que le martèle mon vieux. Nous allons, le groin pas débarbouillé, les soies emmêlées mais forts aux épaules et infatigables sur les jambes. Et c'est à mon tour de faire ma part du chemin. C'est à moi d'avancer vers l'arc-en-ciel, à moi de traverser sans cesse les cerceaux de feu tendus sur notre passage.

Mon grand-père me l'a encore rappelé l'autre jour, après ma leçon de violon.

Il a passé sa langue sur son dentier et m'a fixé dans les yeux :

– La mort bientôt va me tendre les bras… Je veux laisser derrière moi un homme à la peau dure… Quelqu'un qui résiste aux griffures des broussailles ! Quelqu'un qui résiste aux horoscopes de cette civilisation inflammable ! Un Rom qui sache, à l'heure où le progrès dessèche, où se cache l'essentiel de la vie !

Ah ! le beau turbin devant soi. Pas de dégonflade, Cornélius ! Je suis distribué !

C'est sérieux et bien décidé : je serai voyageur. « Pauvre mais disponible comme l'oiseau insoucieux. » Fidèle au rendez-vous du printemps comme les fleurs au pied des arbres, je ne craindrai ni pièges ni grain empoisonné. Je ne

1.Sanglier.

redouterai ni flamme, ni poignard. J'irai et je viendrai en liberté et la misère m'apprendra tout.

J'ai tout lu à ce propos dans les livres et sur les lèvres de mon grand-père. J'ai compris pourquoi nous faisons pleurer les violons. Nous sommes un peuple du soleil et si nous sommes venus jusque dans les brumes, c'est seulement pour chercher refuge et nourriture.

5

La gravité de la chose…

L'autre jour, juste avant les événements, devant une maison respectable, un homme m'a montré du doigt. En s'adressant à sa femme, je l'ai entendu dire sur mon passage :

– Vise un peu, ces gitans, ce qu'ils peuvent être cracra !

Je me suis arrêté devant le couple. Je me sentais libre comme jamais dans ma tête. Je me suis adressé direct au gadjo. Cézigue avait encore les cheveux humides. Les joues toutes roses. Il avait bien frotté. Visible qu'il sortait de la douche. Même, il avait passé un « marcel » propre et puait l'eau de Cologne.

Je lui ai dit :

– Toi qui es si propre, donne-moi seulement du savon parfumé et je me tremperai volontiers dans ta baignoire.

Le type s'est gratté la tête. Quand il a eu fini d'encaisser, il était tout pâle. Pas de doute sur le sujet, je l'agaçais au possible. Il en grinçait des dents.

– Petit con ! il m'a balancé, espèce de basané !… Pourquoi tu ne retournes pas vivre dans le putain de pays d'où tu viens ?

Je ne me suis pas fâché. Je ne voulais ni sang ni pleurs.

J'ai dit :

– Donne-moi seulement un petit peu à boire, monsieur, et je te répondrai.

Après, j'ai reporté mon attention sur les lolos de sa *dzuvel*[1]. J'ai fait les grands cils et les yeux de braise à sa meuf, histoire de lui casser son ménage.

Le gugusse a pris son temps. Il a descendu une marche du perron sur lequel il se trouvait perché. Il s'est penché pour mieux me regarder. Il avait beau être sonné, c'était un vrai enragé.

– Je repose la question, il a fait en me fixant avec l'air vachard. Pourquoi toi et ta race vous venez nous faire chier par centaines ?

Là, le pépère, je lui ai fait le coup de la frime. Genre regard fier de celui qui est un habitant libre du monde. Nous, les Gitans, on est assez portés sur la frime. On fait bien les cons pour ça.

J'ai affiché un sourire canaille, j'ai mis la main sur le cœur, et j'ai répondu :

– S'il you plaît missié, file-moi des *crailles*[2]. Après, je te répondrai.

La fille riait aux anges. Elle avait l'air de déguster mes paroles.

J'en ai rajouté une couche en m'inscrivant au registre de la charité. J'ai tendu la main pour l'aumône. J'ai pris l'air maladif et j'ai fixé les épaules musclées du gadjo.

– Chez nous, m'sieur, les enfants meurent de faim.

Ni chaud ni froid. Il m'a opposé des yeux de poisson mort.

1. Femme (manouche).
2. Sous.

Alors, pour faire bonne mesure, je lui ai envoyé la suite :

– Tu sais pourquoi on est là, *raklo* ? Parce que chez vous, on est sûrs de pas manquer !… Vos poubelles regorgent de nourriture !

– Casse-toi, il m'a prévenu. Sinon, j'réponds plus de rien !

Dito, il a commencé à armer son poing pour me cueillir au menton. Pensez que je ne l'avais pas attendu. Tout surpris de frapper dans le courant d'air, emporté par l'élan, il a perdu l'équilibre.

Histoire de rigoler un peu, j'ai gaffé sa *loumni* dans les yeux. J'ai joué du cil et j'ai sifflé, admiratif.

– Mes compliments, mademoiselle ! Un baroudeur ! Félicitations ! Vous allez voir drôlement du pays !

Je leur ai tourné le dos.

Je sentais bien que le gadjo aurait voulu engager la bagarre. L'*akijade*.

Je suis revenu sur mes pas. Aussi bien, j'aurais pu dégainer mon *tchuri*[1], jouer à crève-bonhomme. Au lieu de ça, j'ai sorti une craie noire de ma poche. J'ai dessiné une croix sur son trottoir bien propre. Je l'ai entourée d'un cercle.

– T'es marqué, je lui ai dit. *Patran !*[2]

Je me suis éloigné tranquillement.

Une fois un peu loin, je me suis retourné. J'ai crié :

– *Va criave le sang de tes moulos !*

J'ai crié ça, vu que bouffer ses morts, c'est ce qui peut arriver de pire à un vivant.

1. Couteau.

2. Ou *patrinia*, système de signes jalonnant un itinéraire selon un code secret.

Lui, ça ne l'a pas impressionné.

Je suis parti avec son ricanement dans les oreilles. Si je n'avais pas été retenu par la voix de mon grand-père, j'aurais été capable de revenir sur mes pas et de faire un malheur.

Mais patience, tous ! Patience, autour de moi ! Ce que je viens d'entamer sous vos yeux – la colère aveugle, l'envie de tuer – est fait pour un autre chapitre.

Je ne veux pas commencer par la fibre.

6

Si ton regard devient fou, tu ne sens plus la douleur…

Heure d'hiver. Jours blafards.

Je reviens à ma cavale présente.

Le ciel en déclin est sinistre. La nuit s'apprête à tomber une nouvelle fois. Je m'assois sur un rebord de pierre attenant à l'église. Les calotins d'ici sortent de l'office du soir. Ils me croisent sans me voir. Ils rentrent se mettre au chaud sur leur canapé.

Pour faire exception à l'indifférence générale, une bonne dame en deuil se retourne sur moi.

Chapeau de paille noire. Lunettes rondes sur le nez. Elle s'arrête. Elle me dévisage. Style punaise de sacristie. Un teint de cierge. La conscience nickel chrome. Style bénissez-moi mon père, parce que j'ai péché. Contrition à tous les étages. Trois *Pater* et trois *Ave* à la sortie du confessionnal. Une petite âme entièrement nettoyée par Monsieur Propre. À peine sèche du repentir catho.

Ça l'ennuie bien de me voir dans l'état où je suis. Mon Dieu, que le monde est malheureux ! Son menton tremble. Elle passe sa langue sur ses dents jaunes.

Elle s'élance, charitable. Elle m'interroge :

– Ça va, petit ? Tu es tombé ?

Je reste muet.

– Tu as froid ?

Je lui fais les yeux impénétrables. Je fais trembler la lèvre.

– Besoin de rien ? Tu t'es battu ?

Elle me sourit. Son visage prend la couleur aigre-douce des images pieuses.

Mon courage se fendille.

Soudain, elle me tend une piécette. Sa bonté devient pire qu'une attaque. Elle me fait mal. Je flanche. Mon ventre crie féroce. J'ai faim. J'attrape la thune. Je saute du perchoir. Je dévale. Je rase les murs. Je me faufile dans une ruelle.

Sur la placette suivante, tout courant, j'aborde une foule qui sort du cinéma Rio. Séance de dix-huit heures. Rien que des fromages blancs. Des vrais Français du samedi soir. Comme je cours, il y en a qui se sentent des instincts de justice. Je cavale, je fonce, donc je suis suspect. La sécurité, ça les picote. Ils s'apprêtent à me barrer la route.

– Qu'est-ce que c'est que ce souk ? Le jeune… là… Qu'est-ce qu'il a trafiqué ? Pourquoi il détale ?

– Il a dû faire une grosse connerie…

– Ah, ces jeunes, je vous jure !…

– Bloque-le, Étienne ! Bloque-le, j'te dis ! conseille un stratège caché dans la foule.

Sitôt, bon pied bon cœur, un « pâté-rillettes » dans les quarante balais se porte volontaire. Il tend les bras en travers du trottoir.

Je m'envole à la charge. Je percute le justicier. À la tienne, Étienne ! Je le renverse. Je me fais mal à la tête.

Si ton regard devient fou, tu ne sens plus la douleur…

– *Creff! Rha tur mule*[1] !

À mes trousses, ça gueule au charron.

– P'tit dévoyé ! Arsouille !

– Choléra !

– Bicot ! Basané ! Romanichel ! *Narvalo !*

– Arabe !

La colère me saisit. Je vois rouge. Ça hurle au fond de moi. Je ravale… Lâchez-moi les puces ! Lâchez-moi le cœur ! *Mouk !* Taillez la route ! Virez de mon chemin ou j'estourbis !

Au passage, je tamponne des croupes, j'enfonce des nénesses. Je bouscule des épaules. Je n'ai aucune raison d'aimer ceux qui me détestent.

Écartez-vous, bonnes gens ! Je tape sur tout ce qui bouge. Ah, mes salauds ! Ah, mes vaches ! Je hargne. Je feinte. Je zigzague. Ils me bloquent. Un mur d'épais manteaux. On s'affronte du regard. Moment très aigu. La foule se referme.

Je décide de me frayer un chemin. Il faut s'y mettre. Les plus planqués me donnent des coups. Le claquoir injurieux, ils se les jonglent. Ceux du premier rang y vont à la canne, au parapluie. Ils me battent. Ils me matraquent. Ils se donnent à fond. Rien que du sournois. C'est *marave* sur ma pomme. Du crapoteux. Et côté dames, des bourrades de sacs à main dans les côtes. Des mains qui griffent en arrache-boutons.

Je fonce sans me retourner. Derrière moi, j'entends le barnum du lynchage monter comme ça tout autour des grilles. Les voix qui grondent dans mon dos, des invectives, des menaces qui me parviennent en brouhaha.

1. Meurs ! Mange tes morts !

– Sale petite frappe ! Dehors, les Roumains !

J'accélère. D'un bond. D'un trait. Je me dégage.

Une fois parvenu aux marches qui mènent sur le quai, la nuit m'engloutit. Les braillements de la meute des *gadgé* s'estompent.

Je me calme un peu. J'ai les abeilles qui bourdonnent au tympan quand j'y repense. Ça n'a pas de forme ce que je viens de vivre.

Sont-ils pas sinistres, les honnêtes gens, quand ils chassent le lièvre ?

*

Je saigne de partout ! J'ai la joue basse, l'œil voilé. Dans le choc avec les redresseurs de torts, ça s'est rouvert, mon arcade. L'autre conasse qui m'a mis comme ça ! La géographe ! Depuis mon pancrace avec elle, je ne suis plus moi. Mortibus le collège ! Mes seuls diplômes sont ceux de la rue. À dégager, la matrone ! Le corps enseignant ! Le principal ! Les pions ! Les profs ! Tous rats galeux !

Écartez-vous !

Un enfant rom passe ! Tronche en colère, bavette en sang ! Poings dans les poches.

Virez *gadgé* ! Chaussettes à clous, éducation, discipline !

Le froid me vient !

Girez !

*

Je déhotte par les rues.

Dans la coulisse de la nuit, les vigiles, les surveillants, les cafteurs, la raille, sont après moi.

Si ton regard devient fou, tu ne sens plus la douleur…

Petit galop ! Plus vite mon gars ! Je prends mes jambes à mon cou. Je caracole me mettre à l'abri. Mon croûton de pain est mouillé. Sur le trottoir je bouscule les derniers bourges qui rentrent se mettre aux chaussettes. Écartez-vous, blaireaux ! Tous ! Lâchez l'areuf !

Écartez-vous jusqu'à demain !

Qu'on se *revoye* plus !

7

Ailleurs, un autre monde…

Avant-hier matin, c'est vrai, j'ai pété les plombs. Classe de géo. Classe de rattrapage. Déjà quarante-cinq minutes qu'on traînait sur le nom des fleuves.

Madame Angela Costes insistait pour qu'on s'en souvienne.

– *A-ma-zone*, elle articulait dans ses bajoues.

Elle ajoutait :

– Tous en chœur, après moi, les enfants répètent ! *A-ma-zone !*

– *Fleu-ve Congo* ! on lui répondait, classe de troisième. *Fleuve Congo !*

Elle nous prenait pour des cons.

– *A-mour et Yang-Tseu-Kiang* ! elle relançait.

Et ainsi de suite, on abattait le boulot.

Moi, du coin de l'œil, je surveillais les aiguilles de l'horloge dans la cour. Bientôt onze heures moins dix.

La meuf d'histoire-géo chantait la suite de son rock international en riboulant ses gros yeux révulsés. Elle nous tenait éveillés. Elle avait confisqué tous les illustrés des élèves, *je vous les rendrai à la fin du cours*. J'en avais rien à battre, Corto Maltese était dans ma tête. Pas étonnant qu'elle ait pas trouvé son encrier à sa place habituelle dans son tiroir, il était planqué dans mon slip, côté chibre – carotte et deux boules. Ça l'énervait bougrement mais le cours devait aller à son terme.

N'empêche, tout le gratin de l'hydrographie mondiale était déjà passé par nos gosiers. En Europe, le Danube, particulièrement soigné, avait été distingué pour sa longueur. Deux mille huit cent cinquante kilomètres, je vous informe. César de la distance, après la Volga.

La Loire, plus modeste, avait eu aussi son compte. *Attention soutenue des élèves, s'il vous plaît. Nous allons remonter jusqu'à sa source.* Glouglou dans la rocaille du mont Gerbier-de-Jonc. *Interrogation écrite la semaine prochaine.*

– Et maintenant, attaquons l'Amérique.

L'Amérique!

Là, je m'sentais vraiment bien. Le charme des antipodes opère toujours sur mon mental. Sauf que chez moi, il fait vibrer les tôles, les écrous, la salle des machines, dès qu'on s'élance vers les voyages. Il m'entraîne trop loin. J'ai la tête qui tourne. Je glisse au ciel. Les images tourbillonnent dans ma pauvre cabèche. Surtout la vue lointaine des gros navires bravant la houle mugissante. Tout y fait. Décuplé d'ardeur, j'embarque sur un grand voilier. Je cingle vers les épices.

L'ensorcellerie du large commence!

Au début, c'est tout juste un infime remuement de mes boyaux. J'ai un peu mal au ventre. Le mouvement de l'eau qui fait ça. Puis mes cheveux bougent. C'est le vent frais dans les hunes. Mes paupières battent. Le clapot attise les reflets et les vagues. Une immense houle monte en moi. Le majestueux déferlement des grandes marées d'équinoxe m'emporte loin du découpé crayeux des hautes falaises. Plus fort que moi, Je m'absente. Je décanille dans le sillage des navires. Je laisse mon enveloppe classe de géo. Ma peau de serpent sur le carrelage. Je n'réponds plus avec mon corps.

Trop tard pour vieille professeur Costes ! Elle avait beau me secouer les puces, elle m'appelait en vain.

Chaque fois le même topo, les remous, les vols de mouettes, la promesse des escales, les ports encombrés de containers happent mon imagination. La proximité d'un estuaire ou bien une eau vive qui s'enfonce dans les terres me font signe de les suivre. L'éparpillement des ondes entre les racines des palétuviers m'attire. Je vogue pour un rien. Je pars, je vole, je suis libre ! Je livre mon corps aux brises alizées. Ce matin, par exemple, je vogue vers la Caraïbe en compagnie de mon ami Corto Maltese. Ainsi, je partage le rêve et le rhum des capitaines et des marins de fortune. Je pille, j'aborde, je pirate. Je bats pavillon noir avec une tête de mort. Personne pour me rattraper !

C'est une vraie maladie. Même dans la vie civile, il m'arrive de changer de ciel. Loin du collège, à l'heure où la nuit est bleue, où le monde est nu, parfois je quitte le bout du chemin boueux où s'est enquillée notre caravane pour l'hiver. Je survole les haies d'épine noire où pendent les fantômes des emballages de plastoc accumulés par le vent d'est. J'oublie les nuées d'étourneaux qui tournoient au-dessus des labours, l'eau glacée des fondrières, les squelettes noirs des ceps de vigne qui attendent le retour de la sève.

Good bye le campement de Toulenne, quatre arpents de

mauvaise terre de castine, de tourbe et d'éboulis réservés aux nomades !

Je voyage jusqu'au pied des arcs-en-ciel grâce à des petits carrés de papier que je noircis de mon écriture pattes de mouche.

8

L'*akijade*[1]

Avant-hier, je confirme, je suis parti dans les airs.

L'extrémité de la règle de madame Angela Costes, courait sur trois continents. Elle suivait le tracé bleu des cours d'eau, s'enfonçait par imprudence dans les gorges ceinturées de forêts vierges. J'entendais à peine ses conseils de prudence. Ses mises en garde à l'approche des rapides rugissants. Je mettais des frontières d'arbres entre elle et les coups de bélier assenés par la flotte sur les rochers. Wraoum ! La force incroyable du courant ! Ça faisait beaucoup de bruit, forcément.

Sans déc', je me bouchais les oreilles pour plus entendre la voix maigrelette de la prof. N'importe quoi pour naviguer en paix sur l'Orénoque ! Pour être sur une pirogue à moteur avec un chercheur de diamants. Pour fendre l'eau jaunâtre du fleuve maousse et, cap sur Ciudad de Bolivar, débarquer dans la jungle des aventuriers où l'on me perdrait de vue.

Au lieu de ça, en miettes mes rêves de piranhas ! Deux

1. Bagarre.

mains me secouaient, s'acharnaient à me tirer du bouillonnement furieux de l'hélice dans le courant…

*

Je sursaute. J'ouvre les *yakas*[1].

Je quitte le barouf du fleuve à regret. Adieu remous ! Adieu piroguiers, fantômes et pirates ! Adieu bonne vie aux Caraïbes ! Adieu Corto, bientôt je reviendrai !

La grosse meuf Angela Costes se met à glapir.

Trois fois de suite que la gravosse me demande le nom de la capitale du Venezuela et que je l'envoie rebondir.

Mes copains de classe sont pliés de rire. Trente petites tronches à la déconne, hilares.

– Shanghai ! Ils m'encouragent.

– Shanghai ! Ils répètent.

Même ils scandent.

Je les entends encore scander. Tintamarre, je ne vous raconte pas !

J'ai les yeux qui charbonnent. J'ai pas envie de répondre Caracas.

– *Tienanmen*, je propose à la prof.

Déjà que j'ai chouravé l'encrier et les plumes Sergent-Major qui sommeillaient au fond du tiroir de son burlingue, elle devrait comprendre que je ne suis pas parti pour lui jouer un air de violon.

Elle s'étrangle de furie. Elle m'agrippe. Elle me malmène.

– Je suis sûre que c'est toi qui m'as volé ma trousse !

Elle s'éraille.

1. Yeux.

– Rends-la moi !

Au milieu du cercle silencieux des élèves, nous deux on se mesure.

Se renifler de la sorte devient scabreux. On se haine. Ça ne peut pas durer.

La vieille dérape la première. Elle fait un bond de panthère.

Elle me gifle.

Kaké ! Comme ça, au jugé, je lui rends sa châtaigne. Elle se prend un gnon dans les globes.

– Attention ! je préviens, le chien que vous tapez souvent finira par vous mordre !

Pas le temps de faire ouf, la charmante me fracasse le nez ! Dito, je sors mon couteau. Elle reste berlue pour un moment. Elle arrondit la bouche.

– Vous, les gens du voyage ! elle s'étrangle.

Je me retiens de la piquer. Gaffe à pas passer au tourniquet. Encore un peu et j'allais planter la gravosse en délire.

Je lui balade mon *lingre*[1] de marine sur ses grosses miches. Quand je lui pète sa règle, elle déraille. Après avoir remonté sa putain de mèche décolorée, elle gueule que j'suis un gibier de police. Que j'suis mûr pour Cayenne. Bon pour la paille humide, le bourgeron à numéro. Casser des pierres en Sibérie. Que je dois prendre mes cliques et mes claques et aller m'expliquer chez le principal.

J'y dis :

– Va te faire voir, grosse truie !

Je lui taquine les *touchta*[2] avec ma lame.

Elle allume une drôle de lueur de découragement dans

1. Argot pour couteau.
2. Seins.

les yeux. Elle a des plaques rouges sur le cou et jusque dans le plongeon de son décolleté. Elle dit que je suis un enfant perdu. Son corsage est sorti de sa jupe. Son foulard est dénoué.

Elle vacille sur place. Le regard fixe, elle recommence ses simagrées. Elle me montre la porte. Elle se tient au bord des marches de son estrade.

Et puis d'un coup, elle se secoue la carrosserie.

Elle perd ses légumes. Elle somnambule. Elle verse sur moi. Toute sa chair part en dégringole, je la reçois en entier sur les épaules. Dans un geste de défense, je me retiens au balconnet. Je me suspends à son devant qui bâille sur ses avantages. Je lui fais observer qu'elle est plutôt bien caissonnée pour son âge. Elle repart dans des cris hallucinés.

On culbute tous les deux, on s'abat, derge et compagnie. Elle est sur moi. Le chignon écroulé sur les yeux, son souffle dans le mien, elle glougloute. Ses gros yeux pivotent. Elle arme son bras. Je reçois des *daps*[1] plein la tronche. Je tiens un cocard. J'y vois trouble. Elle me crachote partout dans la bouche, dans les oreilles. Pas finie, la bagarre ! Pas fatiguée, la guerrière ! À travers la buée, je la vois faire une figure bizarre. Je la sens qui roule son ventre contre le mien. Elle se déplace, elle revient. Elle frotte au mont-de-Vénus ! Elle butine contre l'encrier que j'ai planqué dans mon calbar. Son manège sort des bornes de la perfidie. J'en attrape des chaleurs. J'en ai les bonbons qui collent au papier. Elle assure sa prise. Elle se donne du mal. En même temps, elle me frappe. Elle me fait des prises atroces. Elle pince tout ce qui est en son pouvoir. Mon sourcil gauche est fendu. Je suis empêtré dans la soie jaune et mauve de son foulard.

1. Des coups.

Les scolaires ont choisi leur camp. Ils encouragent la catcheuse :

– Une cravate !

– Faites-y une clé !

– Le doigt dans l'œil ! Crève-le, mémère ! Achevez-le !

Toute la marmaille encourage la mafflue à me terminer au démonte-pneu.

D'un coup de reins, je finis par la retourner comme une sacoche, elle crie « au secours ! », c'est le moment où la porte s'ouvre.

Les *schmitts*[1] de la sécurité débarquent ! La marave tourne hard. Rideau ! Plus de souvenirs, rien ! Les coups pleuvent de toutes parts. Le vigile, le prof de maths et le principal s'acharnent à me déchirer d'une main ferme. La société m'avale. C'est la danse ! C'est la transe ! Je vois du noir, du rouge, des étincelles. Ils me finissent à coups de lattes. Je me retrouve étendu les bras en croix sur le carrelage. Juste bon à être balayé avec les mégots.

Lourde comme un hippopotame, madame Costes s'est relevée. Déchaînée, aboyante, l'écume aux lèvres, elle oublie tous ses chagrins. Elle retrousse sa jupe en grosse toile, elle est prête à charger de nouveau. Elle cavale autour de moi. Dans un grand hoquet, elle dégorge :

– Ces étrangers tout de même ! Ces rastaquouères ! Ces gosses des rues ! Tous ces Roumains, ces Roms, ces ajoutés de n'importe où ! C'est irrattrapable ! I-RRA-TRA-PABLE !

Elle ajoute :

– Cornelius Runkele ! Vous êtes un enfant perdu !

Sans discuter d'avantage, un enfant tourne de l'œil.

1. Flics, vigiles.

9
Mama

Otchavo, un enfant, c'est moi.

Zyeux bleus. Poils noirs. Teint mat. Sang-mêlé. Origines incertaines. Race centre européenne.

Moi, Arthur, Cornelius, Oskar, Vojtech-Runkele. *Manousche* d'aujourd'hui. Expulsé squat. Nourri McDo. Parqué caravane. Dur au mal, à la vacherie. Peau d'âne, peau de vache, peau de croco. Tifs en buisson d'épines. *O créole*[1] à l'oreille gauche. Coup de peigne avec un clou. Un pschittttt de laque sur le devant. Épi-palmier sur le dessus. Genre mauvais numéro. Laissez passer ! Lâchez la grappe !

Dès le début, avec un look pareil, pas besoin de vous faire un dessin, météo ou pas, mon histoire prend l'eau. Ma provenance a un goût d'amertume. Mon passé est un œuf cassé. Et à supposer que vous ayez encore une minute à m'accorder sur le sujet du malheur, sachez que mon existence tracassée commence par une naissance peu banale.

Les entêtés de la Morale vous diront qu'un enfant, c'est

1. Un anneau d'oreille.

fait pour naître en famille. À gauche une mère. À droite, un père. Ça n'a pas été mon cas.

Même si la vérité ne vous paraît pas mangeable, écoutez plutôt ça !…

Je n'ai pas eu comme certains mioches le choix d'un atterrissage doré. Pas de lumière, pas de flonflons, pas de sourires pour ma venue au monde au fond d'une *vardine*[1]. Seulement le visage grave de trois accoucheuses chargées de bercer la douleur d'une pâle jeune fille vidée de ses forces.

J'ai débarqué chez ma mère les pieds devant. Ah, j'ai été fêté pour ça, je peux le dire ! Une abominable débâcle de sang avait précédé mon arrivée. Dehors il neigeait. Le souffle court de l'accouchée soudain se transformait en un râle de douleur incontrôlable. Marie-Sara qui m'a élevé par la suite m'a raconté que, dans le tout petit espace de la roulotte, nous nous débattions tous autant contre la vie que contre la mort. C'était un boulot bien atroce que je donnais à ma pauvre mère. Arrivé comme j'ai dit, cul par-devant, j'étais un *tiquenot*[2] bien trop ossu pour passer sans tourments le guichet de son sexe.

Les mains brèves et dures des accoucheuses travaillaient énormément. Madame Hanko, notre voisine, la vieille Marioula et Rosalia Vajbele avaient jeté leurs connaissances dans la bataille. Elles exploraient mes formes. Elles essayaient de me faciliter le passage. Cuisses cambrées, maman geignait en se mordant les lèvres. Elle poussait. Doucement, je la déchirais.

1. Ou *verdine*, roulotte.
2. Ou *tikno*, gamin.

Les *djouvias*[1] encourageaient la malheureuse.

Tripatouillé, culbuté, versé sur le côté, le vilain chiard avançait vers la lumière. Cheveux collés par le sang, il butait à tâtons dans la galerie, il brûlait les chairs endolories, il remuait tout le balthazar. Il se mettait en travers du bon sens. Il aurait fallu un médecin, donner les fers. Ouvrir, cisailler les chairs pour que je passe.

Au lieu de cela, privée du soutien de la science obstétrique, la jeune mère était condamnée à tout faire à l'ancienne. Au souffle. Au cran. À l'énergie. À la souffrance. Au râle. Au péril de sa vie.

Dit-on pas que les femmes romani ne pleurent pas, même quand elles se consument ? Dit-on pas que la douleur, elles la soulagent en chantant ? Maman chantait donc en essayant de m'expulser. À la fin, tandis qu'en un dernier sursaut de son effort, elle me chassait du paradis amniotique, sa voix soudain s'est brisée.

Ah ! Bien douloureux spectacle ! Même si je vous le joue sans la musique, c'est l'émotion qui continue comme si vous y étiez ! Sortez vos mouchoirs ! Je vous demande de partager encore un peu. Acceptez la pâleur de l'héroïne…

Secouée par un gros sanglot, maman s'était tue. Épuisée, elle remuait la tête avec lenteur. Les yeux aux étoiles, elle divaguait au petit bonheur.

Elle a souri à ce qu'on m'a dit. Respectueuse de son propre silence, au bout d'un moment, elle a fermé les yeux comme pour se reposer. C'était un peu comme si elle cherchait à s'orienter. La mort ne lui disait rien à cette mignonne.

1. Femmes.

Le reste s'est passé en douce. Je l'ai tuée en poussant mon premier cri.

*

Depuis, j'ai eu entre les mains des photos d'elle. Elle se prénommait Djilia. Elle était belle et trop jeune, à seize ans, pour me mettre au monde.

On m'a longtemps caché qui était mon père. C'était un journalier *godzolo*[1] venu d'Italie travailler dans les vignes du Sauternais. Un spécialiste de la séduction et du papouillage. À pince-miches, il connaissait les manières ! Toujours à rôder autour des femmes. Une gueule d'ange avec ça. Des boucles noires sur un front intelligent. Farceur, arrogant, serviable. En trois soirées, le *rizmen*[2] Gino avait posé ses mains pleines de brouillard et de promesses mirifiques sur le joli corps de Djilia. Il la gouvernait. Pour un rien qu'il faisait, une mimique, un bouquet de roses, elle partait au fou rire.

Vous savez comment c'est à seize ans… Des bécots, on s'amuse, la cajole, elle avait vite fermé les yeux. Gino l'avait mise sur le dos sans qu'elle proteste. Quelques caresses sur un coin d'herbe, la fin des vendanges, et hop, l'oiseau s'était échappé ! Pressentant ma naissance, le roucouleur piémontais s'était fait la malle. Personne ne savait où il était passé depuis que la neige avait commencé à tomber.

Elöd, le récent compagnon de Sara à cette époque, s'était lancé à sa recherche. Pendant tout un hiver et même

1. Instruit, intelligent.
2. Rusé.

au printemps, il avait cheminé sur les traces du fuyard. Il l'avait cherché de campement en campement.

Elöd avait toujours un grand couteau aiguisé dans sa poche. Il avait juré de me rendre mon père. Quand le bruit a couru que le rital était parti avec une nouvelle copine vivre à Varsovie, il a laissé tomber sa quête.

Elöd a rangé sa lame.

J'ai été élevé par les femmes.

10

Les contours froids de la misère

Parlant des familles, je n'ai jamais connu les beaux tapis chauds et capitonnés d'une chambre d'enfant. Seulement les mains rugueuses de ma marraine d'adoption, Marie-Sara – une *nebuca* – une lointaine cousine de maman. Seulement les contours glacés de sa roulotte.

Elle m'a recueilli et élevé comme son propre fils – *lakro chavo*. Sur mon acte de naissance, le maire de Saint-Cyr-sous-Dourdan (commune de l'Essonne) a précisé : « Enfant mâle, né de père inconnu, chemin de Morsang, «dans la voiture» de Marie-Sara Jovanovič, «foraine», sans domicile fixe».

Sara est une gitane pur pain d'épices. Une vraie femme d'Égypte.

Une pure émanation des *Kale Roma*, «les hommes noirs» venus des confins de l'Orient. Deux épaisses tresses encadrent son visage sévère, et son front parcheminé est ceint d'une rangée de sequins d'or.

Aussi loin que je me réveille dans sa maison roulante, hippomobile par le passé, motorisée de nos jours, j'ouvre les yeux sur un ciel peuplé de bibelots, de poupées de chiffon, d'osselets, de tours Eiffel, de bouquets de plumes, de masques grimaçants, fixés au plafond et sur le pourtour de notre habitation.

Persuadée qu'on s'appauvrit quand on a peur et qu'on s'enrichit quand on s'en remet au destin, j'ai toujours vu ma mère adoptive s'approvisionner en objets du quotidien qu'elle soustrayait à leur banalité pour les hisser, selon sa fantaisie et ses croyances, jusqu'au rang de protecteurs de notre *khér*[1]. Ainsi, des médailles, des sous percés, des grelots, des matines, des sonnettes, des clous de forgeron, des coquilles Saint-Jacques ornaient-ils la fameuse corde à linge qui court tout au long des corniches.

En grandissant, j'aurais bien voulu qu'ils s'en aillent. C'était mal connaître le doux entêtement de celle qui entendait veiller sur moi à sa manière. Les boute-en-train de mon enfance sont toujours là. Chaque matin, ils m'accueillent. Parfaitement zigotos. Un clown en caoutchouc, un bouchon en verre, une fourchette à trois dents, une poignée de crins, un vieux bigoudi, des clés, un diapason, tous prometteurs d'une journée rigolarde, d'un avenir sans rides, d'un ciel bleu azur. Des ribambelles de figurines en porcelaine, des hérissons, des sangliers miniatures, un héron et même un crocodile qui, toute mon enfance, s'agitent au-dessus de moi, suspendus à un fil. Une quincaille qui mouline, tinte, carillonne, valse dans les airs, danse la gigue au moindre cahot de la caravane.

Mais Sara n'est pas qu'une *Aegyptana* qui chourave des breloques ici et là pour satisfaire à ses superstitions. Elle est respectée. Elle possède le don de divination. Elle lit

1. Maison.

les songes dans le marc de café et interprète le grand jeu des tarots. Elle sait aussi reconnaître les présages dans les reflets de sa boule de cristal. De tels pouvoirs lui assurent une crainte respectueuse de la part de la *kumpania*[1] et nous ont toujours garanti quelques subsides.

*

De nos jours comme autrefois, à la mauvaise saison, quand le gel ferme la terre de sa poigne de glace, quand la neige et la pluie rendent les chemins impraticables, notre tribu fait halte à la corne d'un bois d'acacias.

Le *Sero Rom*, le chef du campement, Atila Podgorek, met son costume ridère et part en ville pour plaider notre cause auprès du maire. La rondeur de son corps, sa bouille avenante sous le couvert d'une forêt de poils noirs n'excluent pas une force colossale – héritage de ses ancêtres transylvaniens, tous montreurs d'ours.

Persuadé de la grandeur bienheureuse de la nature et du bienfait des sources et des philtres, « Podgo », comme nous l'appelons, croit en un monde chaleureux. Il a élevé ses fils dans l'amour des chants, de la musique et des danses, gagnant son pain par la vannerie et la collecte des plantes médicinales. Il a su communiquer son attachement à la vie, et son inclination pour la divine Nature aux familles qui l'ont suivi tout au long d'un exode qui est parti du fond des plaines de Hongrie pour les mener jusque dans les parages de la forêt landaise.

Si nos carnets de circulation ont été visés par la gen-

1. De la tribu, de ceux qui l'accompagnent et forment une sorte de famille cimentée par les errances, les naissances, les mariages et les épreuves.

darmerie, si notre passage des années précédentes n'a pas laissé un trop mauvais souvenir auprès de la population, la municipalité nous renouvelle le droit de stationner sur son territoire.

En général, le permis du maire vaut pour cinq mois. Une fois ce temps écoulé, il nous faut repartir.

C'est notre lot.

Les gadjé nous ont toujours traités comme des étrangers. Comme des citoyens de seconde zone. Toujours, ils nous ont poussés aux ordures. Catégorie « nomades », ils nous mettent dans un coin, au rebut. Ils nous dirigent vers des terrains charmants… Près des décharges, des stations d'épuration, des zones inondables.

Quand je repense, fût-ce une seconde, à ces temps mêlés où souvent, le cul nu et déchaussés, nous ramassions nos hardes pour aller plus loin prendre le vent d'hiver, éclate à mes oreilles la voix indignée de Podgorek qui n'a jamais supporté qu'on lui interdise la prophétie de jours meilleurs pour les familles de sa *kumpania*.

Et, lorsqu'au prétexte que « nous n'étions pas en règle », nous étions repoussés d'un campement, renvoyés à notre errance, lorsque les riches nous vouaient à affronter un monde cruel et égoïste et que nous n'avions d'autre recours que d'aller mendier ailleurs, j'ai bien souvent vu poindre la rage sur les drôles de grosses lèvres de l'ancien *ursari*[1].

*

1. Montreur d'ours.

Comment ne pas se souvenir de notre *Sero Rom* lorsqu'il rentrait du bourg, à la tombée du jour, ses chaussures neuves à la main ? Les épaules basses, il dévalait la pente qui menait à notre aire de stationnement.

Nous, les gosses, nous faisions cercle autour de lui. Il desserrait la ceinture de son froc du dimanche. Il s'asseyait en soupirant sur un tronc d'arbre. L'accablement lui mangeait la figure. Nous lui apportions une bassine d'eau tiède pour qu'il puisse délasser ses pieds meurtris par la marche.

Il fermait ses gros poings en pensant aux dix-sept ou dix-huit bouches qu'il avait à nourrir. Onze enfants de son fait et une demi-douzaine au moins de *nebudo* et de *nebuca*[1] qu'il avait à charge d'élever depuis la mort de leurs parents.

Muré dans le silence d'une lutte désespérée, nous l'observions avec le plus grand respect.

J'ai souvent vu couler des larmes sur ses joues griffées par les injustices de la vie.

1. Cousins, cousines.

11

Le passé est l'ogre du cœur

Qui a dit que si on ne surveille pas les souvenirs, ils s'évanouissent ?

Dans mon cas, pas de danger que l'oubli se fasse ! La braise qui sommeille en moi n'est pas près de s'éteindre. Où que je me tourne, quel que soit mon âge, les images des bourreaux qui s'avancent, sûrs de leur force, de leur bon droit, abondent. Elles sont gravées à jamais dans ma mémoire. À preuve, monsieur, sous ma plume, ce soir, les mauvaises blessures se réveillent. Je n'ai pas décroché. Rien ne peut désarmer la rancune si elle remonte à l'enfance.

C'est fait ! De sombres pensées m'assaillent. Mon esprit entre en rébellion. Un calme étrange habite mon corps. Je froisse les petits carrés de papier auxquels j'étais attelé. Je rebouche l'encrier que j'ai piqué à la prof de géo. Je l'ai appelé Gutenberg. Jo Gutenberg est l'ouvre-boîte de ma liberté. Je range la plume Sergent-Major qui est en service – la reine des pleins et des déliés – et je zippe la trousse de madame Costes : planète Gutenberg. Je vais jusqu'à la *fenstra*[1] de la caravane. Je chasse la buée avec mes doigts.

1. Vitre, fenêtre.

Derrière les acacias, le soleil se couche et disparaît. J'aime cette heure étincelante et frileuse où les souvenirs crevassent.

Mes yeux interrogateurs fouillent l'orée du bois. Et je les entends.

Cent brodequins piétinent l'herbe rare en dégringolant sur l'éboulis !

*

Ah, dites donc ! Quelle apparition ! Les voilà !

Schmitts de tous poils, *klisté*, CRS, casques noirs, ils avancent. Ils nous cernent. Ils nous parquent. Ils nous numérotent. Ils nous catégorisent.

Vous voyez bien, monsieur, pas besoin d'aller bien loin ! De fourrager profond dans la mémoire. Les sales souvenirs glavent très vite. Mes pensées galopent et remontent jusqu'à un campement que nous tenions quelque part en Seine-et-Marne, il y a de cela bien longtemps…

Et je vomis sur la violence faite à notre peuple.

*

Je vous revois tous, par ce jour de neige, macabres loustics, derrière vos boucliers !

C'était l'hiver épouvantable où vous étiez venus par cars entiers déloger nos caravanes, nos abris de tôle.

Vous y alliez à la pioche. Au bulldozer. Vous étiez venus bouffer du gitan. Vous mordiez dedans. Vous étiez dingues.

Les hommes, d'un côté. Les femmes, de l'autre. Vous nous aviez séparés. Comme aux temps les plus froids de l'Occupe. À l'appel, chacun devait décliner son nom. Montrer ses papiers. Fermer sa gueule.

Soi-disant que nos ribambelles de gosses volaient les poules, lançaient des pierres aux *gavali*[1] du coin, soi-disant que notre crasse était incompatible avec l'hygiène de la population.

Tout de même ! Ce que la peur des *pushun*, des *pionezà* et des *ratmojzo*[2] peut faire faire aux gadjé ! Le maire n'avait pas trouvé nécessaire de nous avertir de l'irruption à l'aube de mercenaires armés de pelleteuses. Façon bien étrange et inoubliable, vous admettrez, de tondre les pauvres pour les faire déguerpir. Étions-nous des parias ? Des sous-hommes condamnés à être persécutés pour leur attachement à la liberté sauvage ? C'était un peu comme si la force publique avait été mandatée pour châtier des indigents gavés par la débine.

C'était à pleurer. Je vous revois, *klisté*, comme si c'était hier.

– *Papirja !* Vos papiers !

Vous tapiez *drum* sur vos boucliers pour faire reculer les hommes.

– En file indienne, les romanos !

– Les femmes à gauche ! Les gosses, à la désinfection ! Une vraie garnison de poux !

Podgorek se démenait. Il essayait de parlementer avec un adjudant qui lui répondait que les ordres étaient les ordres.

Podgo étouffait de rage. Sa grosse face de lune coulait. Il avait retiré son chapeau. Il en essuyait le contour intérieur avec son grand carré de mouchoir.

1. Paysannes.
2. Puces, punaises et rats.

C'était comme un hoquet, il ne pouvait pas s'empêcher de répéter :

– Foutre une amende à des gens qui n'ont pas le sou, ça rime à quoi ?

L'autre, le Républicain de Sécurité, dévisageait l'intrus avec le regard vide. Il avait un visage sec comme du bois. Il a fini par tourner le dos à Podgorek. Il s'est éloigné d'un pas rapide vers ses sbires. Il avait d'autres chats à fouetter.

Vous aviez ordonné aux enfants de se regrouper eux aussi. Au coup de sifflet, je me souviens, il fallait se mettre en ligne. Chacun devait présenter sa gamelle. Soi-disant pour montrer votre humanité vous aviez commencé à nous distribuer de la soupe chaude. Tu parles ! Vous veniez auparavant d'éventrer nos caravanes les plus vétustes, de disperser la literie, d'éteindre les feux, de briser la vaisselle.

La neige tournait en eau sale. Le froid grouillait autour de nos chevilles. Les femmes vous insultaient.

Nous recevions sans cesse des coups. *O more*, mes copains et moi, nous les endurions en silence. Dans la queue pour manger, j'avais laissé passer un plus petit devant moi. Un *grulego*[1] de six, sept ans qui avait les yeux aussi grands que le ventre et qui claquait des dents. Sa mère, Rosalia, avait la tête en sang. Elle avait pris un coup de crosse. Elle tenait dans ses bras son nouveau-né. Elle paraissait hébétée. Le *perluchet* chialait. Il tonitruait dans ses langes.

Le *gardé*[2] préposé à la distribution de la soupe avait suivi le manège du gamin.

1. Frisé.
2. Policier.

– Qu'est-ce que c'est que ces façons de resquiller ? il a demandé. Tu passes avant tout le monde ? T'as plus faim que les autres ? Tu te crois « spécial privilège » ? J'vais t'en donner, moi !

Et il a mis un grand coup de louche sur la tête du gosse.

Forcément, un salaud absolu de son espèce, ça nous a tourné le sang. La vacherie réveille la colère. Toute la tribu d'un coup est partie en *akijade*.

Les hommes se sont précipités. Certains avec des couteaux. Les autres avec des *krash*[1]. Ils sont tous venus…

De partout ça rallégeait, les gitans. Les Jimenez, les Yung, les Guillot, les Schumacher-Weiss. Les Lagrène et les Adelboom. Et même les fils de madame Snagov qui étaient *zis*[2] comme du beurre de saindoux.

Un patcharac ici, un patcharac là, un ramasse-gueule en plein blair, les *klisté* ont pas mal dégusté au début. *O morsh*[3] les secouaient comme des vieux tapis. Les gosses leur ont fait sauter leurs casques.

J'ai tenu mon rang. J'ai fait le coup de poing. J'ai jeté une bûche à la tête d'un sergent. Je crois bien qu'il est tombé dans les pommes ou pas loin.

Après, les CRS ont renversé la situation. Ils sont revenus avec des renforts. Ils ont chargé avec les gaz et la matraque. Ils nous ont craché dessus leurs fumées suffocantes, ils nous ont battu le dos avec leurs bâtons crantés. D'y repenser, c'est encore la terreur qui me passe par l'échine. Les femmes jetaient des pierres. Les filles se tré-

1. Bâtons.
2. Doux.
3. Les gaillards.

moussaient dans leurs jolies robes. Elles criaient en courant pour échapper à l'averse de coups.

Je revois la scène…

Un capitaine de CRS à trois ficelles s'avance.

Il me désigne.

– Coffrez-moi l'enragé !

C'est du parler militaire. Il lâche ses troupes.

Ils me prennent. Cinq, six. Une grappe. Ils me retournent les bras. Ils essaient de me passer les menottes. Je me tortille. Je mords. Je me dégage.

Le gradé intervient :

– T'as quel âge, saloperie ?

– *Dech !*[1]

– En plus, tu parles pas français ? On t'a pas appris à l'école ?

– Si.

– Si, monsieur l'officier !

Je lui fais un sourire en coin.

Je lui réponds, assez fier de moi :

– Notre langue, c'est le *romani*…

J'esquive une calotte. Le trois barrettes est pâle de rage.

– Ton nom ! ?

– Cornélius Runkele !

– Où tu habites ?

– Chez mon grand-père.

– Où est-ce qu'il crèche ton vieux ?

– Dans la grande caravane, derrière les arbres.

– Comment tu dis qu'il s'appelle ton vioque ?

– Schnuckenack Runkele.

1. Dix !

– Atchoum ! Tu m'enrhumes, blanc-bec, avec tes noms à coucher dehors !

Je le toise. Je ne me dégonfle pas.

– Nos noms, c'est comme ça !… Et taper les gamins, c'est pas de l'éducation ! C'est de la sauvagerie !

Il se tourne vers ses sbires et me désigne de la pointe du menton :

– Mettez-lui la muselière ! Et occupez-vous de la caravane du vieux, ça vous donnera de l'amusement, les gars !

J'ai le sang qui bout. Je me jette en avant.

Je gueule :

– Vous en prenez pas à mon grand-père ! Mon grand-père est un héros ! Matricule Z / neuf, neuf, trois, deux, sept ! Un valeureux rescapé d'*Ochwisse* !

– Auschwitz ? Sais-tu seulement de quoi tu parles ?

– Je parle de tous les secrets que m'a racontés la vieille Marioula, ma grand-mère…

Et sans plus attendre, je shoote dans l'officier. Crève bonhomme ! De la part du *niglo* ! Qui s'y frotte s'y pique ! Badabam ! Mon 38 ferré dans les bergeronnettes ! Plein nid. Plein carton. Un coup de soulier de gitan en plein *paké* !

Il se courbe en deux. Il tient son entrejambes. Il tombe à genoux. Il pleure sa mère comme un enfant.

Chacun son tour, la vacherie.

Je détale.

Ils me poursuivent.

Je les sème. Je connais le moindre buisson. Ils entreprennent de fouiller chaque pouce du territoire.

Je me suis réfugié en haut d'un arbre.

Jusqu'au soir, ils battent les fourrés.

Ils abandonnent les recherches faute de chiens.

À la nuit tombée, la bouche sèche, la rage au cœur, je redescends de branche en branche et je cours jusque chez mon *papu*.

Ils sont partis. Ils ont incendié sa vieille verdine. À part une roue intacte, il reste une carcasse de cendres fumantes.

Quand Schnuckie me voit désolé, il sourit. Avec une fierté sans pareille, il fait bonne figure.

– M'en fous ! dit-il de son inimitable voix voilée. En Pologne, j'ai connu pire ! Et puis, la *vaguesse* avait fait son usage. Grâce à ces messieurs, je n'aurai pas à la repeindre cette année.

Et pour bien montrer qu'il est à l'abri des ronces de la vie, *mur Kako* sort son *gajga*[1].

Il passe sa langue sur ses fausses dents et prescrit la conduite à tenir :

– Respire, jeune Cornélius ! Va chercher ton violon… Au creux de la vague, la musique est d'un grand réconfort.

Aussitôt, histoire de donner l'exemple, il glisse son mouchoir sous son menton. Après une attente d'au moins deux minutes, il jute un trait de salive devant lui. Ensuite, il ferme les yeux.

Les paupières closes, il lève son archet pour s'envoler du côté de la grande plaine hongroise. Il s'enfonce dans la Puszta, dont le nom, d'origine slave, signifie « solitude ».

Soudain, il donne la mesure avec ses chaussures blanches. Ses doigts longs et maigres dévorent les notes. Son gilet vole autour de ses épaules noueuses. Sa fragilité de vieillard le quitte.

Il devient vite un cheval emballé qui file vers la lumière.

1. Violon.

Deuxième carnet de moleskine

12

L'idée modeste d'approcher le mal…

D'habitude, nous sommes relégués autour d'un maigre point d'eau, aux limites du monde éclairé, à un jet de salive de l'autoroute.

Campings et *camtars*[1] sont parqués sur un terrain bordé d'épines et de ronces, *unu lemn de màràcini.* Les caravanes sont disposées en cercle dans la mesure du possible. Chacun se lave dans sa bassine. À chacun la liberté de son corps. Pas question de pratiquer des blocs sanitaires à la vue de tous. Pas question d'utiliser les toilettes communes. Pour aller *moutrave*[2], c'est chacun pour soi.

Nous filons entre les arbres. La nature nous accueille. Sur l'aire de campement de Toulenne où nous avons pris nos habitudes, dès novembre, les vapeurs de la rivière Ciron, si utiles aux vignes du Sauternais, soufflent vers nous. Le brouillard s'épaissit. Le paysage tourne à l'ouate hydrophile. Il est étouffé. Emporté par la brume. Escamoté. Tout blanc, tout opaque. Les fantômes se croisent à tâtons. On ne voit même plus ses chaussures. Il n'y a que

1. Caravanes et camions.
2. Chier, pisser.

Dieu et la rosée du matin pour nous entendre péter dans les herbes.

*

Passent les premiers vols de grues cendrées. Ensuite, l'hiver nous recouvre.

Le camp s'enlise. La boue nous assiège. Les caravanes semblent échouées sur le terrain jonché de débris, de papiers gras. Les gosses partent glaner du *catch*, du bois de chauffage, dans la forêt. Ils sèchent l'école. Dehors, malgré le froid, les femmes s'activent autour d'un chaudron fumant. Elles préparent le chou au lard âcre et aux oignons hachés.

J'ai des souvenirs précis. On n'oublie pas les hivers de jeunesse.

Tapis dans leurs caravanes, à l'abri de la bise, les anciens boivent un *glazo*[1] de *slivovice*. Ils se grattent la tête et les poils de la barbe en parlant du passé.

Les trois fils Wadoche prennent des airs louches. Frimards, ils se gonflent dans leurs plumes. Ils racontent leurs exploits. Les crocs longs comme ça, ils mangent du gras moelleux. Ils ont les paupières lourdes, les yeux qui se baissent sur leurs assiettes. Ils manipulent des grands couteaux effilés. Le jus de viande leur coule de la bouche. Ils gloutonnent. Ils boivent du vin rouge. Ils se touchent l'entrejambe.

Tout môme, je les écoute. Je bois leurs paroles.

*

1. Verre.

Y a du souvenir ! Que je vous donne toute la sauce ! Leurs voix sont sourdes. Je suis sous la table. Je regarde leurs chaussures bicolores. Le pli de leurs pantalons. Je les envie. Ils m'impressionnent. Sans compter qu'un enfant qui vous parle et qui en a dans le pantalon est à bonne école.

Cornelius Oskar est dans l'attente des matins qui chantent.

Un enfant seul, c'est comme un accidenté de la route. Ça perd ses dents contre son gré. Ça aimerait des vacances au bord de la mer si on les lui proposait. Des châteaux de sable et puis, le plus vite possible, un ordinateur japonais et une voiture BMW. Mais si ça n'a pas tout ça, un enfant, ça peut l'inventer. L'imagination a été mon premier argent de poche. J'ai joué dans les flaques. J'ai attaché des filles à des arbres pour mieux les oublier. J'ai fait *wroumwroum* avec les lèvres en conduisant des traîne-cons en carton carrossés par l'ingénieur Porsche.

Gardez vos conseils ! Je sais ce que c'est de rêver ! La longueur du capot de la voiture est dans la ferveur qu'on y met. Il suffit de gonfler les joues pour être à cent à l'heure en moins de sept secondes.

Fric, bouffe et sexe, j'ai tout pigé très vite. Le top de l'existence.

Mais pour le moment, je suis sous la table. J'apprends.

Les Wadoche disent qu'il faut aller chercher l'or et l'argent là où ils se trouvent. Chez les horlogers-bijoutiers. Chez les pompistes, les notaires, les encaisseurs. Ou alors dans la poche des rentiers. Ces gens-là ont toujours des louis, des napoléons cachés au fond d'un tiroir. Un bas de laine dans le creux du mur de la grange.

Ils semblent joliment savoir. J'avale la leçon. Je peux même dire que ça me donne des idées. Sans compter qu'un enfant, c'est fait pour manger à sa faim.

J'ai appris à voler des surgelés chez Picard, des petits pots de miel chez Leclerc. Y a bon choix dans les rayons. J'ai chouravé aussi chez l'épicier. Y a du régal sur les étals !

*

Ce soir, en fin de semaine, les frères Wadoche décident de monter sur un coup à la sauvette. Ils combinent. Ils échafaudent un plan. Je comprends que c'est pour la semaine en quinze. Une histoire de fourgon. Ils se déguiseront en postiers.

Encore une assiettée de soupe, encore un coup de *piben*[1], encore une *pimaskri*[2]. Repus, les frères Wadoche rient. C'est même la grande rigolade. Ils crachent dans leurs grands mouchoirs à carreaux. Ils se mouchent bruyamment. Ils rallument leurs briquets. Ils parlent de chauffer les pieds des *gavalé*[3] pour leur faire dire où se trouve leur magot.

La malice des mauvais esprits les guette une fois de plus. Pourtant, ils rentrent à peine d'un séjour en *chtildo*[4].

Soudain, ils constatent ma présence sous la table. J'ai douze ans. Ébouriffé. Morve au nez. Boucles en friche. Ils me chassent du pied.

1. Boisson.
2. Cigarette.
3. Paysans.
4. Prison.

– Va chez ton grand-père, *niglo*[1] ! Va prendre ta leçon de violon, sale petit chiard !

Pensez si je prends ça mal.

*

Pour tout dire, ces types-là, leur arrogance, je ne décolère pas. Ils se prennent pour des hauteurs.

J'aime pas la façon dont ils me traitent. Passe morpion ! Cette manière de me toiser ! Alors que je suis en pleine invention. Alors que je me cherche. Alors qu'à mon âge, l'affaire de vieillir est immense. Trouver ses marques. Sa vraie personnalité.

Remarquez, moi, génération polar, je suis sans illusions. Je les rattraperai vite, les Wadoche.

Un enfant, de nos jours, ça n'dure pas longtemps. Guère plus qu'une mouche. À peine t'attrapes dix, onze ans que t'es déjà rayé par ceux qui t'marchent dessus. Résultat, tu t'endurcis. Tu te blindes. Tu cherches l'armure. La parade. L'antidote. Le grand sabre du samouraï. Tu toises à ton tour. Tu t'redresses au-dessus de ton certificat d'études et de tes capacités. Tu frimes. Tu commences par t'armer d'un mégot, d'une clope. Un *garot*, un *galot*[2]. Tu tires dessus. Tu te laisses pousser les cheveux. Tu te fais percer l'oreille. Tu cherches l'attitude. Le look féroce. Ou alors, genre intrépide, tu proposes tes services. Tu creuses ton look aventurier. Tu te convertis au tatouage. Au tatouage, puis au couteau à cran d'arrêt.

Le coup d'après, comme les Wadoche, tes besoins ne te

1. Hérisson.
2. Mégot, cigarette.

laissent plus le moindre répit. Il te faut toujours plus de joncaille. Tu passes au stade supérieur. Tu t'enfourailles d'un revolver. D'une arme à feu.

Pouchka, en langue manouche.

Mais bon sang, je me rends compte de ma folie ! En parlant de la sorte, je m'aperçois que j'ai les pieds au-dessus du vide ! Tel un équilibriste fasciné par son propre vertige, voilà-t-il pas que je rêve d'avaler le même serpent que les frères Wadoche !

De quoi se faire peur à soi-même.

J'ai treize ans à peine quand je rumine cette sorte de projet ! Je viens de me faire tatouer un poignard sur l'avant-bras. Le vieux musicien Runkele s'en aperçoit. Il porte la main à son thorax. Il recule jusqu'au biais d'un arbre mort et y appuie son dos. Peut-être qu'il a besoin d'un soutien.

J'entends encore résonner à mes oreilles sa voix chagrinée :

– Gaffe à la violence, Cornélius ! Tu as une grande affinité pour le mal. Si tu lui cèdes, elle te conduira vers des jours affreux !

13

Les temps obscurs

Je reviens à l'hiver. C'est de lui que nous parlions. Là-dessus, il y a bien du souvenir également.

L'odeur qui monte de la terre dès que l'humidité s'installe, le soleil qui hésite entre le mauve et le rouge avant d'épuiser sa lumière frisante derrière le fût noir des acacias hantent ma jeunesse.

Il faisait glacial au pied des verdines ! Un froid si vif qu'il me soudait les épaules.

Je revois tout ça comme si c'était hier. Pas le moindre flou. On est aux alentours de Noël. Je suis dans la caravane de Sara. J'ai le nez sous la lampe-tempête. Je prends un livre de classe et j'entame mes devoirs pour le lendemain. Je me réchauffe à l'algèbre. Je m'arme à la lecture. Je dessine des cartes de géo. Je voyage sur la Tamise avec Charles Dickens. De temps à autre, je relève la tête. Je regarde dans la turne autour de nous.

Par le fenestron, je guette dans le ciel noir la lune ébréchée. J'allume mes premières cigarettes. Sara m'a tricoté un bonnet de toutes les couleurs. Contre le rhume, elle me donne à respirer des odeurs de plumes brûlées. Elle essaye sur moi ses meilleurs onguents. Elle soigne avec zèle mes engelures en les enduisant de graisse de porc.

Quand j'ai envie de pleurer, elle me tire l'oreille.

Elle dit :

– Ne te plains pas, Cornelius. La misère est un professeur encore meilleur que les livres. Elle t'apprendra tout !

Je ne la contredis pas.

Sur ses conseils, j'ai même pris l'habitude de me nettoyer l'oreille gauche avec le petit doigt. C'est le meilleur moyen d'écouter les messages de mon *butyakengo*[1] – l'esprit protecteur que ma mère m'a laissé en héritage. Je vais le chercher là où il paraît qu'il se trouve. Au fond de l'oreille gauche, au plus près de l'entendement.

Parfois, la voix du bon génie me recommande de patienter. Je me résigne. Je réchauffe mes mains entre mes jambes. Au plus près de ma carotte. Je rêve. Je suis ailleurs, je suis un autre.

C'est qu'un enfant aime volontiers se prendre pour un autre. Il invente comme j'ai déjà dit. C'est un inventeur. Et justement, c'est ce qui arrive sans cesse à votre serviteur.

En attendant l'eau chaude, je turlute mon petit oignon. Quand je fais faire la galipette à ma carotte et que je pense au gros derche de madame Snagov, notre voisine de caravane, ça jute déjà un peu.

– C'est bon signe dit Sara. T'as déjà un pied dans l'antichambre du bonheur. Encore six mois et tu pourras faire tes débuts sur la scène du *suivez-moi-jeune-homme*.

Ma presque mère se tient sur la banquette en face de

1. Esprit protecteur, sorte de souffle vital, qu'un défunt abandonne sur terre pour veiller sur ses enfants.

moi. Pas un mot de plus. Pas la moindre réflexion. Et même un gentil sourire.

Je la vois encore dans la buée mordorée de la lampe. Comme ça, toute pâlotte. Les joues avalées. Le nez droit. D'un coup, elle se lève. Elle ouvre un placard, cueille une bouteille de planteur. Dans des cas comme ça, un froid de gueux, c'est malheureux à dire, mais y a plus que le rhum pour s'estourbir un peu.

Elle suit son idée. Elle nous sert un verre à chacun.

Dehors le vent siffle dans les arbres. Il s'engouffre par sautes sur l'aire du campement et ébranle notre caravane.

Tout sursaute aux coups de boutoir. Les colifichets s'agitent sur leur fil. Les oursons de porcelaine, les tortues, les accessoires de plumes et les clochettes, tout le zinzin tintinnabule au courant d'air.

Je me remets à l'instruction.

Le froid, tout de même, ça bouscule drôlement la paix intérieure. Les fleurs de glace, le gel de brume, les pieds raplatis par une croûte de boue, ça n'incline pas à la noblesse de mœurs !

C'est la colique, moi je vous dis ! Un coup drôlement vache de se retrouver pris à glace !

Et je bois un deuxième verre d'agricole.

14

Philtres, sortilèges et drabarni

Pendant les mois d'hiver, la vie au camp devient un vrai exercice de débrouillardise pour la *kumpania*. La flotte est gelée dans les bassines. L'électricité vacille. La nourriture manque.

Souvent, le plus difficile est de s'extirper des fondrières gorgées d'eau avec des pneus lisses. Pourtant, il faut bien arracher la tôle aux ornières. Faire surface, filer vers la ville. Se lancer à la conquête du bataclan enragé ! C'est qu'il faut faire vivre la famille. C'est qu'il faut trouver de l'essence pour faire tourner les moteurs des *camtars*[1]. Transporter la dizaine de gosses chargés d'aller faire la manche à la sortie de Leader Price !

J'irai direct au but ! Il est fini le temps des gitans qui rempaillent les chaises ! Qui tressent des paniers, collectent le cuivre, rétament les casseroles. Le plus grand nombre d'entre nous se résigne à exercer des métiers plus adaptés à l'époque. Ceux qui ont la bosse du commerce se fabriquent des cartes de visite ronflantes. Ils repeignent les fourgons à des fins commerciales. Ils offrent leurs

1. Camions.

services pour élaguer les arbres, tailler les haies, décaper le pourtour des piscines au Karcher. C'est le cas de tas de familles que je connais. Que je pourrais vous nommer. Les Balata, les Mehrstein, les Yung ou les Jimenez. Ces Roms-là font commerce du travail qu'ils effectuent pour le compte des résidents de la commune.

Bien sûr, il peut arriver qu'ils en profitent pour chourer au passage une tarte à la rhubarbe mise à refroidir sur un rebord de fenêtre ou une galline qui picore devant la ferme. Mais que ça ne vous rende pas malade ! Il s'agit juste d'une gâterie de hasard ! Dès lors, pas de grinche ! Pas de morale ! Plutôt du rire pour si peu de chose ! Détendez-vous ! Où est le mal ? De toute éternité le Gitan a pensé que la volaille qui suit le bord du chemin a été placée dans les herbes pour nourrir celui qui l'attrape.

Et puis, une bonne fois, qu'on nous rende justice ! À ventre creux, besace légère ! – dans ce monde de possessions, bien peu de gadjé partagent le pain avec l'étranger. Pas étonnant que du fond de sa tente déchirée, le Tsigane, à force d'errances et de persécutions, se soit forgé un code selon lequel il s'arroge le droit d'agir comme il lui plaît.

*

Dos à toutes ces pratiques, Sara exerce ses talents sur les foires.

Les jours de marché, elle noue son beau foulard rouge sur ses cheveux bien tirés. Elle arpente les rues de Langon, de Bazas, de Villandraut. Jusqu'au fin fond de la haute lande girondine, elle a ses entrées. *Dukreben !* Elle dit la bonne aventure. Elle explore les cours des fermes, elle part à la conquête des airials perdus dans la brume, elle n'hésite pas à pousser la grille des pavillons.

Les chiens aboient.

Sara leur fait les yeux qui brûlent. À peine les molosses croisent-ils ses prunelles qu'apeurés, ils reculent. Ils partent en couinant, la queue entre les pattes. Les gens la craignent aussi. Sa maigreur, ses pommettes découpées à la serpe, ses jupes à volants, sa façon de fumer des cigarillos et son front orné de sequins font d'elle un personnage hors du commun.

D'une année sur l'autre, elle revient sur ses pas. Elle se fait admettre. Au fil de ses rencontres, les *gavali*[1] lui demandent de lire l'avenir au creux de leurs mains.

Un peu *heksa*, un peu *medic*[2], elle connaît les herbes, la *draba* comme nous disons – les remèdes, la médecine. À la sortie de février, elle court les malades. Elle enlève le feu du zona, elle propose des emplâtres, elle guérit les ulcères. Elle combat la fièvre avec la bave de grenouille et soulage les rhumes de saison en faisant respirer aux malades des odeurs d'oignons râpés ou de poivre moulu. Au coin des feux éteints, au fond des maisons sombres, elle fait aussi le retour d'affection.

Elle tient son savoir de Rosalia Wajbele, notre voisine de campement, et de la vieille Marioula, la compagne de Schnuckenack Runkele.

Pendant des heures, ces trois-là s'installent derrière le campement. Elles complotent à l'écart des regards. Elles pratiquent la confection d'infusions, de décoctions, de gouttes et de potions. À voix haute, plusieurs fois, elles

1. Paysanne (rappel).
2. [Un peu] sorcière, [un peu] médecin.

marmonnent des formules pour refroidir la peur, le mal chaud ou pour chasser la gourme. Parfois, elles vont jusqu'à composer des philtres pour les veuves en mal d'amour.

J'ai passé ma petite enfance dans leurs jupons. En ce temps-là, notre *vaguesse*[1] était tirée par un *gaille.* Je me souviens du cul de notre jument, de l'odeur du crottin. C'est seulement plus tard, lorsque Zacharias est entré dans la vie de Sara que nous avons fait l'acquisition d'un camion d'occasion, un vieux Ford, capable de tracter une caravane.

Nous pouvions tous dormir dedans – votre serviteur, Sara, le beau Zacharias et ses deux enfants.

J'avais une famille !

1. Roulotte (rappel).

15

Un jour, un cirkari…

Je crois bien que je venais d'attraper mes grands treize ans quand Zacharias Shamano est arrivé au campement à pied. Oui, c'est ça. J'étais encore tout morpion. Un repère, s'il en faut… J'avais l'avant-bras qui me brûlait. Fraîchement tatoué. Le fameux poignard avec le serpent enroulé.

Zacharias était accompagné de ses deux margouillats. Deux *tikné*[1] aux mèches noires qui ressemblaient plus à des squelettes habillés qu'à des enfants du paradis. La tête tout en os. Les chaussettes en bas et des gros trous d'yeux qui n'ont jamais rien vu.

Moi, je venais de terminer ma cinquième. Et si je me trouvais dans le secteur, c'est qu'on devait être un mercredi, jour de répit pour les collégiens.

Comme à l'accoutumée, lorsque des étrangers pénètrent dans le camp, les *dzukels*[2] avaient fait meute autour des nouveaux arrivants. Alertés par le remue-ménage, les

1. Enfants (rappel).
2. Chiens (rappel).

rideaux des vardines s'étaient soulevés. Des visages avaient fait une apparition furtive derrière les vitres embuées.

Nous, les *cavé*[1], les petits mariolles du campement, les gardiens des courants d'air, nous nous étions regroupés. Dressés à la méfiance, nous formions un attroupement bruyant autour de l'homme, l'empêchant d'avancer.

Il avait laissé tomber à ses pieds sa valise en carton dont les flancs renflés trahissaient le poids excessif. Il frottait son avant-bras endolori.

Son visage énergique abrité par un vieux chapeau qui avait connu les injures des saisons, il se tenait immobile sous un pâle soleil de février. Les reins ceints de flanelle rouge, il s'attirait tous les regards. Il transportait son linge courant dans sa musette, ses chaussures étaient ternies par la poudre des chemins et ses traits tirés disaient la fatigue accumulée.

À l'unisson de leur père, chacun de ses deux mioches était porteur d'encombrants ballots de tissu coloré noués sur leurs maigres possessions. Ils avaient laissé tomber à même le sol des ustensiles de ménage et même un vieux matelas.

Nous, on n'avait d'attention que pour eux… Un garçon, une fille, abrutis de fatigue. Mats.

On se les montrait du doigt. On s'égorgeait de rire, les crétins, en désignant leurs gilets à fleurettes. *Dicave* le bermuda à ramages du garçon ! Vise-moi ça, la petite robe *pas coutch*[2] de la fille !

1. Garçons.
2. Pas chère.

De partout, il fallait voir, les *manus*[1], ça rallégeait ! Elles n'avaient pas tardé à sortir des caravanes et à nous rejoindre. Le cou en avant, l'œil arrondi, la mère Snagov, en dandinant sa grosse lune, menait la troupe. Madame Hanko, la vieille Marioula, Rosalia Wajbele étaient du nombre. Et, bien sûr, Marie-Sara Jovanovič n'était pas la dernière. Faciès fermés, comme il se doit, les gitanes se déplaçaient en ligne pour former une barrière.

Enfin, l'air important, trois coqs tout en muscles avaient fait leur apparition. Chargés de faire passer la visite à l'étranger, les deux frères Wadoche marchaient de front. Ils avaient leur couteau dans la poche. Le fils Adelboom les suivait. Un jeune de dix-sept ans à qui ils apprenaient la force, le courage et les mauvaises manières.

Tistou Wadoche, l'aîné, qui se vantait de se battre sept fois par semaine, a pris la parole le premier.

Les yeux plantés profond dans ceux du voyageur, il lui a demandé :

– *Mur pral, ho hi kan katé ?*[2]

L'inconnu a répondu qu'il était *cirkari*, homme de cirque, et qu'il avait été licencié à la suite d'un accident du travail. Adieu sauts carpés dans le vide, retournements dans les airs ! Il avait fait une mauvaise chute de trapèze comme en attestait sa ceinture de flanelle destinée à maintenir ses reins, désormais trop fragiles pour pratiquer la voltige.

Preuve de sa bonne foi, il avait sorti ses papiers. Sur une

1. Femmes manouches.
2. Mon frère, qu'est-ce que tu fais ici ?

carte, il était écrit qu'il était Zacharias Shamano, « artiste d'agilité ambulant, équilibriste et trapéziste ».

Tandis que les frères Wadoche déchiffraient ses justificatifs, le dénommé Zacharias a aussi fait savoir qu'il était parent avec Atila Podgorek, notre *baro*.

Tistou Wadoche a répondu que si ce mensonge-là était vrai, ça lui ouvrirait des portes. Il a souri pour la première fois.

Sur un signe impératif de son menton, le jeune Adelboom a détalé. Il savait ce qu'il lui restait à faire.

*

Atila Podgorek est arrivé au petit trot de son embonpoint.

En dandinant du cul, il se rajustait. Il cavalait sec. Il godillait en huit. Ses petits pieds du trente-six faisaient ça depuis qu'un hiver de glace passé au fond d'une grotte en Transylvanie lui avait mangé les orteils.

L'œil injecté pour cause de sieste prolongée, notre *baro* a dévisagé un moment le nouvel arrivant. Résultat, sa lèvre inférieure s'est mise à trembler sans qu'il prononce le moindre mot. Il a fini par élever ses mains potelées jusqu'à son visage plat, au teint suiffeux. Il s'est mis à frotter ses grosses joues envahies par la barbe avec ses ongles sales.

Incrédule, il s'est écrié :

– *Te benil tu o del, Zacharias Shamano !*[1]

Et l'estomac en premier, il s'est jeté entre les bras tendus de l'étranger.

Spectacle, je vous jure ! On ne s'attendait pas à pareil

1. Que Dieu te bénisse, Zach !

balthazar ! Podgorek avait soudain l'âme légère. Il voulait plus lâcher son copain. Il te l'empoignait ! Il lui tapait sur les épaules. Il lui bourrait les côtes de petits gnons d'amitié.

Entre-temps, le gros de la troupe était arrivé. Toute la crèche – les Balata, les Yung, les Mehrstein, les Guillot, les Pater, les autres, leurs femmes, leurs gosses, la chèvre – jusqu'au dernier des boumians du campement qui faisaient cercle autour de nous. Ça se bousculait pour mieux voir. Poussez pas la viande ! Ça tombait pile comme distraction. Poussez pas, j'vous dis ! Podgo-les-petits-pieds était à moitié étouffé. Il toussait. Il menaçait de suffoquer. Son asthme qui le reprenait. Il a fini sa quinte par un pet. Tout le monde est parti à rigoler. On n'était pas loin de la nouba. Ça commençait à ressembler à une fête.

Dans la chaleur de l'accolade, le feutre du visiteur avait roulé dans la poussière. Les deux hommes se connaissaient depuis longtemps. Ils parlaient l'un sur l'autre. Ils bafouillaient des trucs. Des salades comme quoi ils étaient mieux que cousins. Et même, ils avaient été compagnons de marche dans la poussière des chemins et le poudroiement du soleil pendant l'été torride où les incendies de pinèdes avaient dévasté le massif des Maures.

Pour le coup, les visages se sont faits graves. Les échos du souvenir terrible qu'on venait d'évoquer résonnaient encore aux oreilles des aînés.

Cette funeste année du *Beng*[1], un homme de la tribu était mort. Deux autres avaient été blessés. Un *drolle* âgé de huit ans à peine avait perdu un œil. Passant par un hameau voisin de La Garde-Freinet, c'est tout le convoi

1. Diable.

des caravanes qui avait été lapidé par les villageois en colère. Rien n'arrêtait plus les *gavalé*[1] et même ils avaient sorti les fourches, les pierres et les épluchures pour chasser les Tsiganes qu'ils accusaient d'avoir bouté le feu au milieu de leurs chênes-lièges.

– *Aydi ra*[2], a dit Podgorek à son parent, une fois le calme revenu dans les esprits.

Il l'a entraîné en direction de son *camping*.

Chemin faisant, Zach a fait savoir à son parent qu'il cherchait un coin, une *tsera*[3] pour lui et un *pato*, un lit, pour ses enfants qui n'en pouvaient plus de marcher.

Une fois attablés devant un régal d'oignons hachés et de *mamaligă*[4] qu'accompagnaient des saucisses fumées, les deux hommes ont immédiatement évoqué la suite. Zach a fait savoir qu'il possédait de l'argent assez pour acheter un camion et qu'il se proposait de faire la route avec notre troupe, pourvu qu'on lui en donne l'autorisation.

Pour sa première nuit au campement, Podgorek a demandé à Radjko Durič, son bras droit, d'abriter son parent dans la caravane où il vivait seul depuis le décès de son épouse.

De son côté, Marie-Sara s'est offerte à accueillir les gosses du voyageur et à leur fournir un couchage pour la nuit.

1. Paysans.
2. Viens manger.
3. Tente, habitation manouche.
4. Galettes de pain chaud.

16

La vie réciproque

Dès le lendemain, le *Kriss Romani*, le Conseil des hommes sages, s'est réuni sous la présidence de Schnuckenack Runkele.

Le rescapé des camps de la mort a ouvert la réunion par ces simples mots :

– *Sa o Roma phrala!* Tous les Roms sont frères !

Il n'avait pas l'intention de perdre son temps en ronds de jambes, Schnuckie. Vu le gueuleton qui se dessinait, les préalables, il fallait que ça se magne. Et puis, ça ne pouvait pas refroidir.

En l'honneur du nouveau venu, il avait demandé à la vieille Marioula de préparer le plat préféré des gitans : deux délicieux *niglo*[1].

Après avoir ébouillanté les bestioles, elle les avait fait rôtir à la broche. Présentées sur un lit de choux, d'oignons et d'orties, c'était la précieuse contribution de Schnuckie aux agapes.

Fidèle à la tradition, le vieux, bravant son âge et les

1. Un hérisson (rappel).

mouldro[1], était allé chasser la nuit avec un fanal et son bâton. Il n'avait rien trouvé dans les buissons. Il serait rentré bredouille si la main experte du hasard n'avait placé sur le bord de l'autoroute deux pauvres bestioles fraîchement écrasées.

– La bête tuée par Dieu est meilleure que celle tuée par l'homme ! avait affirmé Schnuckie qui connaissait ses classiques. Nul doute que c'est le divin barbu qui a placé notre festin sur mon chemin !

Toujours prêt à clabauder, Radjko Durič avait fait mine d'ouvrir sa grande gueule. En lisant sur ses lèvres l'ébauche d'une contradiction, Schnuckenack lui avait fait des yeux terribles.

Pour ne plus être dérangé, il avait exigé que l'homme de cirque, l'invité du jour, entame le festin.

– *Cryave le niglo, Zacharias !*[2]

Le plat préparé par Marioula était succulent. Les mâchoires des invités avaient fait bamboule. Le *maule*[3] avait coulé à flots. Nom de foutre ! Le fumet du hérisson avait fait prodige dans les estomacs !

Mais ce n'était pas tout. Les mets qui suivaient étaient à la hauteur. Un fameux renfort de viandes. Un quartier de cerf, un reste de hure de sanglier et des joues d'écureuil. Jamais vu un barnum pareil dans la *camping* de mon grand-père ! C'était une furie joyeuse autour de tous les plats. Nous les gamins, à l'extérieur, on s'écrasait le nez contre la vitre embuée pour voir le spectacle.

1. Fantôme malfaisant.
2. Mange le niglo, Zacharias !
3. Vin.

Autour de la table, les moustaches trempaient dans la graisse. Les voix s'esclaffaient. L'alcool coulait à larges rasades. Les odeurs de corps, ça fouettait effrayant ! La peau reluisante de bonheur, la tsiganerie retrouvait le plaisir de vivre.

Les gaillards, émoustillés par la bonne chère, tiraient un énorme plaisir de la convivialité. Au final, tapis et velours, une compotée de pommes avait circulé avant que n'apparaisse la cafetière et, une fois sucés les doigts et essuyés les couteaux sur le pain, l'assemblée se serait volontiers endormie dans l'odeur du chou, du rance, de la chique et des vapeurs d'alcool si un peu de guitare n'avait pas réveillé les plus fatigués.

*

Coco Balata en personne était venu jouer *Swing White Django* et sa musique avait su secouer les os des invités.

Pour prouver que personne n'oubliait que l'intégration de Zacharias était le sujet du jour, des palabres avaient été entamés sur le champ. Surtout pour justifier que la consommation de bière et d'autres breuvages alcoolisés n'avait en rien émoussé le sens du devoir.

Le moment des prises de parole était arrivé.

Longtemps, la force, l'ampleur des discours dispensés par les orateurs avaient fait trembloter les essieux de la caravane où se tenaient les débats.

Quelle fougue ! Quelle majesté !

La fièvre dans les yeux, Podgorek avait plaidé pour son cousin. Les mots pour louer les vertus de son parent ne lui manquaient pas. Ils lui brûlaient la langue.

Podgo rebuvait un coup après chaque envolée. Aucune

prudence ! Aucun égard pour son corps ! Le *baro* donnait tout !

Farci de nourriture et de liqueur d'alambic, il avait fini par basculer blair en avant dans son assiette.

Fourbu, rompu, roué à mort par le tord-boyaux et l'emprise des mots, il avait râlé un moment dans le gras de la sauce. Malade à en mourir, trop lourd pour se relever, il bavait sur la table. Il poussait des « han han », il agonisait sous les yeux de ses amis.

Maldonne abominable ! Sur le point d'ajouter un nouveau membre à notre communauté, nous allions perdre le meilleur d'entre nous !

Mais d'un coup de reins inattendu, Podgorek avait rejailli tout debout. Incertain sur ses jambes, il avait souri avec modestie et demandé s'il avait dormi longtemps.

Salué par un tonnerre d'applaudissements et sur décision unanime de ses membres, le Conseil avait accepté que l'ancien acrobate se joigne à la *kumpania*.

Ainsi va la vie chez nous.

Simple, turbulente, désordonnée, mais riante, partageuse et emplie de la conviction que tous les humains méritent de respirer au mieux de ce que la liberté de tous peut leur offrir, elle ouvre ses portes « aux cœurs purs ».

17

Justement, le cœur de Sara était à prendre…

Galop ! Galop, Cornélius ! Hâte-toi ! Polope, je te prie ! Ne commence pas à traînasser sur ta parentèle ! Le lecteur veut de l'action, pas du sentiment.

Michto ! Ça va ! Je ne m'étends pas davantage…

Pour faire simple, Zacharias Shamano a posé sa valise à Toulenne. Il s'est installé parmi nous sans provoquer ni jalousie ni grincements de dents.

Tout ça était écrit dans le grand livre du destin !

Bahuté par les coups du sort, il avait été déjà marié à une femme.

L'ingrate l'avait quitté pour des raisons qu'il ne nous a jamais expliquées. À trente-huit ans, il aurait voulu refaire sa vie. C'est ce qu'il a fait savoir à Sara quelques semaines plus tard, aux premiers jours de mars, sous le grand chêne qui commande le chemin menant à la rivière.

Ces deux-là s'étaient plu au premier regard. Pour autant, ils ne s'étaient pas jetés au cou l'un de l'autre avant de mieux se connaître.

Zach avait compris que sa partenaire avait du caractère. Il savait pertinemment que son concubinage avec elle risquait d'être temporaire.

Sur le sujet, ma mère adoptive n'y était d'ailleurs pas allée par quatre chemins. Elle avait fait savoir à son soupirant qu'elle n'aimait pas s'éterniser avec les hommes. Qu'elle se méfiait de leur autorité. De leur égoïsme.

Sara parlait d'expérience. Après un bref épisode avec Elöd, elle avait été mariée à un certain Tony Durič, qui n'était autre que le frère de Radjko Durič.

Là encore, galop ! Galop, je vous rassure ! Je n'ai pas l'intention de vous assommer avec des pages. Je ne veux pas non plus vous laisser dans les nuages. Vous auriez des regrets. Que vous connaissiez un peu mieux Tony Durič. Que vous compreniez comme les choses les plus magiques peuvent tourner à l'abominable !

Justement, avec lui, y a du programme, croyez-moi. Avec lui, Sara n'avait pas eu les draps faciles !

*

Tony avait le sang chaud, du poil aux pattes. Ça ! On peut dire que c'était une pièce ! Le coquin présentait bien avec sa *kapa*[1] blanche, sa cravate à pois. Sa démarche chaloupée. Sa montre *rupuno*[2] et ses mocassins italiens.

C'était un solide gaillard avec de la moustache sous le nez. Sara racontait volontiers qu'il lui avait vite rendu la tête folle. Selon les règles en vigueur dans la communauté,

1. Casquette.
2. Argent massif.

il n'avait pas tardé à pratiquer le *nashimos*, le rapt de la fiancée avec consentement.

Il avait agi comme un fauve en rage et nul doute qu'il aurait pu devenir un amant durable s'il ne s'était pas vite révélé sous son vrai jour.

Le jeune marié était incontrôlable. Il rentrait souvent ivre et, très vite, avait entretenu de mauvaises fréquentations avec un lot de garagistes engagés dans le trafic des voitures.

La lune de miel de Sara avait été de bien courte durée. À peine trois mois s'étaient écoulés depuis son mariage lorsqu'elle avait perdu son homme. Il s'était ratatiné la cerise contre un arbre dans les années Giscard. Bien sûr, il n'allait pas à une allure ordinaire. Au volant de sa voiture, il tricotait à cent cinquante à l'heure sur une nationale à l'ancienne.

Quand les péquenots l'avaient trouvé, enroulé autour du platane, ils avaient été formels : «Vot' parent, il a drôlement fait du bruit en retombant ! Il était tellement brisé que vous auriez pu jouer aux osselets avec ses dents éparpillées sur le macadam.»

À sa décharge, il faut dire que Tony avait les flics au cul. Difficulté majeure ainsi que continue à l'expliquer Radjko à la cantonade dès qu'il a un coup dans le nez.

– Aller un peu vite, qu'est-ce que tu peux faire d'autre si tu viens de te faire loger par les *gardés*[1] ? demande-t-il.

Et il ajoute en général :

– Sans vouloir contrarier personne, ça fait une sacrée différence entre rouler peinard vers Le Touquet quand on va aux bains de mer et se faire la malle au volant d'une DS volée après avoir fait le ménage d'une Société Générale.

1. Flics (rappel).

Justement, le cœur de Sara était à prendre…

Bref, le cœur de Marie-Sara était libre depuis le départ de Tony.

*

Vis-à-vis de cette dernière, Zacharias Shamano n'avait pas tardé à réussir son examen de passage avec brio.

Ma presque mère était tentée de lui faire confiance parce qu'il était propre et qu'il adorait ses gosses. De toute façon, elle n'était pas regardante sur le nombre de bouches à nourrir pourvu que chacun apporte sa contribution à la vie commune.

Afin d'étayer le sérieux de ses intentions, Zach avait acheté le fourgon dont il avait parlé. Un beau matin, il avait fait son apparition sur l'aire du campement en tractant une magnifique caravane derrière le Ford. L'équipage s'était arrêté au niveau de notre verdine.

Zach était descendu du camion. Il était habillé d'un beau costume trois-pièces. Il s'était fait la raie sur le côté et quand Marie-Sara l'avait vu dans ces dispositions, elle s'était jetée dans ses bras.

Elle avait pris Zach sous son aile parce que le printemps était là, que l'air vibrait de senteurs nouvelles, que l'appétit des chairs lui venait comme à n'importe quelle femme de son âge et qu'elle le trouvait *michto* avec ses joues creuses et son regard sans détour.

Quant à *i chaïe*[1], Tsiganina et son *prala*[2], Zlatan, ils allaient jouer un rôle important dans ma vie.

1. Sa fille.
2. Frère.

Zlatan était un magnifique garçon qui avait bien trois ans de plus que moi et déjà des manières d'homme.

Tsiganina possédait des yeux immenses. Elle était ma cadette.

Au début, de notre installation, dans ses robettes d'été, elle grelottait. Elle entrait volontiers dans mon lit pour y chercher la chaleur. Elle avait pris l'habitude de se blottir contre moi comme un petit lapin apeuré par les chasseurs. Je crois qu'elle avait peur du noir. Elle me parlait tout bas. Elle me tirait par la manche. Il fallait que je lui raconte des histoires. Elle s'endormait dans mes bras.

Je l'aimais bien, toute petite, là, sur mon épaule.

18

Pour solde de tout compte

Promis juré ! Cette fois, je m'y tiendrai ! Halte à la digresse !

Au moment pile où nous en sommes, je m'aperçois que je détaille. Que je finasse sur ma famille. Mes premiers émois. Mes origines.

Dans mon souci que vous ne loupiez rien, voilà-t-il pas que je m'installe. Après tout ce que je vous ai promis de violence, je ne vous ai pas assez fusé dans les miches. Je parie que vous trouvez que je m'essouffle au pittoresque. Au sentimental. Que pour dérouler la suite de mes aventures, je ferais mieux de retourner le bocal. Qu'il me faut le renverser tout de suite. Au besoin, le péter en mille verres.

En somme, vous êtes de votre temps. De votre époque. Vous réclamez du brutal. De l'irréparable.

À charge pour moi d'écrire en caractères gipsy-rock plutôt qu'en pattes de mouche Sergent-Major. Vite, que je vous fournisse de l'action plutôt que des souvenirs de jeunesse ! Surtout, que je vous tienne informés de l'épilogue de mon *akijade* avec la professeure Costes. De ses conséquences.

Et de peur de vous perdre, même si ça miroite rouge, je retourne au présent… je retrouve mes quinze ans.

*

Pour l'heure donc, chien trempé craint la police, je fonce sous des trombes d'eau. Je cours sous la pluie. Je ruisselle. Je détrempe.

Trois jours que je traîne dans le noir. Trois jours que j'ai la marmite en feu, que je zone au carton ondulé, que je jeûne au pain d'amertume.

À l'aube du quatrième jour, j'entrouvre les paupières. La nue se déchire derrière le clocher de l'église. Je guigne au-dessus de moi un emplâtre de nuage noir et fondu qui promet de nouvelles averses. Je suis épuisé par l'insomnie qui barbouille tout en gris. Quand on arrive à la limite de ses forces, il s'en faut toujours de très peu pour que le moral flanche. Et c'est ce qui m'arrive ce matin.

*

Je mets le cap sur le campement de Toulenne.

Direct, je vais chez mon *kako* Schnuckenack Runkele.

Je l'aperçois de loin. Il est grimpé sur le perchoir à escalier de sa nouvelle vardine. Il est occupé à la repeindre.

Il pose son pot de couleur verte. Il essuie son front et me fait signe d'approcher.

– *Dja prale, raclo!* Monte, petit mec! *Ap piche mander!* Viens chez moi!

Sans m'attendre d'avantage ni en demander plus, *o pourro*, le Vieux, s'engouffre dans ses appartements à l'ancienne.

J'apparais sur le seuil. J'entre. Il inspecte ma mauvaise mine. Avant que je m'installe, déjà il m'interroge :

– *Ho hi kan ?* Qu'est-ce qu'il y a ?

– *Tchiben !* Rien !

Schnuckie hausse les épaules et reste muet sur le moment. Le gosier amateur de boissons fortes, il attrape un bouteillon dans son placard spécial. Il se verse à boire. Il renverse la tête en arrière et, d'une lampée, d'une seule, commence à se sculpter le *nak*[1] à la prune d'alambic.

Quand il a sa dose, il infuse un moment comme une vieille feuille. Enfin, il se tourne vers moi.

Le front ridé, il constate :

– T'as pas l'air dans ton assiette, *niglo*… Qu'est-ce qui cloche ?

– *Jalla*, je te dis.

– Je ne te crois pas. Sinon, tu ne serais pas venu me voir.

Je lève les yeux. Son visage a une drôle d'expression.

– Lance-toi, il marmonne. Ça coûte pas cher de dégoiser !

Après tout, je suis venu lui parler de l'échappée des jours cruels.

D'un coup, j'y vais d'une bouche prudente :

– Je me suis marave à coups de souliers de gitan !

– Jusque-là, pas si grave !… Quand j'avais ton âge, j'étais de ton espèce.

– J'ai pris le chemin de la mauvaise route !

Il branle du chef.

– Que ça ne te contrarie pas ! Nous, les Tsiganes, nous sommes comme des poissons d'eau salée… nous sommes incapables de vivre en eau douce !

1. Nez, pif.

– Qui te parle d'eau douce, grand-père ? Au collège, classe de géo, je cherchais de l'or au bord de l'Orénoque et j'ai été attaqué par une légion de rats !

À ma façon, je lui raconte toute la sauce :

– Tu aurais respiré cette odeur d'égout ! Une odeur de décomposé ! Ça s'est mis à puer écœurant... En plein dans le local de classe, comme ça !... à propos des grands fleuves... Faute à cette *pouif* de professeur Costes !... Suite à de mauvaises paroles... Elle me hurle aux oreilles ! Je l'envoie aux pelotes... Elle gratine de la marmite ! Elle crie après moi !... Fini l'Orénoque ! Les chasseurs de diamants ! La Caraïbe !... Tout s'envole ! Elle crochète mon bras... elle me secoue... elle ramène son devant... des *touchtas*[1] pas possible... Elle me parle mal... une vraie rage... Après, elle me gifle... elle est lancée... elle s'arrête plus... Elle retrousse très haut ses jupons pour mieux travailler... Elle *bamboule du prooz*[2]... Elle me culbute avec sa grosse viande froide... Comment tu peux supporter ?... comment ?... Tout le fourbi part en *akijade* ! Caviar ! Tatane ! Beignes en tous genres ! Manchettes ! Ciseaux !... ça commence à savater !... Je relève le couvercle à moi tout seul ! Je bagarre avec tout le collège !... Cours de géo, je répète !... Bourre-pif avec les professeurs !... Chicore avec le principal !... avec les schmitts de la sécurité... avec des Dupont féroces... des gadjé qui ont l'instinct de peau ! Ils finissent par me raplatir en escalope ! Ils me marchent dessus ! Ils me virent du collège !

– Arrête ! Arrête, petit !

Le Vieux est pris d'un frémissement des épaules et

1. Seins.
2. Elle tortille du cul.

jusqu'au bout des doigts. Je lui ai fait remonter les souvenirs.

– Quand j'écoute ton histoire, j'ai le goût du sang dans la bouche murmure-t-il. Pourquoi les cauchemars recommencent-ils éternellement ?

Je laisse libre cours à mon amertume :

– Tout est boutiqué d'avance, *kako*[1] ! Les gens ne nous aiment pas ! Ils ont l'instinct de peau ! Les gens du dehors, ceux de tous les jours sur le trottoir... même réflexe ! Même relent ! Même infection !... Tuez le gitan ! Liquidez l'apache ! Effacez-le ! Sale gueule ! Cheveux noirs ! Mauvaise couleur ! J'en ai vu !... J'en ai rencontré des dizaines depuis que j'ai faim... Des bourgeois épinglés Légion d'honneur au revers, des maigres avec des petits yeux vifs, des musclés en jogging, des rondelets bien lavés, parfumés, souriants, des bouffis gonflés au Burger King, des chauves avec des estomacs à trois bourrelets charogne !... Tous, ils ont mis la sauce ! Ils m'ont traité de schwartz !... d'Arabe !... de Roumain... de métèque !... Ensemble, ils se relançaient : « À la trique, le boumian ! Le baraquin, le camp-volant ! Qu'on l'assène au parapluie, le gitan ! À la batte de base-ball, le manouche ! » Même au livre de messe, ils ont essayé ! À l'Évangile par la tranche !... Ils m'ont dérouillé comme il faut, les gentils... des gnons affreux ! Le sang me barbouillait le nez !

Schnuckie essaie un geste apaisant.

– Reprends-toi, fils ! Qu'y pouvons-nous ? L'époque est ainsi faite... Malaise inexplicable ! Le cœur tourne à vide ! L'humanité titube !

1. Grand-père. Homme qui a l'expérience et l'autorité sur sa famille.

Plus rien ne peut m'arrêter. Je veux donner toute la chanson :

– J'ai attrapé la rage ! J'ai failli retailler le ventre de madame Costes ! Voilà la réalité ! Planter le principal ! Ouvrir une boutonnière dans son beau costume ! Vider ses tripes au caniveau !

Schnuckie dessine un sourire désenchanté sur ses vieilles lèvres :

– Là, je dis attention ! La folie qui commence, il n'y a rien pour arrêter ça…

– Chaque soir, j'aiguise mon couteau.

Mon grand-père se gratte la tête. Il serre les mâchoires avec gravité. Il frotte pensivement ses mains usées.

De mauvais plis se sont installés sur son front, son visage.

– Méfie-toi, Cornélius. La folie qui commence, y a rien pour arrêter ça.

Il reste un moment sans bouger, ses deux bras noués autour du torse. Les paupières closes, un calme de statue peint sur le visage, il ouvre ses bras en chuchotant :

– Lâche-toi contre moi, petit. Ça te donnera du repos. C'est ça que tu as besoin.

– Pourquoi suis-je né dans le mauvais camp ? je lui demande.

Et je me blottis contre lui.

19

Le Polack

Le lendemain, mon plan est simple.

Je ne vais pas lambiner sur le parcours. Vous faire perdre votre temps en vous bourrant la tête, je décide de me livrer aux gendarmes.

N'empêche, rien que d'y repenser, je palpite. Mes yeux rougis me font mal au fond des trous. Un mal atroce. Mais j'avance.

Je suis le sombre cours de mes pensées.

J'ai quitté le campement à la pointe du jour. Je n'ai pas réveillé mon grand-père. J'ai rangé Gutenberg et Sergent-Major au fond d'un tiroir et je suis parti.

Je gagne les premiers signes de civilisation avec soulagement. Dehors, c'est la vie ! Les lampadaires bleuissent les trottoirs. Quelques silhouettes se profilent dans le hall des immeubles achélèmes. Des jeunes qui se la jouent.

Je franchis une haie. Je traverse une pelouse en plan incliné. Je bute. Je manque de m'étaler.

Une allée, un coin d'immeuble et je longe une boulangerie. À croire que les aventures s'en vont par le nez ! C'est en humant la bonne odeur du pain craquant, à peine sorti du four, que j'ai peine à retenir mes larmes.

Mais quoi ? Même s'il est écrit que c'est par les odeurs que finissent les grandes résolutions, manger n'est pas pour moi, ce matin.

J'écarte les pébrocs. Je déteste ceux qui sont au sec ou qui fument une tige en rêvassant devant le feu – les vaches !

O mensi ! Les gens ! Je les déteste tous.

J'y vais !

*

À l'ombre d'un drapeau, la maison *klistarja* sommeille au fond d'une allée…

Je pénètre dans la cour encombrée de voitures à gyrophares. Derrière le fronton d'un bâtiment moderne, un ciel congestionné de pollution annonce une nouvelle journée de pluie.

Trois marches, je franchis le seuil.

Derrière un desk, un flic sans képi mord dans un casse-croûte. Son crâne gansé d'un cercle rouge a la candeur d'un derrière de nouveau-né. Le jambon-beurre lui sort de la bouche. La lèvre luisante, il me fait signe de dégoiser. Je lui explique que je viens me livrer aux autorités.

Il prend le temps de mâcher.

Il me demande :

– C'est pour un crime ? Un viol ? Un accident de la route ?

– C'est pour remettre le compteur à zéro.

– Mais encore ?

– Rapport à un tas de conneries que j'ai faites.

Il se tourne vers un collègue qui vient à passer.

– J'ai un client pas ordinaire. Où c'est qu'il est, le Polack ?

– Dans son bureau.

– Au fond du couloir à gauche, me renseigne le préposé.

Je m'y rends. Une plaque annonce : « Lieutenant Roman Kowalski ».

Je frappe.

Porte entrouverte, je ne suis pas déçu du voyage. Le Polack se tient derrière son bureau. La masse de son corps de mastodonte, ses mensurations hors normes, sa carrure de pachyderme se découpent à contre-jour de la façade vitrée. Il se cantonne à une immobilité presque minérale.

Je me nomme.

Sa face à mille plis s'éclaire à ma vue.

– Alors, c'est toi le fameux gitan ? Celui qui sème la grêle partout où il passe !

Il se lève à grand bruit et vient me renifler. Je souris au flicard.

J'essaie de lui offrir le visage détendu d'un honnête citoyen.

Il me dévisage sans aménité. Il sort de sa poche une plaque de chocolat belge, arrache le papier d'étain et expédie plusieurs doigts de Noir de Noir dans sa large bouche.

– J'ai perdu ma femme l'année dernière, il explique. Depuis je bouffe du chocolat. Ma façon d'estourbir mon chagrin.

Il masque sa curiosité naturelle derrière un sourire graisseux. Il se déplace d'un demi-pas et, une fois qu'il me sait à portée de son ventre, m'annonce d'une voix bonasse :

– Bon, ben c'est pas l'tout, ma poule ! Va falloir que tu passes à la casserole !

Et il téléphone au juge pour enfants.

Moi, sous ses yeux, au risque de prendre perpétuité, je fais main basse sur le reste de chocolat qu'il a abandonné sur le bureau. Je l'enfourne et je le mange.

Épaté par mon audace, le poulet n'en revient pas.

Nous nous regardons longtemps. Je mâche à toute vitesse. Nous berçons chacun de notre côté nos secrets. Nous croyons longtemps qu'il va me foutre une trempe.

Au lieu de ça, le Polack secoue son ventre énorme. Il plisse son plat visage. Ses flancs se soulèvent.

D'un seul rire, il efface toute la laideur du monde.

20

C'est arrivé comme je dis…

Passons sur la façon que les gadjé ont trouvée de me faire payer ma dette envers la société.

J'ai écopé d'un séjour dans un centre de rééducation.

À Montgardon que ça s'appelait. Un établissement ceint de hauts murs, perdu dans la cambrousse. Un endroit où ça marchait encore à coups de trique. Il y avait des barreaux aux fenêtres.

Les jeunes prisonniers étaient des *raklos* dans mon genre. Des manouches ou des voyageurs, comme moi. Ou alors vous trouviez une catégorie d'orphelins dont personne ne voulait, des supposés délinquants. Des dérangeants. Des bancroches. Des différents. Des inadaptés. Des *extrêmes*, à ce qu'ils disaient.

Un poulaga m'avait prévenu pendant le transport. Paradis ! Tu vas voir ! Y a un parc. Vous allez respirer le bon air ! On était bien cent cinquante répartis en deux bâtiments. On marchait au pas pour aller aux ateliers. Le matin, régime militaire. Lever à l'aube. Faire son lit. Entamer les corvées du jour. Surtout, pas moufter.

À chacun son expérience! Là-bas, j'ai tâté de toutes les promesses. Le règlement était formel. En priorité, faire bénéficier les résidents des bienfaits de l'Enseignement. Pour le peuple des attardés, pour les accidentés de la vie, quatre heures d'alphabétisation étaient donc prévues tous les jours.

Apprendre à lire et à compter. Il n'est jamais trop tard pour bien faire. Sauf que je n'étais pas conforme au moule envisagé. Vu mon niveau, classe de troisième, j'étais même hors concours.

Comme ça, boum! sur les bancs de l'école, j'ai pas tardé à renauder. À force de tartiner la table des cinq, la table des six, ça commençait à cogner dans ma tête! Plus fort que moi, j'ai levé le doigt. J'ai voulu enfoncer le clou. Sortir des ténèbres! J'ai interpellé l'instituteur. J'ai déballé mon cri. Au secours! À la rescousse, tous mes amis!... Victor Hugo, Cosette, Jean Valjean et mon copain Pip, le héros de Monsieur Charles Dickens dans *Les Grandes Espérances*, ont fait irruption dans la salle! En leur nom, j'ai revendiqué à mon compte tout l'attirail de l'humiliation et de l'injustice sociale vis-à-vis des pauvres.

Vous auriez vu la tronche de l'instit! Pauvre *sulari*[1]! Au milieu d'un monde sans lumière, il découvrait un phénomène!

Il a retiré ses lunettes. Poumons sans air, il m'a regardé en hochant la tête.

J'ai tout de suite vu qu'il était bien emmerdé!

*

1. Instituteur.

Pendant des semaines, le juge pour enfants, la psychologue ont essayé de cerner mon caractère. En d'épuisantes séances, ils me demandaient de surveiller mes souvenirs. De leur fournir toutes les petites choses que le repentir n'aurait pas dû m'épargner. Le moindre détail.

C'est une période où j'écoutais bien des conseils. Parfois, grâce au savoir de ces éminents spécialistes, j'ai même cru entrevoir des lueurs de vérité pour plus tard. C'était bien étrange. L'esprit est capable de se contenter avec des phrases. Le corps, c'est plutôt l'inverse. Il est difficile à convaincre, lui, le corps. Il lui faut des muscles.

Je répondais à leurs questions. Mais je ne voyais toujours pas la nécessité de me repentir. Leur patience faite pour me confondre me donnait envie de vomir. J'ai fini par me taire. Plus un mot. Je les regardais sans les voir, je les écoutais sans rien dire. Je leur tournais le dos. Je regardais par la fenêtre. Je tuais les mouches. Je pensais à Tsiganina. À ses cuisses dorées. Je relisais les lettres qu'elle m'envoyait en cachette de son père.

Très mauvaise passe. Mes lèvres bougeaient mais rien ne sortait. J'étais catalogué comme un « jeune manouche scolarisé avec potentiel intellectuel supérieur à la moyenne, relevant d'un habitat *en dur dominant* avec présence marginale de la caravane ».

À la rubrique « entourage », une main à l'écriture ferme avait noté : « Mère adoptive à l'influence plutôt positive. Personne semi-sédentarisée bénéficiant du Livret spécial de circulation type "A", réservé aux personnes exerçant une activité ou profession ambulante. Le jeune Runkele Cornélius Oskar paraît susceptible de s'intégrer à la vie sociale pourvu qu'il ne soit pas soumis à de mauvaises influences. »

Pour démerder l'imbroglio, il a fallu grimper les échelons ! En la personne de son directeur, l'Administration a été appelée à plancher sur mon cas. Fernand Guilloteau, fonctionnaire autodidacte à poils durs, se voulait expéditif. Quand j'ai été introduit dans son bureau, l'accablement lui mangeait la figure.

Il se méfiait des gitans. Surtout de ceux qui s'étaient mis en tête d'aborder les rives de l'instruction. Ma sortie sur *Les Misérables* le contrariait au plus haut point. Ces bohémiens ! Il ne leur suffisait plus de voler leur pain pour manger… il leur fallait aussi tuer leurs professeurs ! Pour un coriace dans mon genre, qui n'avait que des méchancetés dans le corps et des germes de sédition dans la cervelle, le verdict serait court et tranchant.

C'était l'alphabet ou faire la plonge.

21

Les tam-tams de Joséphine Bergogneu ou la vaisselle de l'âme

L'instituteur et la psychologue ont essayé de corriger cette décision sans nuances. Infiltré par le doute mais résolu à ne pas perdre la face, le dirlo, d'un coup de rabot, a décidé de me faire faire la planche.

Le temps qu'on organise les ateliers professionnels (qui étaient en réfection), j'ai écopé de vingt jours de travaux d'intérêt public.

J'étais en jachère. On ne savait pas à quoi m'occuper. J'ai commencé par balayer les feuilles dans un square. J'ai vidé les poubelles des riches. J'ai aussi travaillé au domicile de mon éducateur spécialisé.

Bergogneu, il s'appelait. Une sorte de tuteur en plus musclé. Un redresseur de torts. Sourcils épais. L'air fâché sans raison. Mais brave homme au fond.

*

Bergo était un ancien gendarme qui avait été en poste au Congo-Brazzaville. Sa femme, Joséphine, était haute comme une tour. Le menton en galoche, le chignon perché au sommet du crâne, elle avait une poigne de fer.

Du plus loin qu'elle me voyait rappliquer sur les dalles de son jardin, elle se mettait à glapir et à m'assaillir :

– Retire les mains de tes poches, graine d'assassin ! La tête haute ! Une-deux ! Une-deux !

Elle cadençait ma marche en tapant dans ses mains. C'est qu'elle avait l'expérience des contrevenants, Joséphine. Y a pas de doute, elle avait appris à confondre et châtier.

Au fin fond de la forêt tropicale où régnait son adjudant d'époux sur un territoire vaste comme la moitié d'un département français, elle s'occupait déjà de la rééducation des autochtones qui avaient chapardé.

Elle les prenait en charge à sa manière. Ses méthodes étaient frustes mais convenaient parfaitement à la population carcérale. Pas de prison avec elle. Seulement du vécu. Des tâches ménagères. Une nourriture abondante et variée. La punition infligée par Joséphine trouvait le chemin d'une rédemption à figure humaine dont elle était l'ogresse.

La main leste avec ça. Vlam ! Combien t'as volé de machettes ? elle demandait à ses *nègres*.

– Douze !

Vlam ! une autre tarte.

– Menteur ! Combien de machettes ?...

– Treize !

– T'es sûr, au moins ?

– Certain.

– Je te le fais à quinze !... Tu feras quinze jours !

Quinze jours à cultiver des roses en pleine forêt équatoriale. Quinze jours à arrondir des buis et à planter des salades. Tout ça à cause d'une idée folle que Joséphine s'était mise derrière le chignon. Tout ça à cause du jardin d'un pavillon situé 6 rue des Alouettes à Torcy (ex Seine-et-Oise), un modèle exclusif qu'elle avait vu en photo sur *Maisons de France* et qu'elle rêvait de reproduire au détail près au fond de sa clairière tropicale.

En France, vous allez voir le niveau de sa dinguerie, elle poursuivait au fond de la Creuse son rêve abandonné en Afrique pour cause de rapatriement.

Fallait la voir !

L'haleine sifflante, elle gardait le cap sur sa marotte. Nullement rebutée. Toujours bénévole. Toujours aussi cinglée.

Le même pavillon. Le même puits. Le même jardin de roses. Des allées de graviers ratissées. Voilà ce qu'elle voulait.

*

Les jours de grand vent, elle appréhendait.

Elle marmonnait que « ça montait ». Une eau lente, un courant chaud envahissaient sa nuque. Une raideur étrange s'emparait d'elle.

Ça n'était pas bon signe. Elle commençait à se balancer. Elle écarquillait les yeux sur son quotidien sans accommoder sur rien en particulier. Les mouches. Le rideau. Le bord de la table.

Après, elle tremblait en grinçant des dents.

Elle était sensible au *grand zinzin*.

Les fièvres ! qu'il disait, Bergogneu. La dengue, le palu, le chikungunya. Le moustique tigre, l'anophèle et la tsé-tsé, premiers responsables.

L'ancien gendarme avait mis une grosse encyclopédie médicale à ma disposition afin que je comprenne mieux les inquiétudes que lui procurait sa femme. J'étudiais. Tout ce qui est savoir me paraissait bon à ramasser. Les insectes, là-bas, sous l'équateur, paraît qu'ils sont maousses. Ils marchent au vilebrequin. Ils creusent à la manivelle. Ils injectent sous la peau des bouffioles pleines de pestilences.

C'était sa seule faiblesse à Joséphine. Le foie. La transe. Le parasitaire. L'épizootie.

Elle en voulait à l'Afrique pour ça.

Dès qu'elle m'avait eu sous sa coupe, elle m'avait regardé fixement. Elle ne m'avait pas caché sa détestation des hommes de couleur. Elle me trouvait « un peu trop crème » à son goût.

– Enfin, elle soupirait, t'es mieux ici que de retourner dans ta famille de « sauvages » !

On bossait sec avec Joséphine mais elle avait ses bontés.

À la fin de la journée, il nous arrivait de partager une bière sans mousse.

*

Elle m'avait donné le travail qu'elle attribuait autrefois « aux nègres ». Ma tâche consistait à empiler les pneus usagés de la jeep pour leur donner l'aspect d'une margelle de puits. Ensuite, je devais peindre et dessiner des briques en trompe l'œil. Ça se passait au fond du jardin, derrière le pavillon en meulière, entre deux rames de haricots.

Je suis allé au bout de mon chantier avec succès. Après, je suis retourné pendant six mois au Centre. J'ai tâté de l'atelier « Fer et métaux » et finalement, Fernand Guilloteau m'a remis un CAP de serrurier.

Pensez ! Les profs étaient contents de moi. À la lime, au pied à coulisse, je m'étais distingué. Brosser l'acier, forger des pennes, réaliser des clés à complications, j'avais tout de suite vu que ça pourrait me servir comme spécialité en cambriolage.

Bref, un jour de printemps, ils ont ouvert la cage.

Je me suis *nachave*[1] à tout courant.

J'ai pas traîné, j'vous jure.

1. Débiné.

22

Les entêtements de madame *Bioutiful*

Avril battait son plein.

Les jonquilles étaient là. Les oiseaux avaient retrouvé leurs chants.

À Toulenne, j'ai rallié la caravane de la famille. Sara et Zacharias m'ont accueilli avec bonheur. Tsiganina et Zlatan se sont jetés à mon cou. Nous avons célébré mon retour en faisant un repas de rois.

Vous souriez, monsieur. Vous vous moquez de moi parce que j'avais repris goût au linge propre et que je boutonnais avec fierté la belle chemise à ramages que Sara m'avait offerte pour mon anniversaire. Vous allez me taquiner davantage si je vous avoue que j'étais heureux chaque fois que Tsiganina pointait sa jolie frimousse et me livrait le spectacle de son corps. Instant magique ! Sa seule présence, ses seins qui se détachaient fièrement de son buste remplissaient mes minutes. Et vous voudrez bien admettre que pour chacun d'entre nous, il est des besoins de fraîcheur et de simplicité qui nous conduisent à notre insu sur les chemins de l'amour.

À ce propos, une idée me traverse l'esprit. Au fur et à mesure que je me dépiaute devant vous, que je vous fais connaître qui je suis, d'où je viens, j'espère que vous comprenez mieux pourquoi un gitan ne saute pas facilement de son ombre. Toujours rejetés, appelés à parcourir le monde, à franchir les frontières, nous sommes conduits à sécréter nos propres croyances. Nous ne survivons qu'à condition de rester entre nous. Nous nous sommes forgé une carapace invisible. C'est là notre armure !

À mes yeux, après l'épreuve du séjour à Montgardon, il n'était pas de meilleur endroit sur terre que celui que les miens m'offraient !

*

Peu à peu, je retrouvais mes marques. Mes chers livres. Mes habitudes. Monsieur Dickens, le grand Victor Hugo, un certain Jules Vallès et à la moindre lecture, je partais faire le coup de feu sur les barricades avec les Communards ou – loin de Toulenne-sur-papiers-gras – j'embarquais avec Nemo à bord du *Nautilus*, direction les pieuvres, à vingt mille lieues sous les mers.

Autour de nous, c'était une autre histoire.

Le campement bruissait de ses préparatifs d'expédition. D'ici quinze jours, la *kumpania* reprendrait le voyage interrompu par l'hiver.

Moi, à l'heure où « les fils de la nature » s'apprêtaient à embrasser les routes du monde, j'étais les yeux emboîtés dans mes livres. Sourd à tous les tapages, je me tenais dans le sillage de Frollo et de Quasimodo. Je grelottais sur les tours de Notre-Dame à la recherche d'Esmeralda ou je livrais duel aux gardes du cardinal dans les couloirs du Louvre. Je ferraillais aux côtés de Porthos et Aramis.

Pendant ce temps, dans un grand fracas de bagages heurtés et de ferraille déplacée, Podgorek s'affairait. Il bedonnait à gauche, à droite. Il sacrifiait à la fièvre des départs. Il courait d'une caravane à l'autre, haranguait les familles et passait l'inspection du camp. Il exigeait qu'on laisse l'endroit propre.

Sans m'en douter, j'avais trouvé une alliée en la personne de ma presque mère.

Dès l'appel des Voyageurs, Sara s'était montrée rétive au départ. Elle aurait préféré rester sur place par égard pour mes études. Elle insistait pour que je les reprenne.

Elle s'était mis en tête que, pour que je sorte la tête de la misère, il fallait que je m'arme à l'Éducation. Même mon *kako* Schnuckenack n'avait pas réussi à la convaincre du contraire.

– Laisse Cornélius venir avec moi ! s'entêtait le vieil homme. Il n'est pas né Tsigane pour être tenu par la bride !

Elle faisait signe que non. Têtue comme une mule. Elle n'en démordait pas.

Elle disait :

– Celui qui ne sait pas se servir d'un ordinateur est aveugle. Il ne peut pas faire de projets dans le monde moderne.

Échauffé, Schnuckie haussait les épaules. À quoi ça rimait des simagrées pareilles ?

– C'est tout le contraire !… s'écriait-il. Où que je me tourne, j'enregistre le progrès mais je vois la misère humaine ! Soucis bien menaçants !

D'un pas pesant, il commençait à tourner en rond.

– Tous les jours, je me gratte ! marmonnait-il. Carambolage extrême ! J'accuse ton monde moderne de fermer les yeux sur la lumière !

– Tu déraisonnes, grand-père !… La connaissance est la seule arme que nous puissions inventer pour nous délivrer des chaînes de la servitude !

Pour le coup, la marmite explosait. Une femme résistait à un homme ! On aurait tout vu ! Mon *kako* shootait dans les pneus du Ford.

– Fichaises, madame *Bioutiful* ! (c'est comme ça qu'il surnommait la voyante quand il était furax). Fichaises ! il lui cornait aux oreilles, qu'est-ce qu'elle connaît à la vie, la Science ? Est-ce qu'elle sait seulement qui a été le premier ?… L'œuf ou la poule ?

Allez raisonner ! Le vieux déraillait. Sara haussait les épaules.

La caravane de Toulenne risquait de partir sans nous vers le nord.

*

Il faut dire, c'était une époque où je me voyais déjà. Manouche affûté moderne. Programmé pour une nouvelle vie. J'envisageais d'autres débouchés qu'un gitan ordinaire.

Sara visait très haut pour moi. Écrivain, avocat, quelque chose dans ce goût-là. Plus que jamais, elle croyait à l'instruction. À nous deux, on faisait des projets.

Elle disait :

– Les temps changent à toute vitesse. Tu vas échapper à notre mode de vie.

Moi, je la croyais. Je la croyais dur et ferme. Des idées

de grandeur me fusaient dans la tête. Un jour, j'aurais un coin à moi pour faire mes devoirs. Une petite table qui serait la mienne. J'aurais mon bureau et j'écrirais un livre ! Sara y veillerait. J'aurais aussi mon propre lit.

Comme ça, sur le point de m'endormir dans notre caravane, la tête dans le polochon, je frémissais pour l'avenir.

Programmé gosse numérique, j'envisageais de futurs exploits sur écran large. La société n'en avait pas fini avec moi.

Tant pis si grand-père Runkele fronçait les sourcils sur le sujet, je mettais une ardeur bourdonnante à plonger la cervelle dans mes chers livres. Je lisais beaucoup. Des illustrés. Des dictionnaires. Des bandes dessinées. Des ouvrages sur la Commune. Mais pas seulement. Je dévorais tous les bouquins que me donnait Louis Corgnol, soldeur et anar à Bazas, il faisait tous les marchés.

*

De plus en plus souvent, mon vieux maître à penser se risquait à la porte de notre caravane.

Schnuckie se hissait dans le *camtar*.

– Ya kék'un ?

J'étais perdu dans mes rêves de gloire. Ma bouche restait collée. Du coin de l'œil, je m'assurais qu'il n'allait pas s'incruster.

Il lisait dans mes pensées.

– Pauv' salopard ! il ricanait. Tu n'as pas honte ?

Je faisais mine d'être absorbé par la lecture.

– Tu ne te conduis pas comme il faut, fils, disait-il.

Il se penchait sur moi. Le front plissé, il déchiffrait le titre de mon livre. De grosses gouttes de transpiration débordaient au-dessus de ses sourcils en friche. C'est dire sa contrariété.

– Ça m'étonnerait que tu réformes le monde à toi tout seul, ronchonnait-il.

Je baissais d'avantage les paupières pour lui échapper. Qu'est-ce que je pouvais faire d'autre ?

Grand-père hochait sa caboche d'ordinaire sèche comme du bois.

Il disait :

– Cornelius ! *Ho cré kan ?* Qu'est-ce que tu fais ?… *kay jass ?* Où tu vas ?… Tu ne viens plus me voir. Au moins, ne laisse pas tomber le violon ! Tu apprends l'algèbre, les théorèmes, les ronds de jambe et la géographie, *ma bitér lès*, ne l'oublie pas, que la musique a plus d'une fois sauvé ton peuple !…

Je gardais le silence. Les poings fermés, je me disais cause toujours, l'ancien ! Il est bien fini le temps des paniers, de la mercerie, du rempaillage des chaises et des violons sur le toit !

Schnuckenack abdiquait toute agressivité.

À son tour, frappé de stupeur, avec un geste perdu, il essayait d'expliquer son impuissance à parler.

La *mouille*[1] ouverte, il était d'une pâleur extrême.

Et c'était tout pour ce jour-là.

1. Bouche.

23

Hum hum, excusez-moi…

Le lendemain, Schnuckie remettait ça sur la planche. Il arrivait avec les épaules rentrées. L'air malingre. Les yeux cernés.

Il frappait à la porte de la caravane.

Marie-Sara ouvrait.

Il entrait en traînant les pieds. Épais de l'arrière-train, soudain il se laissait tomber sur le bord du lit-cage.

– Je me fais vieux, il plaidait. Cette nuit, j'ai vu passer des ombres.

Mes jambes me portent mal…

– Tu ne m'auras pas comme ça, vieux frimeur, l'avertissait Marie-Sara.

– Ah, l'électricité de l'âme ! il sanglotait de but en blanc. Tu n'as pas idée !

Il lâchait la bonde. Il faisait tout pour avoir l'air vrai.

– Tu fais mal à un vieillard qui a tant souffert ! il pleurnichait dans son gilet.

– Comme ça non plus. Tu ne m'auras pas, Schnuckie.

Pris au piège, il s'arrêtait pile. Il cessait de chougner. Il se rajustait sur le coin du lit-cage.

Il se balançait un moment sur place.

Il s'essuyait la bouche. Il avalait sa salive. Repeint à la sincérité, encore mieux qu'avant, il rappuyait sur le champignon :

– J'ai pas envie de partir tout seul sur la route, là !… Tu dois laisser Cornélius, mon petit-fils, profiter de mes derniers conseils !

C'était sec, dit entre quat'z-yeux.

– *Tu, pourro dilo !*[1], se défendait la gitane, imagine notre victoire un jour, si Cornélius trouve sa place légitime dans la société !

Le vieux restait de marbre. Il grognait juste « Hum ! hum ! » puis se concentrait sur sa réponse :

– Tout ordre établi est un fardeau ! Tu détournes Cornélius de la vocation de notre peuple ! Il est fait pour regarder le bleu du ciel et pour accueillir la bienveillance de la nature !

Cette phrase-là, il l'a redite au moins trois fois.

La guérisseuse, la grande prêtresse des herbes de vent, celle qui commandait à la menthe frisée, à l'hellébore, au plantain, à la mélisse, à l'origan et à la langue-de-cerf avait fini par accuser le coup. Elle semblait touchée dans ses convictions.

Ça n'a pas échappé à Schnuckie.

Ça l'amusait ferme de voir comment ça rongeait la pythonisse de se voir attaquée dans ses saints trésors.

*

Il est revenu le jour d'après. C'était la veille du grand départ.

1. Toi, vieux fou !

Toc toc toc, il a frappé à la porte de la caravane.

Il n'était pas mécontent d'avoir foutu la pagaille. Il avait peut-être bu un petit gorgeon en passant devant chez Durič.

Ma presque mère lui a tourné le dos.

– Ce serait-il que tu as changé d'avis, femme ? a demandé le vieux faisan.

Pour le coup, elle s'est retournée d'un bloc. Ses jupes ont volé autour de son corps. Ses sequins ont teinté. Ses prunelles ont jeté une courte flamme.

– Cornélius est un garçon intelligent ! elle a aboyé avec une grande violence. Il a le droit de s'élever ! Je veux qu'il participe au grand couronnement du progrès !

Schnuckenack Runkele, à ces mots, est monté lui aussi tout en haut de sa tour d'orgueil.

Du haut des remparts, il s'est écrié :

– Mon petit-fils n'est pas fait pour compter les billets de banque et obéir à des maîtres !

Ces deux-là ne risquaient pas de s'entendre.

En trombe, le rescapé de Mengele s'est levé du lit-cage. Il avait le dessous des yeux gris. Il a foncé vers la porte.

– Salut ! Au revoir ! Vous ne me reverrez pas de sitôt !

Il est parti en marmonnant un dicton dont il égrenait les paroles comme une menace pesant sur ma tête :

– *Gitan ! Ne saute pas hors de ton ombre ! Tu te mettrais en danger !*

En s'éloignant vers l'extrémité du campement, il dessinait des gestes incontrôlés avec ses bras. Il continuait avec ses boniments. La cervelle du vieux Rom se tapissait de sombres glacis marbrés de rouge. Il mêlait la liberté et la mort.

– Renonce, Cornélius ! Renonce !... il gueulait à mon intention.

Arrivé, près des ordures, sans buter sur rien, on l'a vu escalader le talus qui menait au bord de l'autoroute.

Au péril de sa vie, mon vieux s'est posé au ras des camions, des bahuts, des poids lourds. Pour me mettre une dernière fois en garde, pour énerver l'adversaire, il a commencé à interpréter la danse du hérisson qui vient de se prendre un camion sur la gueule.

Ça a duré jusqu'au soir. Paraît qu'à la fin, on l'a ramassé.

Marie-Sara, n'empêche, a tenu bon jusqu'au départ des caravanes.

*

Elle s'est ouverte à Zach de sa décision irrévocable. Cornelius devait poursuivre sa scolarité. Il irait au lycée, à Bordeaux. Il serait pensionnaire. Ça coûterait bon chaud de l'argent supplémentaire, mais elle avait économisé de quoi pourvoir à mon entretien. Je serais en condition de passer mon baccalauréat.

Le baccalauréat ! Dans la bouche de Sara, c'était la clé de toutes les réussites !

Zach a baissé la tête. Il savait bien qu'il n'avait pas le choix. Comme il avait les bras robustes et qu'il était amoureux fou de sa gitane, il s'est trouvé une place de caviste dans un château des alentours.

De cette façon, nous avons emménagé du côté du Brouquet, un hameau pas trop loin de Château Guiraud, dans une petite maison de métayer, au pied des vignes de Sauternes.

Avant de nous laisser pénétrer dans notre futur logis, Marie-Sara a pris soin de frotter l'encadrement de chaque ouverture avec des gousses d'ail afin d'en chasser tous les esprits mauvais susceptibles de nous nuire – tels le *Melalo*[1] ou le *nalacchi Balaval*[2] qui pénètrent les corps.

Enfin, d'un signe de la main, elle nous a délivré son consentement. Zach, Tsiganina, Zlatan et votre serviteur avons franchi en grande cérémonie le seuil de notre *khér*[3].

Nous étions devenus des Tsiganes sédentaires.

1. Le sale.
2. Le vent.
3. Maison (rappel).

Troisième carnet de moleskine

24
Comment le bonheur vient à l'homme

Petit monde bancal !

Un jour ou l'autre, nous avons tous cru que la liberté, le renouveau de l'indépendance gourmande, l'entourage de la famille, nous mèneraient jusqu'aux étoiles.

Attention un peu ! Au Brouquet, la belle saison aidant, nous avions même entamé des moments heureux. Passionné par son nouveau métier, Zacharias apportait tous ses soins aux vignes du Sauternais. Le travail lui plaisait. Il souriait le soir au-dessus de son assiette de soupe d'orties. Il était recuit de soleil. Il s'était laissé pousser la moustache.

Plus que jamais, Marie-Sara était embarquée par la farandole de ses obligations. Pythonisse sur les foires ou les marchés, guérisseuse à domicile ou pourvoyeuse de philtres d'amour pour les amoureux éconduits, elle partait de bonne heure. Elle ne sentait pas les kilomètres. Elle tirait les cartes, lisait dans le marc de café, soignait les zonas, enlevait le feu, donnait des gouttes aux grabataires et distribuait des emplâtres aux pustuleux. Elle mettait sa vitalité surnaturelle au service de son projet. Accumuler des économies pour que je puisse poursuivre mes études.

Zlatan, lui, cherchait sa voie et disparaissait des journées entières. Il rentrait parfois tard. Trop fier soudain. L'œil féroce. Il partageait peu sa vie avec la nôtre. Il était ombrageux. D'humeur parfois sombre ou agressive. Je le sentais à l'envers.

La très sage, l'irréprochable Tsiganina vaquait aux tâches ménagères. Elle était de plus en plus belle. Rouée et innocente à la fois. Aucun maquillage pour rehausser l'éclat de ses yeux sombres. Le nez était long et droit. Les pommettes hautes. Une taille souple et fine accompagnait le balancement naturel de ses hanches étroites.

*

Fini le cambouis de l'âme ! La maison dans les vignes me communiquait au travers de ses pierres chauffées par le soleil un équilibre venu de loin et qui faisait rempart aux épreuves de l'existence.

Juin, juillet, août avaient donné à la nature une grâce épanouie qui renforçait mon envie de vivre la belle aventure du genre humain.

Vivre ! Apprendre ! Aimer ! L'idée était fameuse !

Aimer, tenez, je ne pensais qu'à ça ! Je flambais par tous les bouts. Ah ! Séduire ! Ravir avec la voix ! Quelle perspective ! Quel idéal ! Dans mes rêves je croisais des femmes inventées. Je plongeais dans leurs décolletés. J'entrevoyais leurs seins dans la buée de mon sommeil. Je hennissais de passion ! Je me réveillais en sursaut. Je bandais comme un âne.

Souvent, aux heures studieuses, j'interrompais ma lecture. Je suivais Tsiganina des yeux. Molière et ses femmes savantes pouvaient bien m'attendre un peu.

Un panier à linge en équilibre sur la tête, la petiote passait près de moi. L'air bougeait. Je me retrouvais au milieu d'un champ de lavande. Je savais qu'elle se parfumait à l'aide d'un vaporisateur. Une autre fois, elle s'attardait dans la pièce où je me trouvais.

– Tu étudies ? demandait-elle. Tu étudies encore ! Tu ne te plais pas avec nous ? Tu te prépares pour aller voir ailleurs ? Ça ne te fera rien de nous perdre ?

Elle se penchait sur moi. Elle me soufflait dans le cou.

Elle riait. Bouquets de robes à paillettes. Sautillants bijoux. À force de la sentir comme ça toute prochc, de la frôler tout le temps, j'étais possédé par une énergie étrange, tracassé par je-ne-sais-quoi qui m'agaçait au plus haut point.

Le soir, une fois la maison endormie, Tsiganina se trouvait encore là. Elle entrait sans bruit dans ma chambre. Elle se moquait de moi un tout petit peu. Elle riait de si peu de chose. Et puis ses yeux papillotaient. Elle était toute gaie et puis toute triste d'une seconde à l'autre.

Son tendre visage tout éploré me bouleversait. Elle reprenait vite de l'aplomb.

Taquine. Effrontée. Sauvage. Indiscrète.

Elle était surprenante d'audace avec ses manières fantasques. Elle avait conservé les mêmes rites que dans la caravane.

Elle se glissait dans mon lit. Elle réclamait ma protection. Elle me disait qu'elle se moquait des convenances. Entre nous, les choses devenaient simples et mystérieuses. Elle s'endormait comme un bébé. À coups de petits sanglots.

Parfois, je passais ma main sur sa peau noire caressée par la lumière. Sans qu'elle s'en doute, au fur et à mesure que nous grandissions, elle allumait en moi un festin de désirs.

*

Début septembre, moment infernal ! Rentrée des classes. Grand bastringue à la maison ! Depuis plusieurs semaines Marie-Sara préparait mon trousseau. Elle avait marqué mon linge. Elle avait préparé ma valise.

Au jour dit, un 3 septembre autant qu'il m'en souvienne, elle affichait un visage de marbre. Elle était pâle et attentive. Zlatan est apparu à l'improviste. Il m'a serré contre lui, donné l'accolade. Une marque d'affection à laquelle il ne m'avait pas habitué.

Tsiganina a levé les yeux sur moi. Elle avait l'air désorientée. Elle a touché machinalement la croix en or qu'elle portait au cou. Elle l'a portée à ses lèvres. Elle a avancé vers moi sa grande bouche fraîche. Elle a déposé un baiser sur mon front.

Séparation. Adieux. Foulards. Projets contrariés.

Afin de me conduire à la gare de Langon, Zacharias avait emprunté la *bledzina* de son collègue de travail, une vieille 2 CV Citroën.

Les yeux rivés sur le rétroviseur extérieur, j'ai vu Sara et Tsiganina dessiner dans l'air un signe d'au revoir un peu court. Leur image dansait au rythme des cahots. Elles restaient sur place, le bras toujours levé. Elles rapetissaient, au bord du chemin.

Adieu, paradis perdu ! Derrière elles, dans la plénitude de son bleu d'une infinie pureté, le ciel d'automne palpitait au-dessus des vignes.

25
Brève rencontre

À ma descente du train, la Ville m'a sauté à la tête.

Les couloirs de Bordeaux-Saint-Jean sentaient l'urine. Dos à Belcier, le flot des voyageurs courait en troupeau là où des flèches les envoyaient. Au bout du tunnel. Mégots, tickets, bouteilles de bière abandonnées jonchaient le parcours. Le bras tendu par le poids de ma valise, j'avais l'impression de marcher à l'aveugle.

J'avançais dans un charivari de pas qui résonnaient sur le ciment. Un couloir, un autre. Un néon clignotait dans son tube. Une haleine toute proche sentait le café noir. Assailli d'odeurs, de visions fugitives, je poursuivais ma quête vers la sortie. Je m'enfonçais. Je suivais au coude à coude le courant des gens pressés. Ils étaient adroits. Nerveux. Le regard mufle. Je relançais à leurs côtés ! Une affiche à demi lacérée disait que le Père Noël ne court pas les rues. Une Yougo, son jeune enfant étendu en travers de ses genoux, tendait la main pour une aumône. Une guitare électrique égrenait ses accords réverbérés par la voûte.

Un type aux bras encombrés a essayé de me doubler. Il a dit merde en lâchant ses oranges et j'ai tout fait pour l'aider à les ramasser en un temps record.

Cap sur le *Point Rencontre*, j'ai fini par poser le pied sur un tapis roulant où trente mètres de foule indifférente se croisait sans se voir.

En reprenant pied sur le dur, un Noir s'est retourné sur moi. J'ai vu un éclair furtif dans ses yeux quand il a pris la lumière. Un type plus grand que les autres courait, une bonne tête au-dessus des usagers. Il s'était détaché de la meute des voyageurs. Il grimpait les marches d'un long escalier que j'allais devoir emprunter à mon tour. L'espace devant moi s'ouvrait comme une fosse. Je suis ressorti à la lumière éblouissante. Les craintes les plus folles me déchiraient la poitrine.

Sous mes yeux éblouis, Bordeaux menait son bal.

*

À hauteur de la station de taxis, j'ai demandé mon chemin à une personne qui semblait attendre son tour au bord du trottoir.

Au son de ma voix, elle a posé sur moi deux grands yeux noirs comme l'eau d'un puits. J'ai tout de suite su que je m'adressais à une femme en mal de tendresse. Est-ce un délit d'avoir l'amour dans les yeux ?

Deux touches d'ombre sur les paupières, une harmonie de violine, de noir et de marron, elle m'a souri. À vue de nez, elle n'avait pas l'air d'avoir chaud dans sa jupette de cuir à mi-cuisses. Vu son métier, elle a cru que je cherchais à me faire capturer.

– Quel âge tu as ?

– Vingt et un.

Elle a approché son visage du mien. On s'est regardés

au fond des yeux. Si elle a lu quelque chose dans les miens, elle n'a risqué aucune remarque sur mon mensonge.

Ses doigts ont glissé au milieu de mes cheveux, lentement, lentement. Elle a laissé son index jouer dans mes boucles comme si elle m'aimait depuis toujours.

– Tu cherches une copine ? Un petit coin où te mettre à l'abri ?

– Pas vraiment.

Je lui ai dit que j'allais chez les curés, à Saint-Joseph.

J'ai vu s'allumer une lueur d'intérêt dans ses yeux. Elle était brune au teint pâle.

Elle a dit :

– Faut pas que ça t'empêche de faire un détour par chez moi.

Et je n'ai pas dit non à Seraphina.

Quand on a les chocottes à la veille d'une nouvelle épreuve ou au bout d'un harassant voyage, c'est toujours bon à prendre, une âme qui se glisse à côté de la vôtre. S'il s'agissait d'aimer, j'étais prêt ! Chacun a le droit, je pense, de respirer un peu de bitume bohème.

26

Pensionnaire

Le soir même, j'ai fait connaissance avec l'internat.

Pensco ! J'avais un lit. Un casier. Des livres de classe. Un emploi du temps. Un carnet de correspondance, un restant d'argent de poche et une légitimité scolaire.

Sara avait dégoté le meilleur endroit pour que j'accomplisse mes études sans me voir reprocher mon passé tumultueux. Elle m'avait confié à l'enseignement privé. Un ancien couvent jadis tenu par des sœurs Clarisses mais désormais affecté à l'enseignement des pères jésuites. Une boîte de curés à l'ancienne. Fréquentée par les gosses de rupins. Toute une caste de redoublants opiniâtres avec un papa friqué.

*

À Saint-Joseph, si le cloître était un délice de fraîcheur, la paix des lieux était trompeuse.

Ma tranquillité n'a duré que ce que durent les roses. Très vite, mes collègues en blouse grise avaient respiré mon odeur. Subodoré ma provenance suspecte. Pourtant, ma presque mère avait veillé au grain. J'avais les ongles propres, les cheveux courts, une raie bien droite dessinée sur le côté du crâne.

Mais quoi ? Les choses sont ainsi faites que lorsqu'on est gitan, il ne faut pas espérer laisser sa peine en route. Passé le court délai où on est inconnu dans un endroit nouveau, c'est la même vacherie perverse qui recommence. Le tout, c'est de ne pas attendre trop longtemps qu'ils aient bien appris votre faiblesse, les copains !

Pour faire écho aux conseils d'un livre épatant que je venais de lire, il me fallait écraser les punaises avant qu'elles aient retrouvé leurs fentes.

Histoire de me faire une réputation de brutalité extrême, voire dangereuse, j'ai donc retroussé mes manches sur le tatouage du poignard enroulé d'un serpent. Le soir même, sans attendre l'appel du surveillant de nuit, au pied des lits, j'ai claqué la gueule du dénommé Bandoulier Jean-Charles, fils aîné d'une riche famille dont les membres se grattaient le ventre devant le tiroir-caisse en vendant du médoc quai des Chartrons.

Seconde étape, je me suis placé sous la protection du révérend père Jaunisset. Les pieds bien au large dans ses souliers à boucles, ce cureton aux mains potelées enseignait le latin. J'avais su retenir son attention et je m'étais attiré ses ondes bienveillantes en mettant un zèle fou à m'abîmer dans la prière. Je fréquentais la chapelle dès que mes cours le permettaient. Même le dimanche, j'étais là. La burette en main. La clochette à portée. L'encens fumant dans l'ostensoir. Je servais la messe *in extenso*. En jupette rouge à surplis, je restais jusqu'à la dernière séance.

Enfin, troisième volet de mon plan de survie, je m'étais

fait un ami en la personne de Jules Tarapout, le boute-en-train de l'internat.

Tarapout entamait sa troisième seconde. Cancre tout terrain, il avait des muscles d'acier et le front étroit. Aux barres parallèles, il était aérien. Sur le tatami, il renversait les ceintures noires. Dans la vie, il biberonnait du feu. Le gosier amateur de boissons fortes, il était un partisan résolu de la rigolade et de la bonne chère.

À plusieurs, une majorité de crétins et quelques fortes têtes, nous avions constitué une bande. Tout le monde tirait son épingle du jeu. L'entraide valait pour les traductions d'Ovide comme pour les ripailles de rillettes et de bibine sous les escaliers du père directeur. Nous avons échangé les cigarettes, partagé les paquets, les filets à provisions. C'est fou comme tout devient plaisir dès qu'on a pour but d'être unis pour mieux s'en sortir.

Ensemble nous montions, chacun à notre façon, à la grande échelle du savoir.

Moi, sous des cheveux d'ange, je ressentais toujours autant la fièvre du désir de mordre.

27

La rescapée de la rue Ymer-Grezda

Le dimanche après-midi, entre 13 h 30 et 18 h 30, le peuple des pensionnaires, s'il n'avait pas été mis en retenue, pouvait aller se dégourdir les jambes en ville. Nous galochions avec bonheur jusqu'à la place du Parlement et, après une bière ou deux, au revoir, c'était chacun pour soi. Les copains avaient des parents, des correspondants. Moi, je cédais à mes urgences !

J'excellais à employer mon temps libre. Je visitais régulièrement la belle putain des bords de gare.

Je m'en étais ouvert à Jules Tarapout. J'étais convaincu qu'il saurait s'y prendre pour asseoir ma réputation de mâle dominant,

Je ne m'étais pas trompé.

Alors que le fils Bandoulier lui proposait d'aller voir un film avec Charles Bronson et Claudia Cardinale, il avait répondu :

– J'hésite !

Et pour information supplémentaire.

– C'est rapport au gitan. Il a pris une longueur d'avance sur nous… Il baise en ville avec une prostipute !

Ainsi divulguée, la nouvelle de mon émancipation n'avait pas tardé à faire du tort au western spaghetti !

Seraphina, elle s'appelait, ma conquête. Seraphina Janovič, pour mémoire. Même si les Français l'appelaient Lulu.

Elle avait vingt ans depuis peu. Elle créchait du côté de Belcier, dans une turne aux murs mangés par le salpêtre. Elle venait tout droit de Brazde, en Macédoine.

Six mois auparavant, en plein centre de la ville kosovare de Jacovica, vers dix-sept heures exactement, les Serbes en armes avaient fait irruption dans les maisons de la rue Ymer-Grezda. Les femmes, les enfants avaient été séparés des hommes et envoyés à l'étage. Seraphina avait été violée par trois policiers pendant toute la nuit, dans la chambre à coucher de la maison de ses parents. Dans la pièce voisine, sa cousine, Alba, subissait le même sort. Parce qu'elle avait résisté, ils lui avaient enfoncé le front d'un coup de crosse. La malheureuse était morte à la pointe de l'aube, des suites d'une fracture du crâne. Et ce qu'Alba n'avait pas su endurer, Seraphina avait été obligée de le subir. Ils étaient désormais cinq brutes à se relayer sur son ventre.

Le lendemain, son père, Dibram, avait été égorgé sous ses yeux. Le voisin Abran Tugova avait subi le même sort. L'oncle Bela avait été abattu parce qu'il fumait sa pipe. Et le vieux Vuc Vilič, qui ne savait pas compter assez vite, s'était fait écraser les doigts à coups de marteau. Ensuite, les miliciens avaient mangé et bu.

Ils avaient commencé à chanter et après avoir joué un air de piano étaient partis en ricanant.

Seraphina était restée prostrée sur sa couche au premier

étage. Les couvertures, les serviettes et les hardes piétinées rendaient une âcre odeur d'urine et de vomi.

Elle avait vécu longtemps des heures mortes. Elle entendait de temps à autre des bruits d'armes automatiques.

Voilà ce qu'elle m'a raconté un dimanche, après que nous avons fait l'amour. Voilà ce qu'elle m'a confié, les fesses nues dans la lumière de Belcier. Fichu dimanche, je me souviens ! Ses doigts tremblaient, vous pouvez me croire ! Elle pleurait des larmes de silence. Elle était de profil, ses longs cils collés et bleus comme des papillons. Pourquoi a-t-il fallu que ce soit sur mes épaules que tombe le poids de sa détresse ? Pourquoi avait-elle éprouvé le besoin de me faire le confident des dégoûts indélébiles de son cœur et de son jeune corps ?

J'avais des mollets de plomb. Je n'osais pas bouger. Elle et moi écoutions passer le temps. Deux jeunes enfants d'Europe centrale étourdis par le fracas intérieur. Deux refusés du monde barbare.

Voilà un détour de plus que je voulais te faire faire, lecteur, passer par mes chemins de traverse !

Écoute !

*

Je suis devenu un client régulier de Belcier. Chaque dimanche après la messe, j'ai fréquenté la douceur des mains de Seraphina. J'ai étanché ses larmes.

Au début de nos relations, elle monnayait ses charmes. Elle puisait sans honte dans mon argent de poche. Peu à peu, entre nous, la vie se fardait de nouvelles couleurs.

Lulu la pute, ses escarpins, son plumage voyant fondaient au soleil de ma fréquentation hebdomadaire.

Étreinte après étreinte, elle avait cédé la place à Seraphina. Ma nouvelle amie guettait mon pas dans l'escalier. Elle nous préparait un bon petit plat. Elle commençait à regarder le ciel du printemps.

Ses cheveux dénoués, une crinière derrière elle, elle me prenait contre son buste ferme et bondissant. Elle m'expliquait qu'elle ne tapinait pas pour le plaisir. Elle se prostituait pour vivre.

Elle a fini par ne plus me faire payer ses services. Un an après notre première rencontre, c'est elle qui me fournissait un supplément d'argent de poche.

Ah, je vous vois venir, amis bien-pensants ! Je vois s'agrandir vos yeux ! Vous repartez pour un rien dans les sphères de la morale ! La façon dont ça vous tarabuste !… Polope, je vous arrête ! Affaire d'appréciation ! Je vous avais prévenus ! Ce livre n'est pas fait pour des gens brodés dans la soie !

Une fois par-ci, une fois par-là, il est vrai, les uns, les autres, vous m'avez donné du pain sur le rebord de votre fenêtre. Grand merci ! Je vous baise les mains ! Mais ça ne vous donne pas le droit de me juger pour un rien ! Barca ! Filez ailleurs ! Dans quel camp êtes-vous ? Visez plutôt le bataclan de la société moderne !

Partout, dans vos sociétés dominées par le fric, les pauvres sont aux abois. Les riches sont sourds et hermétiques. Depuis la nuit des temps, les nantis sont du côté du manche.

À voir votre pudibonderie, toujours les filles kosovares seront violées, toujours les Tsiganes seront pendus !

28

La cruauté du désir

Pour les fêtes carillonnées, pour la période des grandes vacances, je réintégrais notre maisonnette au milieu des vignes.

Zacharias travaillait dur à Château Guiraud. Il était souvent accaparé par le maintien des rutilantes cuves en inox. Il s'était mis à l'œnologie et briguait la charge d'assistant auprès du maître de chai.

Marie-Sara continuait à écumer les marchés. Elle exerçait toujours la double activité de devineresse et de guérisseuse. Elle continuait à trimer pour mettre de l'argent de côté.

J'allais bientôt dépasser mes grands dix-sept ans.

Zlatan, mon aîné de trois ans, était passé dans le camp des adultes. Il portait la barbe. Sa silhouette s'était enrichie de quelques kilos. C'était devenu un sacré relanceur de femmes ! Il avait pour maîtresse une *gadji* qui était serveuse à Langon. Il possédait une moto, un engin récupéré dieu sait où, avec la complicité d'un *vageskro*, un garagiste véreux. Il pratiquait la fréquentation des frères Wadoche et, au désespoir de son père, ne se cachait plus de monter sur des coups avec eux.

À Pâques, à Noël, aux fêtes carillonnées du calendrier, lorsque j'étais en vacances scolaires, il me prenait en main. Il s'était mis en tête de me faire bénéficier de son expérience même si elle était récente.

Fric et sexe, à son contact, j'incubais des leçons d'existence.

– Un jour, tu s'ras un vrai mec me prédisait mon *tchiba.*

– Ah oui ? Qu'est-ce qu'il faut faire pour ça ?

– Voler une poule, baiser une fille, tuer un homme.

Un poseur qui savait de quoi il parlait. Un spécialiste de l'âme humaine. Un ramasseur de gonzesses.

Tsiganina, elle, avait tenu les promesses de sa beauté naissante. À quinze ans, ses seins se détachaient fièrement de son buste. Ses pieds menus, cambrés dans des escarpins haut perchés, donnaient l'impression qu'elle marchait sur une ligne invisible. Sa nuque était droite, ses reins creusés. Elle m'étourdissait par son parfum et ses rires.

Au fil des ans, sans que je m'en rende compte, elle avait pris possession de mon cœur. Pas plus tard que l'année dernière, j'avais couru rue Maubec, à Langon. Je m'étais acheté un beau complet bleu pastel avec des *aidants*[1] que j'avais *marave* au fils Bandoulier. Un trois-pièces gilet. C'était la mode au printemps de cette année-là.

Après ça, avec Tsiganina, on avait filé au cinoche pour étrenner mon beau complet neuf. Sur le velours rouge des sièges du Rio, nous avions échangé des baisers passionnés.

Je ne sais comment, nous avions fini par atterrir dans un grenier à foin – une petite grange dépendant d'une métairie dans les vignes.

1. Sous, argent.

À minuit, au fond de notre *tchiben*[1] de paille, ma jolie *bluma*[2] chuchotait encore :

– *Kamao tut !*[3]

Pour la première fois, un être humain s'intéressait à moi d'une façon différente. Petit monde de travers ! Loin des injustices de la vie, il était question de devenir mari et femme ! C'était la nuit ! C'était la nuit au fond de mes orbites ! Tsiganina sautait les étapes. Mais ses *tchoums*[4] m'irradiaient d'une fontaine de lumière.

1. Lit.
2. Fleur.
3. Je t'aime !
4. Bécots.

29

Les baisers sont faits pour ça… Tu les reçois, ils te creusent

Tout allait au vertige dans notre grotte d'herbes séchées. Tout voguait, se mêlait dans ma cervelle.

Mes mains essayaient de retrouver leur chemin sur son corps alangui. La gêne ne s'effaçait pas. Le cœur me battait plus fort. Doucement, je me lançais. Je frôlais ses seins. Ah, je n'osais pas trop.

J'étais sur le point d'être saisi par la peur.

La peur est un fardeau. Mon projet de devenir l'homme de Tsiganina n'y résistait pas.

J'ai demandé :

– As-tu seulement réfléchi ? Sais-tu bien où tout ça nous mène ?

Elle a renversé sa jolie frimousse sur le côté. Ses yeux enfermaient la promesse et l'énigme de la plénitude.

Elle a répondu :

– Regarde les choses en face. Si ça n'est pas toi qui me prends, ce sera un autre qui déchirera ma robe.

Ça me tuait d'être le centre du monde.

De sa main caressante, elle a effleuré mon visage.

Elle a dit :

– Viens, mon petit savant ! Je veux t'emmener dans un paradis où il n'y aura pas d'hiver.

La tête en bruit, foudroyé par le spectacle de son corps, j'ai enfoncé mon genou entre ses cuisses tendues de fraîcheur. J'avais le tonnerre dans la bouche. L'haleine brûlante. Mignonne chérie, je l'appelais. Elle gigotait à peine. J'ai commencé à bécoter ses fesses rebondies, son si mignon visage.

Quand elle s'est retournée, j'ai été frappé par sa pâleur. Elle s'est blottie dans le creux de mon épaule. D'un coup, elle était trop lourde à porter.

Elle a tendu vers moi deux mains implorantes.

– Viens ! a-t-elle soufflé avec des yeux étranges. Viens vite, c'est toi que j'attends !

Elle a ouvert ses paumes. Elle s'est renversée sur le dos. De sa voix égarée, elle a encouragé ma force à prendre son élan.

– Ouvre-moi !

D'un coup, je ne pesais presque plus rien. J'étais l'otage d'un vertige éveillé. Lorsque je me suis posé en elle, monsieur, c'était comme si j'avais enfilé une seconde peau.

Quand on est tellement heureux, je vous jure, parfois on pleure.

*

Plus tard, au fond de mes prisons, j'ai revu souvent les quelques heures de bonheur auxquelles j'ai eu droit avec elle sur cette terre étroite.

Le lendemain, à l'heure du petit déjeuner, j'ai rencontré les yeux noirs de son frère.

Zlatan a simplement dit :

– Cette nuit, tu as pris le chemin de ma sœur. Prends garde de ne pas la déflorer. Sinon, devant Dieu, il te faudra l'épouser !

Je n'ai pas osé lui avouer que Tsiganina et moi avions appris qu'il y a cent façons d'aimer et que nous nous étions juré de toutes les essayer.

Quelle sourde appréhension m'a retenu d'avouer ma faute ?

Je voulais sauver la vérité de notre amour.

30
Bachelier !

Une longue année a passé. Je me suis jeté sur mes études.

Je n'étais pas fier de mon comportement mais je n'ai plus jamais pris le chemin de Belcier. J'ai cessé de faire mes visites à Seraphina. Je n'ai jamais cherché à savoir ce qu'il était advenu d'elle.

C'était un poids bien lourd pour moi, cette trahison. Un vrai bazar d'émotions. Tirer un trait sur notre relation n'était pas si facile que ça peut en avoir l'air.

J'avais perdu tout entrain rien qu'à voir arriver le dimanche.

J'avais la bouche sèche. Je restais en carafe devant la glace du lavabo. Sur le point de sortir en ville, je me peignais. Je m'y prenais à deux fois. Je me recoiffais avec le plus grand soin. J'ajoutais un peu de sent-bon derrière les oreilles. Je faisais la raie sur le côté. La mauvaise conscience me broyait l'âme. Nous avons tous, j'imagine, des souvenirs de jeunesse suintant d'égoïsme qui pourrissent comme des pommes dans les arrière-salles de nos pensées. Des remords qui nous tiennent éveillés la nuit.

Mais j'ai tenu bon. Je filais au cinéma.

En fait, j'avais décidé d'assainir ma vie. De retourner là où tout recommence. Bien des choses se sont passées par la suite mais pour le moment présent, ma résolution était absolue. J'avais voué ma foi à Tsiganina et décidé d'oublier le chagrin de Seraphina.

La lente angoisse d'avoir failli à mes devoirs vis-à-vis de la belle Kosovare s'estompait à mesure que je renforçais mon intention de ne pas manquer à mon honneur de gitan. J'aimais Tsiganina ? Elle était de mon peuple ? Je la voulais pour femme ? À moi d'être un jour digne de son amour au point de la vouloir marier et d'arracher le consentement de son père.

*

En attendant, le baccalauréat mobilisait toutes mes énergies.

Imaginez seulement le fameux jour de leur aboutissement !

J'ai dix-huit ans révolus. C'est juillet. C'est plein ciel dans ma tête même s'il me semble que le sol tremble sous mes pieds.

Je me hâte…

Je longe une pelouse. Je m'arrête. Je vais traverser le gazon. J'arrive à la grille. Je fonce ! C'est bien là-bas que ça se tient, dans la galerie à colonnes !…

Un attroupement de lycéens se presse devant le mur où sont placardés les résultats du baccalauréat. Y a du monde. Des arrivées. Des départs. Des bousculades. Ça sent la Javel, il fait chaud. Tous les copains sont là. Poussez pas, y en aura pour tout l'monde ! Jules Tarapout se frotte les yeux. Il est au premier rang. Il regarde bien de tout près.

Il sait. Il déboule. Il est hilare. Il vient jusqu'à moi. Il me refile une grande beigne sur l'épaule.

Il se tape sur les cuisses. Il se convulse encore un moment en folle rigolade.

– Ah ! qu'il fait, qu'il s'esclaffe avec les yeux tout en larmes de rire, cette fois, c'est fait !... Je serai notaire !

À mon tour, j'essaye de me frayer un passage. Il y a plein de protestations sur mon passage. Ohé, les potes ! Je progresse au coupe-coupe. Je suis tripatouillé, culbuté. Je leur vois les figures aux copains. Je croise furtivement le visage bouleversé de Bandoulier. Il s'arrache d'une grappe de ses congénères. Il me regarde de manière inoubliable.

« Gros Cul », comme je l'appelle, a des mèches dans les yeux, l'air caniche. Les yeux noyés de pleurs. Je comprends tout de suite qu'il est collé. Le grand événement de sa vie. Le fort en thème commence à donner la grande machine à voix. Il pousse des petits cris craintifs. Il chiale. Il trépigne. Il s'échappe soudain dans un douloureux soupir. La grille bat derrière lui.

Enfin, je peux parvenir jusqu'au premier rang. Poussez pas, y en aura pour tout le monde ! Soudain, je sens mes jambes trembler sous moi. Mon cœur vient de sauter un battement. C'est écrit. Je relis ! Je figure sur la liste ! Je suis reçu !

Je reste comme ça, tout con. Tout hébété.

Je suis bachelier ! Je suis bachelier mention passable.

Pourquoi le cacher plus longtemps ? Est-ce orgueil de ma part ? *Passable* est un mot qui ne me convient pas.

Deux jours après, on nous remet nos brevets. Grâce à du Corrector et avec un savoir-faire de faussaire, je remplace au bas du parchemin le mot « Passable » par le superlatif « Très bien ».

Je me dis que c'est une bonne façon de raccommoder le temps. De vaincre les engelures du passé, le froid et les jours de disette. Je n'ai pas grand-chose à perdre en faisant à ma presque mère un petit plaisir supplémentaire. Je trouve que c'est plus présentable, plus adapté à l'effort que j'ai fourni, ce compliment réservé à la crème des candidats : mention TRÈS BIEN ! Que lorsqu'on est issu d'un destin aussi lourd que le mien, il n'y a pas de honte à faire entrer le soleil. Que ma famille a mérité ça. C'est ma manière à moi de mieux graver dans les esprits les plus sceptiques le message de ma réussite.

Un gitan s'élève ! Il échappe à la malédiction !

Il est bachelier !

31

Le voleur de réputation

Je prends le train pour Langon.

Zacharias Shamano en personne m'attend à la gare. Il n'en est pas à se rengorger mais il a un petit air de prospérité peint sur le visage. Il a été promu assistant du maître de chai. Désormais, il est intimement mêlé à la vie du vin. Son palais l'en a rendu digne. Il participe aux assemblages. Aux dégustations. Il a acheté d'occasion une voiture quatre places. Une *cacugne* comme disent les gens du coin, une *matora* à la consommation pas trop gourmande.

Du plus loin qu'il me voit, il m'interroge du menton.

Je lui fais signe en levant le pouce de la victoire.

Il me serre dans ses bras.

– C'est ta mère qui va être fière !… Depuis huit jours, je ne la tiens plus !

*

Au Brouquet, je m'extrais de la bagnole.

J'arrive bouche en cœur devant la maison. J'ai revêtu la tunique du héros. Mon beau costume bleu pétrole. Tiens, Tsiganina n'est pas là pour m'accueillir.

Au fond de moi-même, je ne me sens pas fier. Ça n'est pas que j'aie rien commis de positivement criminel. Non. Mais je me sens coupable quand même d'avoir trafiqué mon brevet.

Je voudrais surtout que le bonheur continue.

Sara se tient sur le seuil.

Elle me fixe au fond des yeux. Elle m'explore. Je lui souris. Je travaille à lui donner confiance. Le moindre doute suffirait à nous faire chavirer tous.

Je repense à tous les sacrifices consentis par madame *Bioutiful* pour me placer là où je suis. Ne mérite-t-elle pas que je lui mente ?

– As-tu réussi ton bac, Cornélius ?

– Oui, ma bonne Sara ! Je suis en tête sur la liste ! Ah, comme je suis heureux !

– As-tu obtenu une mention ?

– Bien sûr ! Comment le sais-tu ?

– J'ai parlé aux Morts. J'ai demandé qu'ils te soutiennent !

– Ton vœu est exaucé ! C'est écrit là… noir sur blanc… Tiens, regarde le diplôme !… Runkele, mention *Très Bien* !

Marie-Sara n'exprime pas ses pensées. Ses lèvres bougent un peu. Un léger rictus se dessine sur son visage qui pourrait se prendre pour l'ébauche d'un sourire. En fait, une larme sourd au coin de son œil. Une seule larme qui dévale comme une perle rare tout au long de sa joue creuse.

Elle murmure seulement : Oh, Cornélius ! Cornélius, mon petit !

Elle bouge la tête dans tous les sens pour reprendre ses esprits.

Je lui prends la main. Avec elle, je savoure son plaisir.

Le temps d'une minute heureuse, je m'absente. Je ne sais par quelle fissure de l'âme, je rejoins un grand beau vieillard. Je rejoins mon *kako*, Schnuckenack Runkele. Trois ans que je ne l'ai pas revu. Trois ans qu'il poursuit son chemin de nomade. La liberté devant lui pendant les mois d'été… Les chemins herbeux, l'accueil des sources, l'ombre des vieux chênes pour y réfléchir. Le conseil des anciens pour orchestrer la vie. Et le retour rituel au campement de Toulenne, aux derniers frémissements de l'automne afin d'hiberner en terre connue.

Oserai-je me présenter à lui ?

*

Le mensonge, j'y repense souvent, tout le monde y a son droit. Sa part, son envie. Mystifier, hein ? Pourquoi pas ? Entortiller l'autre. Faire pâle le récit ou au contraire hausser un gugusse à la hauteur d'un demi-dieu. Travestir le grisâtre en couleurs. C'est du possible. Question de peu de chose. Question de mots. D'intonation. D'envolée. Question de forme. De résolution.

Et justement ! Ça n'est pas fini ! Ah, le maudit prétentieux ! Folle boulimie ! Pensées tourbillonnantes ! Le bonheur que je lis sur le visage de celle qui m'a élevé et accompagné m'enhardit ! Il me gave d'intentions folles ! Je veux continuer à coudre des pompons à l'ordinaire, je veux donner de la pompe au train-train, que ça barde encore plus fort ! Je décide qu'aujourd'hui, jour de mon retour en triomphateur, sera le creuset de tous les accomplissements !

Dans mon cœur bat une horloge folle ! La terre tremble autour de moi. J'ai le trou du cul qui palpite. Toute la cabane dans les vignes branle, tremble… les portes me semblent ouvertes pour toutes les audaces.

Pendant que Zacharias s'échine à décharger mes bagages, je m'ouvre de mes intentions de mariage à ma presque mère. Nous sommes dans la cuisine. Sara s'illumine.

Elle s'écrie :

– *Te benil tu o del!*[1] En ton absence, la beauté de Tsiganina s'est ouverte comme une rose sous la pluie ! Je me demandais combien de temps il te faudrait avant de te décider !

Elle ne cache pas sa joie de voir ce prodige s'accomplir.

– À vous deux, vous noierez le malheur ! Vous foulerez l'esclavage, vous serez riches et vos cœurs planeront sur la liberté !

Elle et moi, nous nous taisons. Nous mettons notre secret dans notre poche. C'est que le pas de Zacharias s'approche.

Porteur de mes valises, il paraît sur le seuil. Il est à contre-jour du soleil. Je ne déchiffre pas son regard.

Dans mon dos, la silhouette de Sara s'estompe dans la pénombre. Elle s'en va sur la pointe des pieds.

C'est à moi de jouer.

1. Que Dieu te bénisse !

32

Les rives du mariage sont parfois bien dangereuses

Je tire une chaise et fais signe à mon futur beau-père de s'asseoir à la table où je viens de m'installer. Je sors de mon sac une bouteille d'armagnac de vingt ans d'âge dont j'ai fait l'acquisition dans un magasin chic de Bordeaux, un *lavka* de luxe, quartier des Grands Hommes. Je la pose devant lui, au bord de la table, sur la toile cirée.

Je chasse une mouche qui m'emmerde le nez.

Je m'entends prononcer l'irréparable en *romanes* :

– *Bech télé, Zacharias Shamano !* Je suis venu seul pour te parler parce que je n'ai pas de père pour me représenter. Mais ma presque mère, Marie-Sara, est au courant de mon projet. Selon la coutume, elle attend ta réponse, cachée dans sa chambre.

Il me fixe. L'air s'est arrêté de circuler dans la pièce.

D'un coup, il est tout intrigué :

– C'est une demande en mariage ?

– Oui.

Et la main sur le bolduc, je l'attaque à chaud, toute la musique :

– J'ai acheté cette bouteille pour que tu acceptes de la boire car je te demande la main de ta fille, Tsiganina.

Son visage tanné par le grand air prend une expression très grave.

Je débouche la bouteille. Je nous verse à boire.

La fin d'après-midi est lourde. L'orage traîne sa gourme à la trame de l'horizon. De temps en temps, du côté de Fargues, le tonnerre gronde. Dehors, j'entends tourbillonner les geais qui lancent des piaillements d'alarme.

Zacharias Shamano rumine. Il ne répond pas. Il prend son temps.

Je m'énerve quelque peu.

Il n'envisage toujours pas de goûter à l'armagnac, ce qui est le signe du refus.

Là, tout d'un coup, il se lève. Il laisse son verre plein sur la toile cirée. Il sort.

Je le suis dehors.

Je le retrouve au pied d'une vigne. La terre est sèche. L'orage gronde au loin.

Il marche de long en large. Il passe et repasse devant moi. De temps à autre, il se baisse. Il cueille une poignée de terre. Il flaire chaque motte avant de l'effriter, comme si elle enfermait des odeurs d'importance.

Au bout d'un moment, il chasse de sa nuque un taon qui le harcèle. Il se plante devant moi. Nos visages sont proches, les mots brûlent sa bouche. Il me regarde tout drôle.

Sans prévenir, il m'attaque à brûle-pourpoint. Il m'ajuste en plein cœur. Boum ! Boum ! Il tire à bout portant :

– Tu arrives trop tard, *chavo* !... Tsiganina est promise à un parent à moi. Un homme riche. Un Ruddy Jimenez de

Catalogne. Un gitan d'Espagne, une famille de musiciens qui s'est installée en Roussillon. Tu arrives trop tard.

Son visage est fermé comme un étau. La chaleur pèse lourd entre nous.

Je reste encore un peu sur place. Je ne peux pas me résoudre à partir. Je me cramponne à un petit doute. Il me dira sûrement quelque chose.

Il m'attrape la main. Il la serre ferme.

Il dit entre ses dents :

– Rien ne peut plus être changé. Le mariage est prévu quartier Sant Jaume, à Perpignan. Il sera célébré le samedi de la semaine qui vient.

Je suis saisi. Tourneboulé. Abasourdi.

Comme dit le proverbe, il suffit d'un gourdin pour casser tout un char de cruches !

33

Mourir d'amour

L'orage éclate, là. L'éclair ! L'éclair déchire la mue ! Ça illumine à tout va ! La campagne entière est lamée de couches de mauve crépitant.

Patatras ! Ça taraboume à l'horizon ! La foudre ! L'électricité d'en haut ! La grande féerie mystique ! Dieu contre les hommes ! Je gueule ! La pluie se met à tomber par seaux entiers.

Zacharias s'esbigne. Il a tout dit. Il court se mettre au sec.

Je suis tout seul. Je renifle la divine odeur du sol qui boit la pluie avec avidité. J'engame la situation. Je la digère mal. Je récapitule. J'ai une colique qui me traverse le ventre. Oh là là ! Du fond du pot au noir, le cafard mousse. La colère, l'humiliation, la rancœur, la haine, la violence, il faut que ça sorte ! Je ne trouve plus mon bon sens. C'est trop enragé ! C'est trop triste ! C'est trop drôle ! C'est trop impossible ! Je renifle à n'en plus finir.

Un fracas horrible tourbillonne dans l'atmosphère. Les anges du ciel sont à la forge. Je hurle le nom de Tsiganina. Je vois son image dans la buée mauve. J'hallucine ! Je l'aperçois maintenant au détour d'un nuage couleur de suie. Elle n'a plus rien sur elle ! Elle est nue ! Elle est entre les bras d'un autre ! Ma pauvre douce petite !

– Au secours ! À l'aide !

Je gueule dans le fracas. Qui m'entendrait ?

Les éclairs continuent leur ramdam. Des flèches en zigzag pillent la cime des arbres. Sous vos yeux, je détale. J'ai l'écume au cul. L'enfer dans la tête. J'ai l'envie de faire mal qui remonte. Le goût du sang dans la bouche. De l'eau dévale en convulsion sur ma poire ! Je crie ! Je hurle ! J'apostrophe ! Je maudis ! Je lève le poing au ciel !

Je beugle à tout le monde :

– Arrêtez ! Arrêtez ! Vous m'en déversez trop ! Quand même, c'est trop de vacherie sur mes épaules ! M'écraser le cœur ! Un jour de bonheur ! Quand j'y repense !

Pauvre *narvalo*[1] ! Moi et mes doutes ! Mes précautions ! Non mais ! C'est à rire ! Mes ruses ! Mes remords !

D'un coup, j'échange un sanglot contre un spasme rauque. Ça remonte en petits hoquets. Puis j'en rigole ! J'en étouffe de rigolade ! La tête renversée en arrière, je gesticule contre les cons ! Je cours ! Je me poile. Au galop dans les vignes ! Je glisse sur la terre détrempée. Je traverse des vapeurs fusantes.

Plus loin, mon désespoir ! Je m'affale. Je suis à tordre. Je suis trempé. Je piétine dans la fange. Mes yeux dansent, mes jambes ne me portent plus, et mes dents claquent !

Dans l'ornière ravinée par l'orage. Je patauge. Je me vautre. Je m'étale. Je me couvre de boue. Je croule sous trop ! Je creuse. Je suis dans la terre. J'entre. Je m'enfouis. Je m'enlève du monde des vivants. Je me raye. *Creff, niglo !*[2]

1. Fou stupide !
2. Meurs, hérisson !

Tout à ma folie, je me livre à l'écrabouille. À l'étouffement. Je rampe sur le bide. Je creuse la bouillasse avec les dents. J'entre dans le limon. J'entrouvre la glaise. Je glisse sur les marnes. Moi tout seul. J'y vais. Je suis pompé à bout. Je chemine vers les hauts-fonds. Immergé, respiration bloquée, j'entrouvre la porte de ma propre mort.

Je m'aveugle à la saumure noire. J'aborde les grandes profondeurs. Les galeries. Le néant.

Je suis *niglo*-taupe !

Je rampe. Je repte. Je m'englèbe. J'avale des lits de sable. Des bancs de lombrics. Je m'en ripaille l'estomac.

Je défonce. Je charge. J'avale. J'empierre mon estomac. Je me tue. Je me noie !

Je suis mort ! Je suis mat ! Gavé ! Tartiné ! Pavé ! Tué net !

Épais, le bide en cailloux, l'intestin empli de terre, j'agonise.

Le pantalon arraché, je repose un moment sur le ventre.

Il pleut à seaux. Le tonnerre cogne.

Je bloubloute dans le tohu-bohu : « Adieu, Tsiganina ! »

Et le ciel s'éteint.

34

État des lieux après la bourrasque

Épargnez-moi vos questions !

Je veux passer sur les étapes de ma résurrection sans avoir à rendre de comptes ! Sachez seulement que j'ai été bien amoché, le temps que les blouses blanches me rafistolent.

L'hosto, pas rigolo, je le dis tout haut. Les carabins m'avaient ouvert. Fouillé les viscères, retourné la grande poche, surveillé les recoins. Toujours ils trouvaient des pierres, des cailloux, des immondices, des saloperies, même un bout de verre et un écrou à six pans. J'étais bouché de long en large. Pylore, œsophage, et grêle compris. Pour ainsi dire solidifié à la boue.

Tout encaissé ! Les lavages d'estomac, les tuyaux. Les canules, les drains, le goutte-à-goutte. Les toubibs me foutaient en boule mais pour sûr qu'ils ont fait de la belle ouvrage ! J'ai fini par téter liquide.

Je suis entré en convalo et on m'a renvoyé dans mes foyers.

La santé, c'est une chose. Mais la perte de l'amour, c'est de la gangrène à l'état ras. Un mal pernicieux qui ne se lit pas sur la feuille de température, un truc qui hurle pendant des semaines. Qui se mesure à l'humeur. Parce que dès que vous êtes seul, vous morflez. Dès que vous fermez les paupières, vous repensez à votre histoire d'amour prise dans les glaces.

Au fil des semaines, Sara a tenté de m'aider à m'en sortir. Elle a essayé sur moi ses traitements, ses sortilèges, tous ses *drabs* de sorcière. Des remèdes à base de bave de grenouille, des sangsues, des compresses de salive mêlée à des herbes. Peine perdue ! La mie de pain, les poils de feutre, le poivre moulu ne pouvaient rien pour moi. Je n'étais plus personne et j'avais les mains vides.

Mon chagrin suppurait comme une vilaine plaie. Ça vidait à l'improviste, dans des douleurs atroces. J'avais perdu le sommeil. J'étais teigneux pour un rien. La moindre contradiction me jetait dans des états dangereux. Je ne prenais plus mes repas en même temps que Zacharias. Je ne le saluais plus lorsque je le croisais.

Épilogue et couronnement de ma déprime, je me suis battu avec Zlatan ! Jour après jour, ce saligaud – le seul type à qui je parlais encore – s'étranglait de rire en voyant ma dégaine de convalescent. Pour hâter ma guérison, il avait exprimé son intention de me raconter le mariage de sa sœur !

– Pour te guérir ! disait-il. Tu vas voir !

*

Ça s'est réglé aux poings. Je me souviens de Zlatan ce jour-là. Il avait un foulard rouge noué autour de son cou puissant. Il rentrait en moto de je ne sais quelle expédition avec les frères Wadoche. Il était rayonnant.

Moi, j'étais en train d'étudier. De plus en plus souvent, je m'accordais de longues pauses, des heures entières, à l'orée d'un bois de pins où j'avais mes habitudes. Preuve sans doute que j'étais trop curieux du monde pour ne jamais guérir, je voulais connaître tous les pays où se passent des choses exaltantes. Ce jour-là, sous un pâle soleil aquitain de novembre, j'étais au Venezuela. Je cherchais une fois de plus des diamants au cœur de la forêt d'Orénoque.

Le bruit de la moto m'a fait lever la tête. Zlatan a ôté son casque. Comme d'habitude, il l'a installé sur la selle. Il a calé sa machine sur la béquille.

Il a posé ses yeux de fauve sur moi.

Il a dit :

– Viens me voir, *niglo* ! C'est le jour de ta guérison… J'ai trouvé un travail pour toi !

Il me faisait signe de venir le chercher. Il me provoquait.

– *Ap ! Ap ! akijeur*[1] de mes couilles ! Frappe-moi !… Je vais te raconter ma sœur comment qu'elle baise avec son mari !

Il était très brun. Il allait et venait comme une hyène encagée qui marche sur son ombre.

À la boxe, il était un redoutable adversaire. Un pugiliste hors pair. Plus costaud que moi. Plus aguerri. Après quelques passes pendant lesquelles j'ai fait illusion, il m'a très vite cueilli sous le menton. En enchaînant avec un direct à la face, il m'a écrasé son marteau sur le nez.

Moitié *blindo*[2], j'ai vu du rouge et derrière ma rétine, un

1. Viens ! Viens ! Bagarreur…
2. Aveugle.

éclair bleu sur fond de ténèbres. La forêt est tombée par terre. J'ai valsé dans la poussière.

J'ai mis un certain temps à redonner une forme aux arbres qui nous abritaient. Quand j'ai repris mes esprits, je saignais du nez. Mes tempes battaient. Il était assis à côté de moi. L'air calme d'un grand frère.

La cervelle démontée, je lui ai dit :

– *Natchave!* Barre-toi!

L'œil narquois, il a répondu que je lui faisais très peur mais qu'il resterait là jusqu'à ce que je sois guéri.

Et il m'a tendu un *flasa*, un bouteillon d'alcool.

– *Piave, niglo!* Bois, hérisson!

– *Niberk!* Non!

Jusqu'à ce que je me précipite sur le goulot, jusqu'à ce que je me mette à sucer le *piben* comme du lait maternel!

Grand moyen de lutter contre la scoumoune! À la cinquième lampée de calva, j'avais fini la lutte. J'en revoulais! La chaleur du *ratchardine*[1] montait en moi. Elle tapissait d'une douce euphorie toutes mes répugnances. Toutes mes inhibitions. Mieux! Les vapeurs de pomme distillée transformaient en urgence une obsession qui ne m'avait pas quittée. Savoir! Savoir à quelle sauce les *zicos* de la famille Jimenez avaient bouffé ma jolie belle!

Plus je buvais, plus l'instinct d'une curiosité sourde m'envahissait. L'imminence de purger mes interrogations et d'assécher mon chagrin comme le promettait Zlatan me paraissait une évidence à ne pas manquer.

Ah! J'étais encore hanté vraiment! Trop avide de lire dans le cœur de ma petite espiègle! De savoir si elle avait seulement pleuré en pensant à moi!

1. Calvados.

J'ai présenté mes excuses à mon tourmenteur. Il a posé sur moi ses yeux de franche canaille et il m'a répété :

– Je veux que tu guérisses parce que j'ai des projets pour toi.

C'était de la folle imprudence mais j'ai hoché la tête en signe d'acceptation et je lui ai dit :

– Ne me cache rien, mon frère. Je veux tout savoir.

Et ainsi est allé le récit de Zlatan…

34
Les noces de Perpinyà

Tsiganina avait été mariée en grand tralala dans le quartier Saint-Jacques. Son mari était beaucoup plus âgé qu'elle. Comme il est de coutume dans un mariage arrangé, les femmes en guise de visite prénuptiale avaient pratiqué un simulacre de pénétration avec un mouchoir dont on avait examiné les plis. Le mouchoir, brodé de roses avait été arboré en signe de virginité sous le nez du barbon. La cérémonie avait réuni plusieurs centaines de gitans qui se pressaient dans toutes les ruelles du *barrio*.

Quand la fiancée était apparue, assise sur une chaise placée sur un drap, les *palmas*, les *zapatadas* des invités avaient donné le signal et la cadence aux musiciens venus de tous les environs.

Les guitares *payos* s'étaient jointes à celles de la communauté gitane de Perpinyà. Elles avaient entamé *Flor de Mayo*, l'air traditionnel sévillan tel que chanté primitivement par Celia Cruz et joué par Johnny Pacheco. Les frères Espinas – Jérôme et Moïse –, spécialistes du *golpe* avaient sorti tout leur catalogue de musiques à la fois cubaines et gitanes. Jeannot Baillardo, Joseph *el Chabo* Vila et ses *Rumberos Catalans* avaient entamé pendant toute la nuit leur répertoire de *cante jondo*.

Musique et festin, à la nuit tombée, les gitans s'étaient groupés autour des feux. Les invités avaient dégusté les viandes grillées par les femmes. Ils avaient abusé jusqu'à plus soif du sanglier, du cerf et du mouton. Ils s'étaient régalés de hérissons et la sangria avait coulé à flots.

Comme il se doit, la jeune mariée avait fait danser tous les hommes. Le curé était saoul. Il avait ballé la rumba avec la chèvre. On l'avait rentré en camion. On l'avait couché tout habillé.

Zlatan était intarissable. Il avait su me prendre par le bon bout. Je voulais tout savoir. J'aurais pu l'écouter des heures. En même temps, je le haïssais pour ce qu'il m'infligeait.

À la fin, je me suis dressé et je lui ai posé la question qui me brûlait les lèvres :

– Est-ce qu'il t'a semblé que Tsiganina était triste ?

– Pas le moins du monde ! Elle était gaie, je te jure ! Elle m'a montré ses bijoux… un brillant de deux carats, un beau collier en or… Elle m'a dit que c'était le plus beau jour de sa vie !

Ma tête se balançait de gauche à droite. Je me sentais gavé au malheur. Adieu Tsiganina ! Fini l'ange à la blancheur parfaite ! J'avais tout perdu.

J'ai fondu en larmes, le genre de spectacle qu'il est difficile d'infliger à une personne aussi endurcie que Zlatan.

Il a foncé sur moi. Il paraissait furibard. Il m'a crié à l'oreille :

– Je te fais du mal pour ton bien ! Je le fais pour te guérir !

Je me suis tu. J'ai baissé la tête.

J'étais envahi par le curieux sentiment que n'importe quelle tuile pouvait maintenant me tomber sur la tête sans que je me rende compte que ça allait me faire encore plus mal qu'avant.

Alors le guérisseur de mes fesses s'est penché en avant. Son regard sombre s'est égaré sur moi.

Il a dit :

– Ça suffit, *niglo* ! Change de figure !

J'ai essayé de protester.

Il s'est contenté de me fixer au fond des yeux et il m'a dit :

– *Hi latches touké !* Bien fait pour toi ! Je t'avais mis en garde !... Et maintenant, au lieu de pleurnicher, nettoie tes oreilles et écoute-moi !

Ensuite, sans différer davantage le vrai but de sa visite, il m'a parlé du casse de la bijouterie.

Quatrième carnet de moleskine

36

Le chemin de la mauvaise route

Est-ce ma faute à moi si toujours la fatalité des tragédies me rattrape ? Est-ce ma faute si Zlatan et ses amis ont su me guérir d'une histoire d'amour qui avait failli me coûter la vie ?

Je vous l'ai dit en préalable, j'ai souvent pris de mauvaises portes. Nous nous sommes donc lancés têtes baissées dans le coup dit « du bijoutier ».

Le scénario de ce chef-d'œuvre du moyen banditisme avait été concocté de longue date. Le cerveau de l'équipe, celui qui avait pondu les étapes de ce damné fourbi vers l'échec, était évidemment l'aîné des Wadoche.

Tistou, Tistou Wadoche, trente-deux ans, homme de pedigree – trois séjours dont un prolongé en *tchildo*[1] –, savait mettre en avant sa grande expérience de cambrioleur et ses capacités de chef. Unique possesseur dans le campement d'une voiture BMW, sa garde-robe (costumes italiens), ses chaussures (toujours bicolores) et ses montres-bracelets (Datajust de chez Rolex) attestaient de sa réussite en cambriole. Exemple et devanture de ses

1. Prison.

propres prouesses, il était en permanence enfouraillé d'un automatique 9 mm et en imposait aux jeunes de la *kumpania*.

Sa bande, forte de son frère, Lukàs Wadoche, de Zlatan Shamano que je n'ai pas à vous présenter et d'un habituel grouillot en la personne épisodique du jeune Sousson Adelboom avait l'habitude d'opérer des fric-frac sans envergure et sans danger. C'est à la défection de ce dernier, actuellement indisponible au motif qu'il s'était fait pincer par la *schmitterie* en flagrant délit de vol de fil de cuivre sur une voie ferrée, que je devais d'être recruté.

Je n'aimerais pas que vous en doutiez, c'est le chagrin qui m'avait poussé à suivre mes compagnons. En acceptant de prendre la place du jeune Adelboom, j'agissais plus en tant que vaincu de la vie qui veut prendre sa revanche sur l'adversité que comme un malfrat décidé à devenir un salaud absolu.

Je n'aimerais pas non plus vous perdre dans les détails d'une expédition à laquelle je me trouvais mêlé par raccroc mais les conséquences de cette équipée de bras cassés m'obligent à vous en relater succinctement les péripéties.

Au vent les casseurs d'occasion ! Tistou Wadoche revendiquait son professionnalisme. Nous allions de briefings en conciliabules. À les écouter palabrer, j'avais la tête drôle ! Il fallait voir les derniers préparatifs ! L'armement ! Les accessoires ! Les moyens de communication ! Le minutage chronométré ! *Timing*, en angliche ! Tout avait été minutieusement prévu lors de soirées bien arrosées.

L'opération devait se passer en deux temps. Une phase préparatoire et ensuite une opération commando. Elle aurait lieu à quelques dizaines de kilomètres de Bordeaux.

Wadoche-trois-étoiles avait choisi comme berceau de nos exploits un joli bourg allongé sur les rives de l'estuaire de la Garonne.

Premier temps, l'un d'entre nous devait entamer le scénario à visage découvert. Un vrai rôle pour une gueule d'ange ! J'avais bien sûr écopé du privilège d'entamer la farce…

Mais sautons dans la galère et passons au présent !

*

Il est huit heures du matin.

J'ai revêtu une casquette d'employé des postes. Je porte un paquet dans les bras. Je m'apprête à vivre l'instant délicieux du danger avec la naïveté d'un débutant. Au dernier moment, une pensée négative m'effleure… Chagrin d'amour n'est pas mortel ! Mais une connerie, ça se paie affreux ! Trop tard ! Plus de sentiment ! Je vieillis à vue d'œil ! J'en palpite au souvenir…

Je sonne à la porte du domicile du bijoutier.

Il ouvre. Il paraît en personne. Il m'examine un bref instant. Je lui souris.

C'est un type dans les cinquante ans. Bien lavé, rose, guilleret et parfumé d'after-shave. Il tient un croissant à la main et finit de mâcher sa dernière bouchée. Il est sapé ravissant dans une robe de chambre en soie molletonnée. C'est seulement d'ici une heure qu'il se rendra rue Delbos pour ouvrir sa boutique.

Il a tout juste le temps de me dire qu'il n'attend pas de paquet et s'apprête à m'expédier quand c'est la bousculade dans mon dos. Zlatan et Lukàs Wadoche font irruption. Ils sont encagoulés et braquent leurs *pouchkas* sur le bide du commerçant. Cézigue fait mine de résister et se prend un coup de crosse sur le groin. C'est Zlatan qui a frappé. Le blessé saigne du cuir chevelu.

Le ramdam attire son épouse. La bourgeoise est en bigoudis sport. Elle claque des mules et pousse un cri. Je la braque avec l'automatique de Tistou. Je la repousse jusque dans sa chambre. Chemin faisant, j'enfile un passe-montagne.

Je pousse la rombière au creux du dos. Je l'assieds au fond d'un fauteuil. Je tire une cordelette nylon de ma poche. Je l'attache. Je la saucissonne sauvage avec ma *tara*[1] à toute épreuve et je lui colle du sparadrap sur la bouche. C'est fait, net et sans bavure.

Pendant ce temps, la phase commando est déclenchée. *O more*, les copains, ont embarqué le bonhomme après lui avoir scotché lui aussi la bouche. Je fonce à la porte d'entrée de l'appartement et je referme derrière eux tous les verrous. Je nettoie le parquet du couloir avec un Kleenex. Ce con a pissé le sang.

Vitesse ! Vitesse ! À l'américaine ! Comme dans les feuilletons ! Je reviens dans la *chanca*[2] pour m'assurer que mon otage, garantie de notre sécurité, n'a pas bougé.

La mafflue est restée tassée sur son siège. À ma vue, elle se renfrogne, sombre et sournoise. Prête à tous les coups par en dessous. Elle me bigle de travers. Je la sens butée, haineuse et marmotteuse sous son bâillon.

Je fais le tour de la pièce. J'ouvre au hasard quelques

1. Corde.
2. Chambre.

tiroirs. Ceux d'un secrétaire, ceux d'une commode, au cas où il y serait planqué des *crailles*[1]. Je m'assieds en face de la rombière et je campe au pied du téléphone qui sonnera pour m'informer du déroulement des opérations.

J'imagine la cavalcade pour traverser le jardin. Zlatan et Lukàs qui enfournent leur prise dans la voiture volée la veille et Tistou Wadoche, moteur allumé qui démarre sur les chapeaux de roues.

Je consulte ma montre.

Douze minutes sont prévues pour atteindre la bijouterie. Arrêt minute. On extrait l'otage de la bagnole. On lui fait ouvrir le magasin. On l'y propulse. On referme derrière lui. Tistou redémarre et va se poster cinquante mètres en amont du magasin. Il reste au volant. Calme comme du riz, il attend des nouvelles du front.

La *carave*[2] peut commencer !

1. Sous, argent.
2. Vol, rapine.

37

Notre histoire prend feu

Sauf que là-bas, sur le terrain, ça s'est soudain gâté. Le bijoutier qui a déjà été braqué par le passé a acquis une certaine expérience du déroulement d'un hold-up. Il s'aperçoit vite qu'il a affaire à des malfrats de ses deux.

Pendant que Lukàs est absorbé par sa chourave des bijoux, des bagouzes et des montres, il remarque la précipitation de Zlatan à se ravitailler en or fin. Zlatan, qui est chargé de la surveillance, se penche avec gourmandise sur les petites tables. Le cupide se fait la main sur les présentoirs. Il a appuyé son fusil à pompe contre un comptoir. Le museau allumé, il se donne du bon temps avec une parure en perles de culture.

Le *gadgé* paraît immobile. En réalité son pied se déplace. C'est sa chance entre mille. Il a décidé d'essayer. De la pointe de la semelle, il appuie sur une pédale. Aussitôt une alarme se déclenche.

Dans un réflexe fou, Zlatan se précipite sur son flingot. Pompe, pompe ! Il décharge deux fois son arme au jugé. Le bijoutier a plongé au sol. Il rampe. Il ouvre un placard situé au ras du sol. Il en sort une pétoire à six coups et s'apprête à se défendre. Une troisième giclée de plomb le rattrape. Elle lui déchire les reins. Elle le soulève. Elle le ramène au tapis. Il convulse dans un râle. Clamsé net.

Déjà, il fait du sang sous lui. Une mare presque noire.

Les portes se bloquent. Pendant tout le rif, une alarme hurle. Branlebas au commissariat ! Les *klisté* sautent sur les gilets pare-balles. Les bagnoles à pimpons et gyrophares démarrent à toute vibure.

Dans la bijouterie, Lukàs est resté cloué sur place. Il regarde avec une horreur muette le lac de sang qui avance sur le sol et s'arrondit jusqu'à la pointe de ses baskets.

Son frère, Tistou, dans la voiture, a entendu les coups de feu. La sirène qui continue son turbin ameute toute la rue. Des têtes passent aux portes des boutiques. Des gens se risquent dehors. L'aîné des Wadoche perd ses moyens. Que faire ? Il est livide. Décomposé. Dans tous ses états ! Sur le point de mouiller son froc. C'est qu'il n'a pas envie de retourner en calèche. Vite ! Les voiles ! Il faudrait les mettre !

À la hâte, il compose le numéro de son frère Lukàs. La sonnerie tinte dans le vide.

C'est que les deux apprentis gangsters ont d'autres chats à fouetter ! Pris au piège, ils ouvrent le feu sur les serrures bloquées par le système de sécurité. Ils arrivent à se frayer un chemin dehors. Le volume sonore des sirènes des voitures de flics indique qu'ils se rapprochent. Les deux hommes courent au-devant de la voiture.

Tistou Wadoche est sur le point de foncer vers eux pour les cueillir. Il est trop tard ! Une voiture de police passe au ras de la sienne, la double et continue sa course folle vers la bijouterie. Il se garde de bouger. Il écarquille les yeux. Les flics freinent à mort. Ils ouvrent le feu sur les fuyards qui ont fait volte-face et cherchent leur salut en sens inverse. Les balles ripent dans tous les sens. Une farandole de douilles inonde la chaussée. Ça gueule ferme et dans tous les sens. De peur. De mise en garde. Des aboiements. Les badauds rentrent dans leurs niches. Le bouzin devient fou. Il s'accélère. Il devient féroce. C'est pas encore la guerre mais ça y vient. Deux inspecteurs ouvrent le feu au pistolet-mitrailleur. Zlatan réplique. Il canarde. Sans bouclier ni cuirasse, un officier de police l'ajuste avec son pistolet. Bras tendus. Calme. Comme au stand de tir. Trois fois, tig, tac, pam ! Il tire. Zlatan trépide sous les impacts. Il gigue, cabre, plie en deux et s'abat au sol.

Lukàs continue sa course en zig-zags. Il cabre à son tour. Il pirouette. Cavale. Escamote. Gringgg !... Gringgg !... Derrière lui, ça sonne. Ça ricoche.

Glissade. Il s'arrête. Il hésite devant une porte. Le voilà reparti !

Partout maldonne formidable ! Une seconde voiture de police apparaît à l'extrémité de la rue et la bloque. Une meute de flics en treillis noir le braque.

Le cadet des Wadoche lève les bras et se rend.

Son aîné, qui a assisté à sa capture, cède à la panique. Il s'enlève en entamant une folle marche arrière. L'effet de surprise joue en sa faveur. Il arrive à s'arracher du carnage.

*

Voilà ce qui se passe sur le terrain. Tout a viré en eau de boudin. Je ne suis toujours au courant de rien.

L'esprit sautillant, je continue à inspecter la baraque du bijoutier. J'ai mis un pied dans la cuisine et je me précipite sur les croissants beurre préparés par le couple pour son petit déjeuner. Je mange comme un Turc ! Je goinfre et ça me fait rire. J'aperçois une flûte de pain frais. Je me façonne d'autres tartines. Des merveilleuses à triple beurre et confiture de rhubarbe !

J'en suis là, en pleine extase, quand le téléphone chevrote sa musique d'appel. Je me dresse. Je décroche. J'attends.

Une voix crépite et désordonne au fond du haut-parleur. J'ai peine à l'identifier.

Ça tambourine, ça crachouille comme ça :

– Déhotte, môme ! Fissa ! La *klistarja* est après nous !

L'aîné des Wadoche parle avec une crécelle sur la langue. Sa voix méconnaissable me fait l'effet d'un seau d'eau glacée sur la tronche.

Je suffoque. Ça me noue la gorge. Impossible de dégoiser.

La voix Wadoche interroge mon silence.

– T'es là, môme ?… T'es là ?… Si t'es là, réponds !…

J'avale ma salive. La mauvaise odeur qui monte là ! Je la reconnais ! La peur !

J'ai juste la force de demander :

– *O more ?* Les copains ?

– Zlatan a bûché profond ! Lukàs s'est fait serrer par les flics ! Déhotte, *niglo* ! Casse-toi, sinon ils vont venir te cueillir !

Aussitôt, du tranchant de mon *tchouri*, je coupe les fils du téléphone.

38

Après le feu, c'est la cendre

Une nouvelle cavale commence.

J'abandonne les lieux. Je laisse tout en l'état. Les napperons. Le thé qui refroidit. La *gadji* qui bourdonne sur son fauteuil.

Je lui pique son transistor, histoire de me tenir au courant du suivi policier. Je rassemble mes affaires et je bats la route.

Au coin de la rue, je choure une *drezina*[1] appuyée à un mur et je pédale devant moi. Je fonce. Je me dérate. Je force sur la guibolle. Le mauvais temps se met de la partie. Cette année, il n'arrête pas de pleuvoir. Nous entamons la saison d'hiver. La nuit tombe quand j'atteins les faubourgs de Langon.

Faute de pouvoir me pointer à notre maison dans les vignes au risque de m'y faire cueillir par les *gardés*, j'ai décidé de tenter l'aventure du campement et de frapper à la porte de grand-père Runkele pour trouver un peu de répit et prendre son conseil.

J'arrive en vue du campement. J'abandonne la bécane

1. Bicyclette.

dans un fourré. J'enjambe, je franchis la barrière de sécurité de l'autoroute. Dans l'éblouissement des phares, je tente la traversée du fleuve noir et miroitant.

Projecteurs à pleins pots, une meute d'éléphants à trente roues charge aveuglément. Convois exceptionnels. Gros-culs chaussés Michelin, Continental, Dunlop ou Goodyear. Bâches claquantes au vent de la vitesse, les Somua hurlent. Les Berliet, les Volvo, les Mercedes éternuent des sons étranges. Les moteurs ricanent. Les freins cabrent. Les remorques chassent. Des poids terribles. J'écoute chanter la mort.

Je bondis. Je m'efface. Je sauve ma viande.

Les grosses caisses barrissent au klaxon. Bruits de ferraille. Trous d'air. Je titube. Les vaches, ils aspergent. Je rebondis. Je rentre le ventre. Je saute sur les gigots. Je me rattrape. C'est vraiment un miracle si je passe.

Assourdissants anathèmes. Des voix m'agonisent en espagnol. C'est un fatras. Un vrai casse-gueule. Je trempe, je dégouline. Les bahuts marchent à la vitesse. Ils se surpassent au tourbillon. Je risque l'écrabouille. Encore un saut. Un écart dans les phares. Une glissade.

J'atteins l'autre rive. Je suis à bout de souffle. Je suis trempé. Je n'y vois goutte.

Écroulé dans la boue, la flotte qui ruisselle, je regarde un moment le grondant spectacle du trafic qui s'éloigne.

Je reste un moment, accroupi dans les herbes. J'attends que mon cœur qui pirouette encore se rassure.

Au volant des monstres de quarante tonnes, les Espingouins, les chauffeurs polonais sous-payés cinglent vers leurs entrepôts. La cohorte des camions disparaît dans des tourbillons d'écume. Pognon, pognon ! Partout, le maléfice de l'argent joue à plein.

Pour l'heure, je dévale la pente herbue. Je plonge dans l'entonnoir d'une obscurité opaque. J'atterris dans un chemin crevassé d'ornières. Je marche dans la boue crémeuse. Je longe le bois d'acacias. Je débouche à la lisière d'un tas d'ordures. À ce signe, je sais que je suis arrivé.

Je pénètre sur l'aire réservée aux nomades. Les chiens m'entourent. Ils me flairent. Ils me reconnaissent. Ils m'accompagnent. Je franchis le centre du cercle. J'aborde la caravane de mon *kako*[1].

*

Trois ans que je ne l'ai pas vu ! Trois ans qu'il poursuit son chemin de nomade ! La liberté devant lui pendant les mois d'été… Fidèle aux vieilles souches de nos croyances… Schnuckie, Schnuckie le rebelle, soutenu par l'idée mystérieuse que le peuple tsigane est fait pour garder l'oreille pendue aux contes que chantent les roues du voyage ! Les yeux simplement posés sur le présent qui est là. Sur le futur qui n'est presque rien. Sur le passé, tapissé de coins sombres. Une vie tournée vers l'oubli de soi et du temps. À l'ombre des vieux chênes. Tout près du bruit de la source, pour y réfléchir… Tout près de la musique pour oublier les cuisantes brûlures de la vie.

*

Je jette un œil par la lucarne derrière laquelle brille la lumière. Je chasse les larmes de la pluie. J'appuie ma joue contre la vitre. Je déchiffre la scène qui s'offre à moi.

1. Grand-père (rappel).

Grand-père Runkele est en pyjama. Il est lové au fond de son fauteuil d'osier. Il joue du violon. À contre-jour de la lampe, la crinière de ses cheveux lui fait une auréole blanche. À ses pieds, la vieille Marioula, enroulée dans un châle indien, s'est endormie.

Alors que le siècle tonne au milieu des armes, alors que le béton, l'acier et le plastique soudent l'avenir des hommes, alors que l'argent affame les pauvres, que des foules entières frémissent dans un bruit de sang et de gaz lacrymogènes, il est là, dans son jus de beau vieillard – ses traits sont détendus. Plus fort que le pouvoir du malfaisant, son visage radieux et reposé d'homme délivré des contingences du monde actuel est une invite à suivre son exemple.

Dans le clapotis doré d'une ampoule basse consommation, fidèle aux vieilles souches de nos croyances, soutenu par l'idée mystérieuse que le peuple tsigane est fait pour emprunter des chemins destinés à ne jamais arriver, Schnuckie dérive sur sa corbeille d'osier tressé. En accord avec l'éternité de chaque seconde, emporté par le flot d'un calme fleuve, il joue *Melody at Twilight* du regretté Django Reinhardt, son vieil ami sous les étoiles.

Doucement, je gratte à la porte.

39

O beng! O slaka![1]

Le temps de compter jusqu'à cinquante-sept et de gratter mes puces, la vieille Marioula paraît sur le seuil.

Un sac d'os dans une longue chemise d'homme. Les tresses en pagaille. Le châle qui lui bat les jambes.

À ma vue, elle devient blanche comme un poulet à la crème. Le menton dépassant le bout de son nez, les yeux qui n'en finissent pas de s'agrandir, elle me dévisage. Elle me nettoie de son regard halluciné.

Elle porte sa main maigre et toute en veines à ses lèvres grises. Sa bouche sans dentier s'ouvre grand comme un four de gazinière.

D'un coup, les yeux sortis, elle met en perce un cri strident :

– Hi ! Hiiiiiii !… Haaaan !…

Elle dégoise sa trouille à fond le gosier. Elle va jusqu'à plus souffle. Hi-hi-hi-hiiiiii ! Il n'y a pas de limites à son brame.

Puis se tournant vers l'intérieur :

– Schnuckie, *fougo !* vite ! Monte sur tes pieds ! *Ap katé !*

1. Le démon ! Le diable !

– *Ho hi kan?*

– *Katé!...* J'te dis!... *Ein spouk ist da!*[1] *Ein muldro!*[2]

– Ça m'étonnerait, la rassure Schnuckenack en me découvrant à son tour. J'ai connu des tas de gens autrement plus dangereux que celui-ci.

– C'est peut-être un serpent!... Ou alors, un mort-vivant!

– Ni l'un ni l'autre.

– Hi-hi-hi – iiiii! Il me fait peur!

– *Mouk*, femme! Ne l'as-tu pas reconnu?

– Il a l'air *midzar*![3]

– C'est ton propre petit-fils!...

Marioula garde son air un peu fou. La gueule épouvantée, elle continue à happer l'air qui lui manque. Elle fonce dans un coin de la caravane. Elle revient en remettant son dentier.

Histoire de, elle brûle quelques herbes. Au *caszou*, elle allume une bougie, symbole de la clarté de la vie. Elle chevrote. Elle me passe la flamme sous le nez, organise tout un bacchanal de mots étranges.

Grand-père la laisse aller au bout de ses rites conjuratoires. Il lui demande de nous laisser. Il l'envoie me chercher à manger. Il s'aperçoit que je claque des dents. Il me tend une serviette pour que je m'essuie la tête. Un peigne pour que je me recoiffe.

Il m'entraîne vers le coin cuisine. Une douce chaleur envahit mes muscles raidis par le froid.

Il remarque tout. Il me désigne un appareil étrange.

1. – Qu'est-ce qu'il y a?
– Ici!... Un diable est là!
2. Un fantôme malfaisant!
3. Méchant.

– Tu as vu ça ! Pas besoin de faire l'ouverture de Wall Street pour avoir chaud ! L'air conditionné ! C'est le nouveau confort chez les vieux Tsiganes !

Je me laisse tomber sur une chaise. La vieille revient. Elle tournicote. Elle est là, dans mon dos. Je la pressens. Elle glisse une assiette devant moi. Elle a concocté une omelette, jeté des saucisses sur un lit de pommes de terre. Elle tranche le pain et s'éloigne à nouveau.

Je me jette sur la nourriture. La bouche ouverte, la salive abondante, j'enfourne les *yarés*[1]. J'engouffre toute la nourriture. Jusqu'au dernier morceau de *maro*[2]. Je suis malade de la faim. Les nerfs à vif, je torche mon assiette. Je lèche mes doigts luisants par peur de manquer.

Je relève la tête. J'ai les yeux troubles. Il est encore trop tôt pour que je parle. Je me sens dans la peau d'un enfant qui s'est jeté au fond d'un trou malodorant et qu'une main secourable risque d'en sortir. Je perds mes arêtes. Adieu révolte ! Ma belle indépendance ! Mes résolutions sanguinaires ! J'ai retrouvé mes petits quinze ans et je suis empli d'une crainte qui me dépasse.

Grand-père Schnuckenack regarde dans la direction de son élève.

Il me décoche un regard calculé qui signifie qu'il n'a pas l'intention de m'accabler.

Il porte avec lenteur ses mains en arrière de ses reins. Peineux jusque dans les os, il soupire.

Il attend un peu. Que la situation se redresse entre nous. Qu'elle prenne une tournure plus sereine.

Il se penche vers l'avant. Il a les yeux calmes.

1. Œufs.
2. Pain.

Il demande :

– *Sarsane, niglo ?*

Et je réponds :

– *Jalla !*[1]

Maître du terrain, il s'emmanche dans des pensées profondes. Il rumine. Il va au bout de sa patience.

Une mouche passe.

La tête toujours perdue dans ses pensées, il finit par dire :

– Ces trois dernières années, je veux que tu saches, Cornélius… si j'ai continué à vivre, c'était dans l'espoir de te revoir…

Il a parlé de son inimitable voix voilée.

C'est un curieux moment, tout au bord de l'abîme. Doucement, mes yeux deviennent des tapis humides. C'est de ça, de son pardon que j'avais besoin. C'est son rempart que je suis venu chercher.

Je laisse monter mes larmes. Je prends ses mains et je pleure.

– *Mour papou !…* ça m'en fait de vous mettre à l'envers, toi et ma *meri mami* Marioula !… Si j'ai frappé à votre porte, c'est parce que je flambe par tous les bouts !

– De quoi te plains-tu, fils, puisque tu es libre ?

Je lui donne un début d'explication.

– Ce que tu avais prédit est arrivé !… Les *gardés* sont après moi…

Le vieux en veut davantage.

Je lui donne la vérité :

1. – Ça va ? […]
– Ça va !

– J'ai joué dans la cour des grands ! J'ai été avec les Wadoche !

Il ne bouge pas. Raide comme une petite âme qui craint la foudre, il attend la suite de ce que je vais dire.

La colère me monte au visage. D'un coup, je me rue sur mon sac. Je l'ouvre. J'en sors ma cagoule, le sparadrap et le pistolet de Tistou.

Je les jette sur la table :

– Mais *t'entraves que tchi à ce que je penave, pourro !*[1] Même si personnellement je n'ai pas de sang sur les mains, j'ai participé à un casse ! J'ai tenu un *pouchka* ! J'ai bien failli m'en servir !

– Je sais que tu t'es distingué !... Ils en ont parlé au poste... *Mé vias budchedofun o klisto*[2]...

– Il y a eu mort d'homme ! Zlatan s'est fait marave ! Le bijoutier est mort ! Le sang a coulé ! C'est nous ! C'est moi ! C'est notre faute !

Cette fois-ci, il me regarde autrement.

– Souffle de Dieu, *cavo*[3] ! murmure-t-il. Quelle violence je devine en toi !

À son tour de s'animer. Il effectue une embardée de toute sa vieille carcasse. Il me regarde avec horreur. Son poing se referme sur mon poignet et le serre avec une force inattendue.

– Ouvre ta cervelle, morveux ! Sale petit apache ! Tu ne peux pas aller dans cette direction ! Les gadjé ont mis les lois de leur côté ! Et si tu échappes aux gendarmes, tu

1. Tu ne comprends rien à ce que je te dis, vieux !
2. J'ai été interrogé par les flics !
3. Garçon.

n'échapperas pas aux cris, aux dénonciations, aux croquants les plus féroces!

Il en tremble. Il termine ce qu'il avait à dire :

– La France, ces temps-ci, s'est mise au molosse! Elle marche au chien féroce! Les crânes rasés redeviennent méchants! Halte à l'étranger! L'an passé, ils en ont assommé deux comme toi!

Épuisé, avec pitié, il me dévisage.

Il marmonne :

– Ah! Il est beau, le chef-d'œuvre de madame *Bioutiful*!... L'étudiant miracle! Le savant de toute chose!

Je ne réponds pas.

Itou, les lèvres du vieux restent arides.

Ça fait que nous nous taisons pendant longtemps.

Nous restons immobiles. Nous nous observons. C'est un peu comme si nous attendions la lune.

D'un coup, la fatigue fait main basse sur votre serviteur. La digestion s'installe. Un état nauséeux, mélange de crampes d'estomac et de cauchemars éveillés, me fait la cervelle un peu vague. J'ai les paupières lourdes. Je ne suis même pas sûr d'avoir entendu les dernières phrases prononcées par mon grand-père.

Lui-même est devenu un vieillard sans énergie ni ressources. Il s'apprête à tomber dans le sommeil. Au lieu de ça, dans un sursaut, il entrouvre sa boîte à violon.

J'entends un petit couic. Je rouvre les paupières. Il a glissé son mouchoir sous son menton. Il commence à faire voyager joliment son archet dans les airs. Son visage a retrouvé un calme extraordinaire.

Il demi-sourit en jouant.

Il dit :

– Demain, tu iras de toi-même voir les gendarmes, *niglo*. Ils te puniront pour ce que tu as fait. Mais tu seras délivré de ta dette. Une fois finie ta punition, tu n'auras qu'à venir ici. Je te garde ta place. Nous partirons dans le nord.

Raide comme une petite âme qui craint la foudre, je me roule en boule sur ma chaise.

Aussitôt je m'endors, les poings fermés et la bouche puante.

Je voyage vite jusqu'au ciel.

40

La méthode klistarja

Ah, salopiauds, mes lecteurs ! La clientèle d'aujourd'hui veut être aux premières loges ! Eh bien, sachez que, sur les conseils et exhortations de mon grand-père aïeul, dès le lendemain matin, avec l'intention de blanchir mon âme et de redevenir un gitan sorti du *kiamet*[1] où les diables de l'enfer m'avaient précipité, je suis allé me livrer à la gendarmerie.

À l'identique de ma première reddition, à l'ombre de son drapeau, la maison *klistarja* sommeillait au fond d'une allée…

Je pénètre dans la cour encombrée de voitures à gyrophares. Trois marches, je franchis le seuil.

Derrière un desk, un flic sans képi rédige une main courante. Il me fait signe de dégoiser. Je lui explique que je viens me livrer aux autorités.

Il prend le temps de compléter son rapport. C'est un lent. Un consciencieux.

Il se relit. Il sèche l'encre avec un tampon-buvard et retarde le moment où il lèvera les yeux sur moi.

1. Pétrin.

Il demande :

– C'est pour déposer une plainte ? Un accident de la route ?

Il y a belle lurette que je ne suis plus là. Je suis au fond du couloir à gauche. J'ai le nez sur la plaque qui annonce : « Lieutenant Roman Kowalski ». J'ai le cœur qui millepatte.

Je frappe.

Porte entrouverte, je zyeute. Le Polack se tient derrière son bureau. La masse de son corps de pachyderme se découpe à contre-jour de la façade vitrée. Il ne bouge pas. Juste il écrit.

Je toussote pour attirer son attention.

Sa face à mille plis s'éclaire à ma vue. Il ne paraît pas surpris.

– Alors, te revoilà ? C'est toi qui terrorises les dames ? C'est toi le complice de ceux qui sèment la grêle partout où ils passent ! Dis donc, compliments !... T'as fait du chemin depuis qu'on s'est vus !

Il se lève à grand bruit et vient me renifler. Je souris au flicard.

J'essaie de lui offrir le visage détendu d'un récidiviste sans appréhension.

– Je me suis laissé embarquer, je lui dis.

Il me dévisage sans aménité. Sans prévenir, il m'empoigne par l'index et le médius. Il les retourne vers l'arrière avec l'intention de les casser. Je me jette à genoux pour éviter le pire.

Je crie :

– Vous êtes vache ! Vous allez me péter les doigts !

Il accentue sa pression. Mon souffle s'accélère.

– Sur le chapitre de la vacherie, souviens-toi, gitan de

mes deux, personne ne peut se mesurer à la police ! N'oublie jamais ça !…

La douleur ne s'arrange pas.

– Aïe !

– C'est pas vraiment agréable, hein ? Rampe !

Je cours sur mes genoux. J'ai envie de vomir. Entre mes dents, dernier rempart, je lâche :

– *Te has tre mule, gardé !*[1]

Le Polack ricane dans sa graisse.

– Je ne sais pas ce que tu racontes dans ton sabir, petit, mais à titre personnel, sache que si on me cherche, je peux devenir le pire des enfants de salaud !

D'un seul coup, il rouvre sa main potelée. Il me rend la liberté comme à un oiselet. Deux larmes chaudes coulent à mon insu sur mes joues.

– Relève-toi, méchant garçon. Si tu te conduis bien, nous serons les meilleurs amis du monde.

Il se tourne vers moi et se repeint une gueule aimable.

– Allez viens, on se casse de cet endroit à la con et on va boire un café au perco.

On boit notre café en silence et, à peine reposée notre tasse, il m'annonce d'une voix bonasse :

– Bon, ben, c'est pas l'tout, ma poule ! Va falloir que tu passes à la casserole !

Et il me pousse vers la salle d'interrogatoire.

*

· Les gendarmes sont des militaires. Ils font leur boulot sans état d'âme. Je suis interrogé « à l'ancienne » par

1. Va manger le sang de tes morts, poulet !

l'adjudant-chef Creveau qui mène l'enquête sur l'affaire de la bijouterie. C'est un vétéran qui a une main droite fulgurante et qui tape bien du dictionnaire sur la tête.

Il commence par m'estourbir de questions et de coups. Des taloches. Des beignes. Je me sens tout bizarre. Séparé de mon corps, privé de ma liberté, je cherche l'air désespérément. Question d'âme, je me demande si j'ai eu raison de céder aux conseils de Schnuckie.

À vue d'œil, les choses tournent mal. Creveau dirige la lampe vers moi. Il m'envoie le filament au fond des rétines. Sa méthode pour traquer la confidence. Encore une question. Une autre. Une réponse de ma façon. Vlam ! Une taloche de sa manière. Il m'emporte la gueule. Ça le chiffonne pas du tout de me voir grimacer. De temps en temps, au contraire, il fait justement l'aimable. Tu veux un verre d'eau ? Il s'en verse un. Il saute mon tour. Il déguste son Évian. J'en profite pour m'évader. Je regarde du côté de la fenêtre. Je vois dans la lumière… dans l'interstice… un tout petit œil d'oiseau. Je fais semblant de remonter ma chaussette. Je me penche. Je vois en vrai un gros moineau ébouriffé… J'imagine l'herbe verte. Vivement les beaux jours !

Après l'adjudant, un autre enquêteur. Un grand cogne brun avec une voix râpeuse et des oreilles décollées. De temps en temps, la porte de la turne s'entrouvre. Le Polack passe la tête. Il demande si ça avance. On lui dit que ça ne recule pas. Il s'enfourne du chocolat dans le gaufrier et s'éclipse à nouveau.

Les *klisté* se relaient. Ils fument des gitanes. Ça les fait marrer. Des gitanes un jour de manouche ! Ils connaissent pas la fatigue. Ils boivent du café. Ils disent qu'ils veulent m'extirper la vérité jusqu'au trognon. Ils rallument leur *tirante*[1] si elle vient à s'éteindre. Huit heures de rang – bibine, nicotine, saucisson à l'ail –, on respire dans la même pièce. Je vis en raccourci une espèce d'agonie lucide et douloureuse pendant laquelle on m'arrache pièce à pièce des lambeaux de ma vie.

Je crois que ma tête est devenue si difficile à gouverner que je ne me rends même pas compte que je viens de retourner la table et de donner un coup de soulier de gitan dans le tibia du brigadier-chef Baudoulier Alfred qui vient de prendre le relais de ses collègues. Et après un coup de genou dans les couilles, il fait un bruit de chien qui s'étrangle. Il dérape sur le carrelage et il commence à dégueuler. Je pense à me tirer dans le couloir mais c'est noir de képis qui rappliquent.

Je commence à mordre les mains des *gardés* appelés en renfort. Mais mon jeu est fait. Très vite, je vois un éclair rouge.

L'*akijade* se termine brutal. Une sérieuse attaque sur l'occiput. Une coupure de vie pour ainsi dire. Je verse dans les pommes. D'après l'infirmière, je serais tombé malade, comme qui dirait enragé, fiévreux, rendu fou, qu'elle explique plus tard au médecin des urgences, par la peur du gendarme.

Après un passage en cellule de dégrisement en compagnie d'un poivrot et d'une Roumaine qui cachetonne les gadjé au bord de la Garonne, je suis mis en examen sur réquisition du gendarme Werber, au motif de plusieurs chefs d'accusation.

1. Cigarette.

1) Pendant la période de garde à vue :

Rébellion envers les forces de l'ordre, attitude asociale, coups et blessures sur la personne des agents de la force publique (entraînant l'incapacité des victimes à exercer leur métier pendant plusieurs semaines).

2) Au titre de l'enquête de gendarmerie :

Association de malfaiteurs, attaque à main armée avec prise d'otage, détention d'arme blanche et d'arme de seconde catégorie, vol, recel, et dégradation de matériel. Signé illisible.

En cage, le bonhomme ! Ils m'emmènent avec leurs menottes.

Empaquetés fourgonnette, la pute Lucia devant et moi derrière, on part pour Gradignan. Incarcérés en préventive.

En attendant d'être assisté par un avocat commis d'office et de passer en jugement, je me retrouve dans une cellule de trois mètres sur quatre.

Dans ces conditions d'étroitesse et de promiscuité, difficile d'échapper à l'haleine de son voisin ! Difficile aussi de ne pas échanger quelques mots !

Écoutez plutôt ! Je ne veux pas retarder votre plaisir. Je veux mesurer aussi votre réaction…

41

En calèche…

C'est la fin de la journée. Je suis passé par le greffe. J'ai touché un gobelet, une fourchette en plastique jaune, une cuillère idem, un sac à viande et une couverture qui pue. Je pose le pied sur le seuil de la cellule 304 A, deuxième galerie, secteur Hommes. La porte se referme dans mon dos. La clé fait le tour de la serrure. Le pas du gardien s'éloigne.

Il fait sombre. Je tâtonne des yeux et de la voix. À tout hasard, je dis bonjour la compagnie et que je m'appelle Cornélius.

En retour, j'écope d'un sifflet admiratif. Je distingue une masse accroupie sur le chiotte et une voix rauque m'accueille :

– *Dicave* qui vient d'arriver !… drôlement *michto, le petit anglo*[1] *!…*

L'ombre se dresse, une bouille extra-large apparaît.

Je ne suis pas infaillible mais je pige tout de suite que je n'ai pas emménagé chez un tresseur de paniers ou un simple voleur de poules. Je suis tombé sur un manouche

1. Regarde [qui vient d'arriver !… Drôlement] mignon, le petit ange !

bien noir avec un gabarit d'athlète. Un méchant frisé étalé pour deux ans ferme qui, je l'apprendrai plus tard, se vexe pour un rien et souvent se marave pour finir, énormément. Si bien que, même rétréci à l'échelle du crime, son casier judiciaire est une curiosité. Deux suspicions de meurtre sur les épaules, à ce qu'il paraît. Deux non-lieux, au bénéfice du doute.

Il me renifle. Il me frôle le pantalon avec les mains.

– Cornélius, il me dit dès l'abord, t'as une jolie gueule ! Gaffe à pas traîner dans les couloirs, les coins sombres des ateliers !

Là-dessus, il bouge un peu. Il répand une odeur terrible. Il est en train de s'essuyer l'entre-fesses.

Il zyeute mon air dégoûté. Ça lui déclenche une crise de rictus extraordinaire. Tellement il bidonne que je crois qu'il va se casser les dents ! Il se les broie de rire... Et je te marre ! Et je te rigole !

Il retourne s'affairer devant la cuvette du chiotte. Après un froissement de papier journal et un bruit d'eau, il revient en remontant son *hoza*[1].

Il a retrouvé tout son sérieux. Le front plissé, il me file un avertissement gratos.

– Vu ton châssis, *tur yaka de divji cajza*[2], tu vas pas manquer d'admirateurs ! Ici – la *calèche*[3] –, c'est plein de pédocs qui courent les fiottes ! Va falloir faire attention à préserver ton beau p'tit cul !

Bien qu'il soit inscrit sous le blase de Nerio Zulficar sur son carnet de séjour, mon nouveau pote est plus connu

1. Pantalon.
2. Ton œil de biche.
3. Prison.

dans la prison sous le sobriquet de Danny Django. Django comme Reinhardt, s'il vous plaît ! Le musicos ! Le légendaire jazzman. La bonne conscience du peuple Sinti. Le Mozart de l'évasion par les cordes.

Je salue ici la belle popularité carcérale de mon compagnon de cellule ! Sa popularité, il faut voir ! Valable pour toute la taule. Les détenus, quand il y a une petite fête, louent ses services. Django est capable de devenir un quart de dieu humain dès qu'il caresse les cordes d'une guitare.

Incroyablement costaud avec ça. Pratiquant les haltères. Le biscoto massif. Le tronc épais. Pas prêt à être déraciné.

*

Je ne demande pas mieux que de raconter notre amitié. Nous étions devenus inséparables.

On peut broder toutes sortes de contes sur le monde des Manouches, prétendre qu'il est couvert d'un épais manteau de mystères, je rétorquerai qu'éternels errants nés dans la main du voyage, élevés au cœur du soleil et tannés par la pluie, nous savons prendre au vol, si elle vient à passer, la vraie mesure du plaisir.

Et puis, laissez-moi vous dire, on ne choisit pas les gens qu'on rencontre. Certains traînent, il est vrai, un destin si lourd que ça vous embarrasse pour eux. Nerio Zulficar, dans sa catégorie de proxénète, trimballait un passé plutôt turbulent. Pourtant, lui et moi, parmi toutes les bêtises, avons su nous reconnaître un petit territoire en commun, une petite niche de la même espérance. Nous étions *gypsy*. Nous étions *music*. C'est sur ce nuage-là que nous allions nous laisser emporter par le vent.

Alias Danny Django m'avait dégoté un violon, un archet, des partitions. Je l'accompagnais désormais dans ses rendez-vous musicaux. Avec *Black and White* ou avec *Swing White Django*, ça bichait drôlement ! Sur le fil de la portée, nous filions *en loucedé*. Doubles-croches, double évasion ! Nous sautions le mur ! Deux complices qui galopaient l'un de l'autre.

Si bien que Nerio était devenu une protection naturelle contre la clique de ceux qui auraient voulu jouer « à madame » avec moi.

*

Une fois tenez, un type nommé Paco-Mille-pattes – un vrai verrat, un Espagnol avec le vice interminable au fond des yeux – a essayé de me coincer dans la douche.

– Senorita Zulficar ! il m'aborde en me faisant des magnes. Viens ça, que j'te fasse une vie nouvelle !

Le gars me sort son *pelo*[1] sous le nez. Un gros morceau dans les mauves. Il a calculé son coup. S'est adjoint trois compatriotes qui bandent comme des cerfs dans la coulisse. Les voilà, quatre Andalous, quatre graines de crime, à tambouriner autour de moi. Torturés d'ardeur, prêts à toutes les folies, les foutreux m'encerclent… J'ai beau leur dire que je n'suis pas prêt à leur donner ma jeunesse, toujours ils avancent.

En reculant, je brise ma glace, prêt à me défendre avec un éclat de miroir.

L'Espingouin ricane :

– Oulala comme j'ai peur ! il fait.

1. Sexe masculin.

Et se tournant vers ses sbires :

– Présentez-moi ça pour mon amusement, chicos !… À genoux, la demoiselle ! Elle va m'sucer comme une couleuvre !…

Tu parles ! Django est arrivé.

Il est là, tout debout. Il est bien calme. Il a une main dans sa poche. Il fixe mes agresseurs.

Les méchants font pâle gueule. Je ne suis plus sur la défensive.

Une lueur jaune transparaît dans les yeux injectés de Paco-Mille-pattes.

– Brrrr, il fait comme s'il avait les chocottes. Brrrr, il nargue le nouveau venu, voilà l'Homme ! Tu viens défendre ta poupée, Django ?

Nerio Zulficar ne répond pas. Même si ça ne lui plaît pas, l'intéressé ne laisse rien prévoir. Un vrai iceberg.

Je me frotte les yeux. En ramassant comme voisin de châlit et de tinette un type qui vivait de ses gentillesses envers les dames dans un hôtel borgne, je n'aurais jamais imaginé tomber sur un pareil mariolle à poils durs !

Un bref instant, il déplace son regard glacé et le braque sur moi. Il parle d'une voix blanche. Une voix que je ne lui connais pas :

– *Natchave*[1], Cornélius ! dit-il. Va te mettre à l'abri !

Je ne me le fais pas redire. Vite, je sors du jeu.

Sans prévenir, Django tire un couteau de sa poche.

Il se fend d'un grand geste. Il pousse un cri affreux pique l'Andalou au poitrail avec sa lame effilée :

1. Barre-toi !

– *Va cryave tes moulo*[1], Paco!

Une fleur de sang apparaît sur la chemise de l'Ibérique. Aussitôt tout s'emballe. C'est chaud. Ils commencent à se foutre des horions pas possibles, tous. C'est féroce. C'est l'ardeur. C'est le sang. Un vrai délire assassin! Ils se lacèrent, tailladent sur des grandes longueurs, sur tout le corps, du bout du nez à la gorge, s'arrachent la viande à coups de fourchettes, titubants, dégoulinants. Je recule. J'ai envie de vomir. Je les laisse à la mêlée, au corps à corps, au coupe-gigot!

Les autres détenus s'attroupent. Ils guettent derrière les rideaux de douche. Personne n'ose approcher.

Comme ça tabasse toujours plus sauvage, comme le résiné inonde la douche, plusieurs voix crient : « Chef! Chef! » pour alerter la *schmitterie.*

Une équipe de surveillants finit par ralléger. Huit matons dont trois Corses règlent la situation à grands raffuts de matraques.

Faces contre terre, menottés dans le dos, les quatre fauves ensanglantés ont perdu la partie. Ils font penser à des bestiaux retour de corrida. Les trois Corses les tirent par les pieds. Ils sont traînés jusque dans le couloir. La tronche en confiture, ils finissent comme des serpillières. Leurs joues, leurs bouches baignent dans un mélange de bave sanglante, de flotte javellisée, de sciure et de désinfectant.

Le directeur de la prison fait son apparition. Les mains derrière le dos, les yeux vitrifiés par des lunettes sans armature visible, il énonce d'une voix morne la sanction qu'il leur inflige.

1. Va baiser tes morts!

Un mois de mitard à chacun. Un mois seul, plongé dans le noir. Peine assortie de huit jours de pain sec et d'eau d'amertume. Aucune visite. L'oubli.

Le calme est rétabli. Les pas s'éloignent. Les grilles se referment. Les éclats de voix s'atténuent. Les allées de la prison sont désertes maintenant. Me voilà seul dans ma cellule.

Il est neuf heures du soir, extinction des feux.

42

Les lumières de saint François

À ce stade, j'aimerais tant vous faire du splendide ! Las ! Je reconnais que ça va être difficile.

En prison, le temps pèse lourd. Les raisons de s'émerveiller sont rares. On vieillit dans du moche. On rigole comme on peut, avec une souris qui passe, avec une araignée qui toile. Ma protégée – une grosse pensionnaire noire à ceinture jaune avec du poil aux pattes – s'appelait Germaine. Elle nichait à la tête de mon châlit. Le courant passait bien entre nous deux. Mieux qu'une artiste de cirque, elle entamait un twist endiablé sur son trampoline dès que je la ravitaillais en mouches.

Ah, je soupire ! À part monter sur le tabouret pour reluquer dehors entre les barreaux, les occasions de sortir étaient rares. Mes seuls divertissements se cantonnaient aux rencontres avec mon avocat, aux convocations du juge d'instruction, au train-train ordinaire de la prison et aux visites de l'aumônier.

Je ferai d'ailleurs une exception pour ce dernier.

Fra Leonardo était un *ratchaï* plutôt sympa. Un moine italien qui s'était mis en tête de conjuguer l'amour des Tsiganes pour la nature avec celui que François d'Assise vouait au petit personnel de la création. Ainsi, les jours où il sentait monter en moi la violence, le gentil tonsuré tirait l'escabelle au pied de mon lit. Il y calait sa bure et commençait à me raconter les histoires d'un moinillon nommé Ginepro qui soignait ses roses et se nourrissait du chant des oiseaux, de l'ombre des arbres, de la fraîcheur des sources et de la caresse du vent.

Gâterie magnifique ! Un jour où j'étais *bango*[1], alors que je venais de l'instruire de mon projet de me pendre, Fra Leonardo, puisant dans sa foi la simplicité du geste et le rejet des conventions, avait poussé le désintéressement jusqu'à m'offrir un verre de vin de messe afin de me remonter le moral.

En moins que rien, il avait rempli mon quart à ras bord. Ensuite, élevant ce calice improvisé à hauteur de mon front, il s'était écrié avec solennité :

– Barbera d'Asti !... Le vrai sang du Christ !

Dès lors, foin des résignations, des mesquineries, des turpitudes qu'imposaient la morale ou le règlement pénitentiaire ! Les jours de cafard, sans qu'il soit tenu compte des interdits, le gentil moine m'enjoignait de boire le contenu du gobelet.

Sitôt la potion ordonnancée dans les règles – signe de croix et tout le toutim – je pinardais son *maule*[2] piémontais.

En moins que rien, le stupéfiant élixir me rendait la joie et l'envie de vivre. Plus ! Dans un élan spontané, lui, le tonsuré, et moi, le voyou – comme une seule et même

1. À l'envers.
2. Vin (rappel).

créature du Bon Dieu – chopinions jusqu'à plus soif le contenu du bouteillon qu'il avait apporté.

Barbera d'Asti ! Je poursuis mon dada ! Fra Leonardo était un magnifique spécimen de l'espèce humaine ! J'en suis certain, je vous le dis, sa simplicité était une intelligence supplémentaire ! Il était capable d'installer autour de sa personne un amour sans limites !

Parfois, j'enrage de mon ingratitude ! La vie est pourtant bien trop courte ! Pourquoi sur le moment sommes-nous incapables d'interpréter les signes qu'elle nous envoie ? Pourquoi sommes-nous tellement aveugles ? On s'enfonce, on oublie, on s'épouvante dans la nuit où nous jettent les circonstances et, cervelles traversées par le vent, nous occultons des moments essentiels qui n'avaient de défaut que leur banalité.

Je nourris des regrets envers Fra Leonardo. Je n'ai jamais trouvé le culot de lui dire que grâce à la légèreté de son âme, à ses brassées de feuilles de roses, à sa façon de soulever le couvercle des nuages, j'avais trouvé quelques éclats du Bon Dieu au fond de ma première prison.

Au moins, accordez-moi le crédit du souhait que je vais formuler. Si demain la Terre se mettait à tourner à l'envers (ce dont elle aurait bien besoin), il faudrait appeler Fra Leonardo aux affaires du bas monde ! Il n'est pas douteux que seul un homme de son calibre, un bienheureux sans calculs, sans argent, une créature de parfums, de caresses, de bon vin, de partage joyeux et de douceur sans niaiserie saurait trouver au fond de sa cervelle assez de folles espérances pour repeindre à bon compte un nouvel univers.

Cher moinillon ! Parfois, il portait la main à son ventre. Il esquissait une grimace.

– J'espère que la Terre ne va pas mourir ! avait-il coutume de geindre.

C'était comme une blessure qui lui bouffait les tripes.

Il se levait avec des yeux effrayés. La cuisse brève, bien gentil mais la main décharnée, il resserrait sa cordelière. Il me quittait dans un froissement de robe. Un truc léger comme un départ d'hirondelle. Été comme hiver, il était pieds nus dans des sandales. Il sentait l'ail et l'olive pimentée.

Il a su épouiller mes jours sombres de ses belles paroles.

43
Les jours gris

À part ça, si je commence à vous rencarder sur le déroulement de mon incarcération, vous courez à la désolation. La prison préventive est une espèce de salle d'attente d'éternité entre quatre murs. Le diable possède tous les trucs pour vous tenter ! Hormis la branlette, la cigarette et la cantoche, point de salut !

Pas de nouvelles de Zulficar. Très vite, le vide creusé par son départ pour le mitard est comblé par l'Administration pénitentiaire. Pensez si la scribouille fait bien les choses ! J'hérite de deux pensionnaires au lieu d'un.

Les matons installent un nouveau lit. Pour ce qui est de l'espace, on se serrera d'avantage. On puera plus. Entre suffocations et détestations, on partagera la même glace, le même lavabo. La même tinette.

Au début, on ne se connaît pas du tout. On se tâte par petites touches. La prison nivelle les classes de la société. Les nouveaux arrivants sont en préventive tout comme moi. J'ai touché du gratin. Deux *gadjé* récidivistes. L'un est tombé pour escroqueries diverses. L'autre est accusé de violences et séquestration envers sa femme.

Dès le lendemain du premier jour, tout se met en place.

Il faut bien se rattraper à la vie courante. On n'y échappe pas. Passe-moi le savon, Marcel. Albert, où t'as mis le papier cul ? C'est difficile de se défaire les poumons des odeurs de l'autre.

L'escroc loge à l'étage inférieur de mon châlit. Il pue des pieds. Il pue atroce et il le sait. Il m'avertit, ce sera pire en été. Avant de m'endormir, je chasse l'air. Toujours, il revient.

*

J'aborde mon troisième mois de détention. Jour après jour, on s'endurcit. On s'entraîne à se défendre un peu moins que la veille. On finit par écouter les confidences du voisin. Chacun court après des justifications. Bientôt, il n'y a plus que des gens gris et des choses insignifiantes.

Le plus sûr, le moins angoissant, est de retourner tout seul en soi-même. J'ai beau chercher des raccourcis pour aborder la vie par le bon versant, je n'en trouve guère depuis que je suis emprisonné. Un type dans mon genre, c'est fait pour avancer. Si tu perds le mental, c'est que ça recule. Si tu deviens *teignous*, c'est que ça ne va pas. C'est que ça cloche. Que tout part à la déconne ! Vous ne me consolerez pas avec de bonnes paroles ! Chacun son enfer sur terre, je veux bien ! Chacun sa pétaudière, si ça vous chante ! Pour autant, étais-je fait pour l'internement ? Foutre non ! Enfermer un gitan, c'est le pousser à mourir ! Je me tourne vers vous qui me lisez, et je vous demande êtes-vous faits pour le bruit et la promiscuité ? Pas sûr. Pour les plaintes ? Encore moins sûr. Pour les cris de détresse des prisonniers quand la nuit tombe ? Personne n'est fait pour ça !

De ma solitude du moment, je rapporte une nouvelle façon de détresse qui me conduit tout droit à une vocation inéluctable. Je serai voyou. Principalement *gangsta.*

C'est ma conviction, ma pente naturelle, et, à part un petit regret pour la profession de médecin, d'explorateur ou de romancier, je ne vois pas ce qui pourrait m'empêcher de devenir un cador.

À neuf heures, les lumières s'éteignent. Chacun rejoint son monde. Le cadre qui bat sa femme retire son dentier. Mon voisin d'en bas retire ses chaussettes. Moi, sous la couverture, j'explore l'eau chaude. Si vous préférez, je turlute mon oignon. Je fais faire la galipette à ma carotte. Qu'elle rougisse de plaisir.

Quand je polis le chinois un peu fort et que je pense au gros derche de madame Snagov, notre voisine de caravane, ça jute ferme. C'est bon signe, disait Django avant son départ.

Paraît que celui qui a la sève à profusion entre les mains aborde l'antichambre du bonheur. Son avenir est dessiné. Zulficar me prédisait une belle carrière. Un jour je recouvrerai ma liberté et je pourrai faire mes débuts sur la scène du *suivez-moi-jeune-homme.* Autrement dit honorer des dames à profusion et même leur offrir la protection, moyennant ristourne, bien entendu.

Voilà ce qu'il disait, Nerio Zulficar, expert en la matière. À quoi j'ajouterai à l'intention des moralistes qui seraient assez goguenards pour m'opposer que la prison est une barrière naturelle contre le proxénétisme et la prostitution, qu'ils se fourrent le doigt dans l'œil.

Au contraire, elle est corruptrice.

44
Un bavard en robe de bal

Gel et neige après grand soleil, les semaines défilaient à mon insu. Ferme les yeux, Cornélius ! Ainsi tourne le monde à travers la nuit énormément menaçante et silencieuse.

Souvent, je retournais à un vieux bazar d'émotions démodées. Il m'arrivait de repenser à la mort de Zlatan sous les balles des flics. À la trahison de Tsiganina dont j'avais perdu la trace.

Je finissais par me dire que puisque la vie n'est qu'un délire tout bouffi de violences et de mensonges, c'était peut-être le néant dans lequel je sombrais peu à peu qui m'aiderait à trouver la voie étroite qui m'était destinée.

J'étais rabougri. Barbouillé. Frileux. Contus. Passif.

*

Présenté aux Assises (vite qu'on en finisse !), j'étais complètement raplati au fond du box ! Je dépassais à peine.

J'avais enfilé mon costard. J'étais propre sur moi. J'avais fait ma raie sur le côté.

J'étais jugé pour *vol en bande organisée avec menace d'une arme et séquestration de personne*, Pour ce genre de cas d'espèce, la loi ne prévoyait pas moins de vingt ans de réclusion criminelle.

Mon avocat, un gourmand de code pénal, se pourléchait les babouines à la pensée de plaider ma cause. Il débutait sous la robe noire tout comme moi dans le grand banditisme. J'étais son premier client sérieux. Il était impatient d'en découdre.

La veille du procès, il pétaradait par avance :

– Tu vas voir un peu, l'art et la manière ! Nous allons les bouffer tout crus !

Il était maigre et jaune et vaillant. Je le revois, tout en os. Un type attachant avec une drôle de bouille et des lunettes un peu lourdes qu'il lui fallait remonter sans arrêt sur son pentu tarin.

Prudent mais naïf, il m'avait instruit sur le comportement que je devais adopter devant mes juges. Profil bas. De la pudeur. De la modestie. J'étais une victime entraînée dans le maelström du gangstérisme par des malfrats qui avaient abusé de l'état de faiblesse où m'avait jeté un récent chagrin d'amour.

Pauvre enfant dévoyé et floué par la contagion du crime ! Pauvre gosse dépecé jusqu'à l'âme ! Pauvres de *Nous* !... Pauvres de *Nous,* répétait-il, car il ne prenait jamais la parole pour me défendre sans nous enrober dans la même chaussette.

Nous !... Maître Lipki-Lipkerman et moi.

*

Le jour de la plaidoirie, Sac-à-Puces, comme je l'appelais désormais, est entré dans l'arène avec la grâce d'un oiseau déplumé. L'index posé sur les lèvres, le regard impérieux, il a bombé son torse d'oiseau et demandé à la salle un silence parfait. Il faisait une chaleur d'étuve. Il était tout en nage. Il avait l'air drôlement convaincu. Les gens se sont tus.

En pleine ferveur, il a commencé à raconter aux juges les malheurs de ma vie, la précarité et la misère du peuple gitan.

Super magie ! J'entends sa façon tremblée d'enrouler ses phrases. Avec des gestes ampoulés et des postillons d'orateur, il a longuement promené le jury dans la steppe hongroise. Avec ses mains à n'en plus finir, il a joué du violon, il a fait tourner les tables, geler les hivers, accoucher ma mère au milieu du blizzard et m'a fait cracher mes poumons dans la neige.

Sa véhémence le faisait fondre sur sa proie. Son regard se fixait au fond des yeux du quidam qu'il avait choisi. Sa main en forme de serre se posait sur l'avant-bras de sa victime pendant d'interminables secondes. Il ne lâchait plus le bonhomme. Il lui parlait avec un débit infernal. Parfois, il s'arrêtait, hors d'haleine. Il remontait ses putains de lunettes sur l'abrupt de son nez. Prêt à ouvrir de nouvelles voies vers la bonté, vers la tolérance, la compassion et la connaissance d'autrui, il retournait à son laïus avec entrain.

– Qui sommes-*nous* ? s'inquiétait-il en me désignant à la foule. Qui sommes-*nous,* nous qui sommes condamnés par naissance à errer des ronces aux étoiles ? Regardez-*nous* ! ajoutait-il en m'obligeant à me lever... *Nous* ne possédons rien !... *Nous* n'avons qu'une charrette et quelques hardes pour tout bagage ! *Nous* sommes nus !... mais *notre* richesse est dans *notre* liberté. *Nous* avons des bras robustes ! *Nous* avons des cœurs ! Et… savez-vous ce que nous avons en plus de nombre d'entre vous ?…

Il se tournait vers le public et le défiait de déceler le trésor que nous avions planqué.

– Nous avons de l'Instruction !… Mon client est bachelier !… Il cite Victor Hugo, Arthur Rimbaud ou Jacques Prévert dans le texte ! Il a toujours rêvé de se fondre dans le sein du monde moderne. Regardez-le ! Lui ! Ce garçon ! Ce manouche… car son mérite est grand !… Il a fait vers vous le pas de l'intégration que vous semblez vouloir lui refuser ! Il vous dit qu'on peut toujours voir un coin de ciel bleu dans les pires tornades !…

Parfaite acoustique ! La harangue faisait son effet sur le prétoire.

L'oigne en arrière dans sa robette à mille plis, mon bavard dessinait un orbe avec sa manche sous le nez du cinquième juré et conspuait la *tsiganophobie, cette lèpre qui sème les préjugés, attise l'hostilité et dresse les communautés les unes contre les autres, au lieu de les apaiser, de les confondre en une coutume fraternelle.*

Fort de ses convictions, genre Robert-Houdin du prétoire, Sac-à-Puces poursuivait son empalmage. Magicien né ! Des lapins blancs plein le chapeau ! Un coup je te vois, un coup j'ai disparu ! Grand manipulateur ! Rien pour l'arrêter ! La transe montait sous sa robe. La difficulté le stimulait.

Et vous auriez vu la suite !

Quelle reprise après la suspension d'audience ! Il posait plus par terre ! Il voulait se surpasser. De plus en plus fort ! Persuadé qu'il était le messager privilégié de la repentance, il avait trottiné jusqu'au desk où siégeaient en majesté trois juges et un greffier. Il était monté jusqu'à la barbe du Président. Il défiait le museau d'airain de la Justice !

C'étaient les outrances du monde moderne qui poussaient la jeunesse romani à la délinquance ! C'est l'égoïsme d'une société cupide et tournée vers le profit qui désespérait les plus pauvres de ses enfants !

Faisant volte-face, il s'était échappé ailleurs. Il avait fini par faire de moi une victime de l'ordre social. Pour un peu, avec sa voix à la gravité bien imitée, il aurait tiré des larmes à une dame du premier rang en louant les Roms, *dernier rempart et incarnation de l'unité harmonique de la beauté et de la nature*.

On avait fini dans le suprême ! Dans l'allégorie ! Dans la féerie pure ! Au tournant de la plaidoirie, les juges avaient les yeux cernés. Tant et si bien que lorsque mon défenseur avait rejoint son siège, toute camelote accumulée, nous ressentions tous une énorme fatigue.

Maître Joseph Lipki-Lipkerman, au bout de son credo, était à tordre. Il a ôté ses lunettes. Les juges se sont retirés pour délibérer.

J'ai bu un litre d'eau sans respirer.

45

Ils marchent en silence, les désespérés

Sac-à-Puces devait posséder un certain talent oratoire. Du moins avait-il su gagner l'oreille du tribunal puisque, sur la foi de son éloquence, de ma contrition publique et de mon âge tendre, *nous* avons écopé de *seulement*… douze ans de réclusion pénitentiaire. Une peine compressible, susceptible d'être réduite à cinq, en cas de bonne conduite et si l'on tenait compte de mon séjour prolongé en préventive.

La timbale du verdict était revenue à Lukàs Wadoche. Récidiviste ! Chargé de complicité d'homicide ! Rom incorrigible ! Toujours la tête au brouillard ! La gueule soûle ! Les ongles sales ! Qu'est-ce qu'on peut faire ? Qu'est-ce qu'on pouvait espérer de lui ? Un gus qui ne savait même pas signer son nom ! Il avait pris son paquet. Vingt piges ! Vingt piges, assorties d'un régime de sécurité renforcée. Une peine non compressible. Autant dire retranché du monde sensible. Oublié définitif. Jeté au fond d'un cul-de-basse-fosse. Quant à son frère, Tistou, il était en cavale quelque part en Argentine. Je ne l'enviais pas davantage que son cadet. Interpol était après lui.

Mais j'en reviens au zombie que j'étais devenu à l'issue de toutes ces épreuves.

En centrale, dans les débuts, je me souviens, au prix d'une immense fatigue, je marchais comme un automate.

Ah, j'étais joli ! Ainsi comme ça, on vient de causer des frères Wadoche… eh bien, à cette époque-là, rien que de tenir le crachoir sur le sujet, j'aurais été capable d'éclater en sanglots. De vouloir en finir avec ma peau. De me jeter tête la première contre le mur pour m'éclater la cerise.

Un détenu, vous savez, c'est un peu un mort-vivant. Sur le point de m'endormir, je bourdonnais dans mon jus. Ma propre voix me faisait sursauter.

J'allumais une cigarette. Dans ma cellule, l'obscurité était parfaite. Dans ma cervelle, tout était vrai, tout était faux. Je traînais ma quille aux folles visions ! Je pensais à mon passé comme à un vieux grimoire empli d'images terrifiantes. Je pensais à ma vie gâchée par la solitude. Je tirais sur ma cigarette. J'imaginais ma mère, Sara, courbée sous le poids d'un filet à provisions. Je revoyais aussi Seraphina, au coin de la rue de Belcier, les soirs où, la bouche ensanglantée de rouge à lèvres, elle aguichait les hommes pour un peu d'argent.

Le Temps finissait par ressembler à la mort. La mort en somme, à peu près comme un mariage.

Le Temps n'en finissait pas de me punir.

*

Pour tout le reste, y compris ma bonne conduite, je ne vous demande pas de me jeter des corbeilles de fleurs !

Je ne mérite ni louanges ni passe-droits. Mais constatez au moins que si j'ai eu à me battre contre mon caractère, j'ai aussi eu bien du mal à échapper aux mauvaises nouvelles qui empêchent les gens de ma sorte de s'envoler vers un ciel bleu !

Un jour, tenez, justement, j'ai reçu une visite inattendue. Il faisait sombre au parloir où mon visiteur m'attendait de l'autre côté de la table destinée à nous séparer. Le temps de distinguer ses traits dans la pénombre, j'avais reconnu Atila Podgorek en personne.

Appuyé sur une jambe, bedonnant sous son gilet, notre *baro* ne bougeait guère. Il avait retiré son chapeau et attendait je ne sais quoi.

Le maton s'est retiré dans le couloir. Podgo m'a ouvert les bras avec un large sourire.

Il a murmuré :

– La *kumpania* te salue, Cornélius ! Nous espérons que tu es en bonne santé…

– *Jalla*. Ça va !

– Je t'ai apporté quelques herbes de la part de Rosalia Wajbele ainsi que trois petits *kiral*[1] qu'elle a faits avec le lait de sa chèvre.

Son visage s'est fané aussi vite qu'il s'était ouvert. Sans que nous y puissions rien, il se fabriquait un silence odieux entre nous. Il n'y avait plus que nos voix pour nous sortir d'affaire.

– Maudits soient ceux qui t'ont jeté ici ! a-t-il soufflé dans ses grosses joues mangées par la barbe.

Les yeux chagrins, il a ajouté :

– Maudite soit la prison, sépulture des hommes vivants, où les braves perdent leurs forces et où les amis perdent vos traces !

1. Fromage.

J'ai hoché la tête. En même temps, je me suis méfié. J'avais renoncé depuis longtemps à l'habitude de la confiance. Je me suis dit que nous ne nous trouvions pas dans le genre d'endroit où l'on peut supposer que les gens qu'on rencontre sont là seulement pour vous débiter des phrases d'encouragement et pour vous apporter du fromage.

J'ai dit :

– Va droit au but, *baro*. Ne me ménage pas.

J'ai senti poindre en lui un début d'inquiétude. Il s'est penché vers moi et a posé sa main potelée sur mon poignet.

– Bien sûr que j'ai quelque chose à te dire. Mais ne t'inquiète pas, je ne vais pas tarder.

Sur le point de dégoiser, il a commencé à ouvrir et à fermer ses mâchoires à la façon d'une truite manquant d'oxygène. Une grimace lui a fendu la bouche. Il s'est mis à tousser, à secouer sa grosse bedaine, cédant à l'une de ces irrépressibles quintes de toux qui, d'habitude, le laissaient sans souffle pour de longues minutes.

Au bout du compte, il a essuyé ses yeux emplis de larmes avec ses poings. Il a posé sur moi son regard globuleux :

– Je suis venu te parler de tous les secrets dont la vieille Marioula, ta grand-mère, m'a fait le dépositaire…

Il s'est balancé sur sa chaise. Il a joué pendant un temps interminable avec mes nerfs.

– Cornélius ! Tu sais bien !… ta *meri mami* était la mémoire humaine… elle connaissait tout sur les herbes et tout sur Birkenau… Elle avait vécu les fours… les gaz… les charniers… Elle disait que bien des maux attendent encore les Tsiganes ! Elle disait aussi qu'on s'appauvrit quand on a peur de la mort… Elle n'en avait pas peur…

Paralysé par une soudaine terreur, je sentais que nous vivions un curieux moment.

Je me suis risqué :

– Tu veux dire qu'elle n'est plus de ce monde ?

Podgorek a poussé un grognement. Il avait la bouche collée. Il avait perdu son sourire.

Enfin, il s'est lancé :

– L'époque est douloureuse, garçon !... Marioula est morte dans son lit, à la lune ébréchée ! Elle ne voulait ni sang ni pleurs pour elle-même... À propos de son cher mari, elle disait : « Schnuckenack ?... Après tout ce qu'il a vu, des vertes et des pas mûres, il a droit à un monde de bonheur... » Jusqu'au dernier moment, elle a fait bouillir des tisanes pour qu'il se porte le mieux possible... Elle le couvait... Elle disait qu'il avait été trop maltraité pour connaître un nouveau châtiment !

– Et lui, justement ? *Mour papou* ?

– Schnuckie ?

– Oui.

– Au début, il a beaucoup pleuré les yeux secs. Pendant plusieurs semaines, incroyable ! il a poussé de petits cris d'animaux. Il était brisé. Sans Marioula, il se sentait si seul.

– J'exige que tu m'en dises plus, *baro*.

– Chique amère, mon fils ! Alors il faut que je te dise aussi que Runkele cède de plus en plus à d'abondantes libations !

– Schnuckie boit ?

– Le Vieux boit sans avoir soif. *Pilo ! Bleu comme un Polako !*[1]

Soudain, je me suis surpris à dévisager Podgorek avec

1. Soûl ! Bourré comme un Polonais !

méfiance. Le visage attentif, il a planté sur moi ses yeux baignés d'un cerne de jaune sable. Il a haussé les épaules.

Il a paru réfléchir un bref instant.

Il a dit d'une voix sourde :

– Ne forge pas ton mal, Cornélius, en mettant en doute ce que je te dis. Après tout, il est bien naturel que l'instinct d'une curiosité sourde et l'irruption de son chagrin poussent ton grand-père à regarder le monde au travers du cul d'une bouteille ! Sinon, il guette le bout du chemin par la vitre de sa caravane. L'œil vague, il passe des heures moroses à revisiter la caverne de ses souvenirs splendides avec Marioula. Parfois, son visage s'éclaire. Il semble redécouvrir le lointain.

– T'a-t-il seulement parlé de moi ?

– C'est la bonne part des choses, mon garçon ! Souvent, *to papou* s'adresse à toi en notes de musique, avec son violon. Il joue pendant des heures.

La musique ! J'ai baissé les épaules sous le faix de trop de poids. Vous savez comment c'est lorsqu'un grand tumulte se fait en vous. Ce que venait de me raconter Podgorek m'avait fichu une bonne dose de cafard.

La tête en bruit, je lui ai demandé :

– Où est-il en ce moment ?

– À Toulenne. Ton grand-père t'attend ! En réalité, il se porte comme un vieux chêne ! Bien sûr, à bientôt quatre-vingt-dix ans, parfois, il oublie de remonter ses chaussettes ou d'enfiler un pantalon ! Surtout, son esprit flotte ! Il débloque un peu ! Il n'a plus toute sa tête ! Mais il dit que tant que tu n'es pas là, il n'est pas près d'abandonner son corps aux rapaces des montagnes et aux bêtes de la terre !

Podgorek s'est tu brusquement. J'ai à nouveau posé les yeux sur lui et je l'ai senti gêné. La bouche ouverte, il happait l'air qui semblait lui faire défaut. J'ai été envahi par une impression de froid et j'ai compris que cette fois il était tout près de me dire ce que les voix ne disent jamais facilement.

La Mort ! L'ombre de la mort se profilait à nouveau sur mon chemin. Elle ne me quittait plus.

Les deux bras noués autour de mon torse, j'attendais, tout au bord de l'abîme.

Podgorek était d'une pâleur extrême.

J'ai murmuré :

– Tu peux y aller, vieux. Dis-moi tout.

Il a jeté un coup d'œil rapide de mon côté.

– C'est au sujet de ta mère. Elle est tombée veuve. Elle a perdu son mari. Zacharias a glissé d'un toit. Une chute de plusieurs mètres. Il s'est brisé le dos qu'il avait faible.

C'était une bûchée fantastique ! La terre venait de s'ouvrir sous moi.

– Sara ! Où est Sara ?

– Elle est partie après la mise en terre de son homme. Elle a laissé un mot pour toi. Le voilà.

Il m'a tendu une enveloppe. Délivré du poids de son ambassade, Podgorek s'est dressé sur ses *kira*[1] pointure 36.

Il a noué autour de mes épaules une étreinte énergique et a frappé à la porte pour qu'on le délivre du poids des ombres.

Sur le point de sortir, il s'est retourné et a levé la main.

– Reprends confiance, Cornélius ! Élève ton esprit mais ne t'éloigne pas du Gitan ! Tes frères t'attendent !

1. Chaussures.

46

Comment rallumer la clarté ?

Après cette visite, loin de moi l'idée du repos ! Il ne m'arrivait plus jamais de dormir complètement. Chaque jour, je surveillais mes souvenirs de peur de les oublier ! Chaque jour, je relisais le billet laissé par Sara.

Il y était écrit ceci :

« Cornélius, mon presque fils !

Même si tu es empli de vilaines manières et que tu as avalé le serpent qui conduit en prison, je te pardonne !

Comme tu viens de l'apprendre, j'ai tout perdu et, sans Zacharias, ma vie a un goût de lessiveuse. Je pars sans mesurer la longueur de mes pas ni là où ils me mèneront.

Un sage a dit :

Quand on rompt la branche d'un arbre,
Le tronc ressent la douleur,
Les racines versent des larmes de sang,
Et la fleur porte le deuil.

J'ai besoin de marcher devant moi sans savoir où je vais. Que le fer de mon bâton frappe donc le chemin ! Il ne reste à la veuve que le vide pour se jeter !

Ne cherche pas à me rattraper ! Tu le sais assez, les femmes romani ne pleurent pas. Même quand elles se consument. La douleur, elles la soulagent en chantant… Tant pis si je prends des sentiers épineux. Je suis prête à payer le prix de ce nouveau voyage et j'accepte d'avance les griffures des broussailles.

Kamave tu, tchavo! SARA.»

*

J'ai purgé ma peine sans broncher. Je me suis jeté sur les livres. Je suis devenu bibliothécaire de la prison.

J'ai perdu quelques cheveux sur le devant. J'ai perdu le goût de la révolte. J'ai cessé d'être un imprécateur. Chaque jour, j'ai pris des gouttes, j'ai avalé des pilules sécables. Je suis devenu un être d'une extrême douceur. J'ai enfilé de nouveaux gants. J'ai essayé de nouvelles voies, fussent-elles escarpées. J'ai tâté de la relaxation. Du tai-chi, du yoga de l'énergie. J'ai lu et j'ai relu *Crime et Châtiment*, six cents pages d'un bouquin fantastique écrit par un Russe dont la passion du jeu ruinait tous ses proches. Longtemps, aux portes de l'âme, j'ai même cherché la trace de Dieu. Mais glinglin! En pure perte!

Là-dessus, je ne récrimine pas. Pourquoi le divin Barbu m'aurait-il fait signe plutôt qu'à un autre? Le devenir des abandonnés est un entonnoir féroce. L'oubli s'y précipite. Nous sommes légion à quêter un réconfort qui ne viendra pas.

Je me suis orienté vers autre chose.

47

Gipsy blues

En captivité, aussi loin que je me retourne, le temps est une écharpe grise. Sans répit, il m'inflige ses miroirs tournants. Jusqu'à l'écœurement, il me distille sa pénitence.

À Saint-Martin-de-Ré où j'ai été incarcéré pendant quelques mois, je me souviens d'une cellule humide dont les murs étaient rongés par le salpêtre. Chaque nuit, allongé sur mon châlit, j'entendais aboyer un chien. Un pauvre animal battu qui tirait sur sa chaîne et déraillait dans les aigus. Il hurlait à la mort. Le temps jappait.

J'ai été transféré dans une autre maison centrale. C'était aux antipodes. À Ensisheim, 205 places, du côté de Mulhouse. Il faisait froid. Chaque nuit, un voisin de détention, un prisonnier, pleurait. Il appelait. Il criait. Il récriminait. Sa douleur, ses plaintes me tenaient éveillé. Le temps geignait en patois alsacien.

Autant que ça se sache, on en avait partout, de la misère ! L'état de délabrement des prisons confinait au scandale. Manque d'hygiène. Ordures accumulées. Cavales de rats dans le suint des ruisseaux d'immondices. Fils électriques dénudés, épissures de fortune, courant électrique détourné vers des prises bricolées. Une eau poisseuse sourdait des conduites. Nous dormions sur des matelas guenilles cent fois ravaudés et souillés de taches de sang et de guirlandes d'ignobles dégueulis.

La nuit, parfois, s'élevait du fond des cellules un orage de sifflets. Les détenus secouaient les grillages. Tapaient sur les gamelles. L'air ronflait de colère, ça grondait féroce contre l'administration.

Il y en avait qui brûlaient leur paillasse. Les bourres intervenaient. Le service d'incendie courait dans les couloirs, inondait les galeries.

Ça gueulait une bonne partie de la nuit. Ça puait. Les sanctions pleuvaient. Le silence retombait.

Pendant des semaines, il y avait des rondes pour faire la chasse aux hurluberlus. Des perquisitions. Des fouilles au corps pour emmerder les fortes têtes.

Ah ! tenez, à propos de fortes têtes, je ne vais pas me gêner pour vous parler d'Alfred. C'était un abonné de l'extrême. Un vieux bonhomme qui avait pris perpète. Il était préposé à l'entretien. À force de balayer les couloirs, d'évacuer la merde, de ne pas y arriver, il était devenu fou loufoque.

Il piquait des crises originales. Toujours au débotté. Sans prévenir. Sans raison apparente. Il avait des sautes d'humeur comme ça, pour un rien. Les matons ne savaient jamais sur quel pied danser avec lui. Il était capable de leur botter le cul sans prévenir. Ou de coller une gifle au sous-directeur.

Aussitôt, la *schmitterie* se ruait sur lui. Les cogneurs se mettaient à trois pour le maîtriser. C'était un vrai enragé, Alfred. Il se battait comme un lion. Les méchants avaient beau lui donner tout le répertoire des uppercuts et des matraques, il calanchait jamais.

Alfred, il avait beau être sonné, farci de gnons, cassé, farci d'hématomes, il bichait encore en se relevant.

Il leur dessinait un sourire sans dents, les gencives pleines de sang et il leur disait :

– Ça va bien comme ça, les gars ! À la prochaine ! On r'mettra ça une autre fois…

Il faisait signe au gardien-chef de lui emboîter le pas. Il passait devant. Il savait où ça se trouvait. Direction le mitard. La cruche en bois et le pain noir.

Il avait l'habitude.

48

Elle a tout pris, la nuit, et les regards eux-mêmes

Moi, tout ça, ces mœurs brutales, la paille humide, boulotter du malheur, je ne m'y suis jamais fait. C'étaient bien des problèmes pour moi, en plus de mes nerfs abîmés, de résister aux émotions quotidiennes. Souvent, je cauchemardais.

Et le pire, je crois, c'était encore cette valse musette que j'entendais dans mon sommeil, une chanson en triple croche que j'essayais de goualer et qui ne venait pas. Pourtant autour de moi, dans ce songe en couleurs, c'était l'entrain ! La piste de danse toute chargée de personnes, que ça ne pouvait plus bouger du tout, ça grouillait de partout, m'invitait à la sautille. Danse ! Danse, petit Rom ! J'essayais de me lancer. Un tour ou deux. J'y arrivais pas. Danse, je te dis ! Un, deux, trois, danse ! De tous mes os, j'essayais ! Je me déhanchais. Mais je vous répète que je n'y arrivais pas. Les semelles de mes chaussures gluaient sur le parquet de danse. Alors je me réveillais en sursaut. Le Temps m'avait soudé.

Le Temps ! L'usine de nos rêves et de nos erreurs !

L'époumonant, le stagnant réservoir de nos craintes, de nos ambitions, de nos regrets.

Le temps que j'étais obligé de soustraire à ma jeunesse pour payer mes dettes envers la société. Le temps qu'on m'avait pris et qu'on ne me rendrait jamais ! J'en tremblais du matin au soir au fond de ma geôle.

*

Et tenez !… Plus fort que moi ! j'y reviens ! J'y retourne ! Je ne m'en désenglue pas !

Le Temps ! Le temps pesait. Le temps qui hurlait parfois des choses incompréhensibles :

– Cornélius ! Regarde dehors ! Un rai de lumière ! Tu peux sortir ! Branle la lourde ! Explose les serrures ! Sauve-toi ! Tu peux t'évader ! C'est toi qui ne sais pas voir l'ouverture ! Plonge dans tes livres ! Hume l'air frais à chaque page ! Et si c'était au fond des bouquins que se trouvait l'aventure ?

Je haussais les épaules. Je rejoignais ma cellule. Je me brossais les dents. Je pensais à Sara. À ma presque mère, qui avait tellement cru à mon émancipation par l'instruction… Mention très bien, madame *Bioutiful* ! Tu parles ! J'étais amer sur le sujet.

Les lumières s'éteignaient. Les pas des matons s'éloignaient. Encore un gueulement. Une grille qui se refermait. Un boisseau de gens qui toussaient et qui crachaient avant de s'endormir. No more !

J'étais fait.

Mon premier sommeil me conduisait au pied d'un petit bouleau blanc éclairé par la lune.

Au terme d'un marasme interminable, le souvenir des

cachots n'est pas près de me lâcher. Le soir, à la tombée du jour, j'avais pris l'habitude de regarder dehors, au travers des barreaux. J'étais debout, les mains derrière le dos. Les yeux grands ouverts sur le néant.

La planète regorge de types dans mon genre – des gus qui serrent les poings et regardent la pluie tomber. J'inspectais les lointains du monde à la lorgnette. J'étais sujet au mirage!... Parfois, l'horizon se dégageait en bleuâtre, mon esprit me sortait de la prison, et le jour montait enfin par un grand trou que j'avais fait dans la nuit pour m'enfuir.

Par météo mentale favorable, je voyais clairement mon grand-père Schnuckenack, installer sa caravane sur la rive d'une eau claire, quelque part au fond d'une clairière. Il prenait son bâton et s'en allait battre les taillis, les buissons. Tout griffé, il ressortait d'une touffe de ronciers en brandissant sa prise, un beau hérisson ventru. Il me le montrait du plus loin qu'il me découvrait et m'invitait à venir le partager avec lui.

Il allumait un grand feu. Les patates étaient jetées sur la braise et nous faisions griller le *niglo*. Marioula accommodait sa chair délicate avec des herbes et de l'ail. Quel délice!

Je fermais les yeux sur ces images heureuses. Le décor retombait en buée. Les mots qu'on se raconte pour se rassurer dans ces cas-là ne sont recueillis par rien. L'écho de ce qu'on a rêvé ne renvoie à rien. J'étais saisi par un sentiment de vide apparenté à la peur.

La Peur! La peur du futur. La peur d'exister à l'avenir. La peur qui empêche d'exprimer ni oui ni non. Elle prend tout ce qu'on aurait pu dire en temps ordinaire. Tout ce qu'on pense, la peur. Tout!

Elle a tout pris, la nuit, et les regards eux-mêmes

Dans ce cas-là, à quoi bon écarquiller les yeux dans le noir ? C'est du rêve, de la beauté et de l'espoir perdus et puis voilà tout.

49

Un projet d'évasion

Les jours passaient. En réfléchissant, il fallait que je trouve un arrangement avec moi-même. Une façon d'exister.

Peu à peu un projet fou gonflait dans ma tête. Une résolution si forte qu'elle m'emplissait d'un rayonnant espoir. Un calcul, une préméditation qui réclamaient un sacré culot ! Je n'osais pas encore me dire la vérité de ce que j'allais tenter. Mais n'importe ! Chaque jour davantage, le goût de vivre me revenait. Une certitude se glissait en moi. Si j'obéissais à mes rêves, si je les prenais pour du dur, je ne serais plus jamais seul.

Déjà, je planifiais ma traversée. Je préparais le voyage. N'étais-je pas fait pour la dérive ? Un loup, même si tu le mets en cage, toujours, il regarde vers le bois.

Parce que j'étais né gitan de la tête aux pieds, parce que le monde était ma maison, parce que le ciel était mon toit et parce que la terre était mon sol, l'écriture serait mon évasion !

C'est comme ça que j'ai acheté mon premier carnet. C'est comme ça que j'ai cantiné sept calepins de moleskine fermés par un élastique. C'est comme ça que j'ai commencé à me confier à la page, que j'ai limé mes barreaux mieux qu'avec une râpe et ouvert mes cachots plus facilement qu'avec les pênes d'un passe-partout.

La folie Gutenberg ne m'avait pas lâché.

Cinquième carnet de moleskine

50

Les pâles sourires de la liberté

Trois longues années ont passé.

Le malheur ne se raconte pas. Il est universel. Il est bien partagé. Chacun son enfer sur terre. Je peux me vanter d'avoir vécu ma part d'une rédemption pourrie.

Un matin d'avril, je me suis rasé le poil. J'ai cessé de ressembler à Germaine. À cette araignée épuisée par le jeûne que j'ai gardée six mois au fond d'un verre sur la table de ma cellule.

Sur décision de l'Administration pénitentiaire je ne serais plus le matricule 405 114, division B – couloir des longues peines.

Je ne partagerais plus mon sommeil avec les apnées de Cesare-Zampero Belluchi. Je n'ouvrirais plus les boîtes de sardines de mon vieux compagnon de détention. Je ne sourirais plus aux histoires drôles dispensées par cet homme d'influence et grand caïd dans les milieux du crime. Je ne reverrais pas de sitôt ce drôle de geste de l'avant-bras qu'il avait coutume de dessiner dans l'air avant de lire l'heure au cadran de sa Patek Philippe de collection. Je ne jouerais plus à essayer de faire le compte des dents en or qui ornaient sa mâchoire. Il ne marmonnerait plus qu'il appréciait mon silence pendant qu'il restait des heures installé sur la tinette à essayer de vaincre une constipation chronique.

À l'heure de la séparation, il a posé sur moi ses yeux d'alcoolique. Il a passé sa main dans ses cheveux emmêlés. Il a éclairci sa voix rauque – le tabac qui faisait ça. Le pastis aussi.

– Oublie pas c'que je te dis, Cornelius : une fois dehors, y faudra qu't'apprennes à regarder le monde par en bas !... C'est dans le ruisseau que t'as le plus à apprendre ! C'est à cette hauteur-là que le genre humain a des faiblesses. Y compris les rupins !... Exploite un max leur fréquentation. Étudie leurs impotences. Surveille leurs veuleries, leurs fatigues, leurs vices. Guette leurs étourdissements. Sois vache et pointilleux !... T'auras des résultats.

Il me serrait fort le bras. Pour aller au bout de sa démonstration, je voyais bien qu'il se donnait du mal. Il avait les yeux qui cherchaient d'autres façons de faire du pognon. Il hésitait. Il cherchait au fond de sa cervelle ce qu'il était venu lui-même chiner dans l'aventure de la vie.

Enfin, il a soupiré.

Il butait encore sur des obstacles mais les mots lui sont revenus d'un coup.

Il a recommandé :

– Soigne ton dard, petit ! Devant une grosse queue, les gens perdent toujours leurs écailles. Ça vaut pour les hommes, ça vaut pour les meufs ! Autour du derche, tu trouveras toujours du pognon. Le cul, c'est le porte-monnaie des pauvres !

Mince de professeur, on peut voir. À ce tarif-là, j'étais fier de pouvoir profiter de son dernier cours particulier.

Un connaisseur, Cesare-Zampero. Avec ses prescriptions, je ne risquais pas de manquer de vitamines pour l'hiver.

– Le sexe ! Le sexe, il répétait, fréquente !

Et ça lui procurait des grimaces dangereuses en travers de sa face en lame de rasoir.

J'avais bouclé mon sac, rassemblé mes maigres possessions. Le vieux caïd n'arrivait pas à se séparer de moi.

– Un jour, avec ta petite gueule de métèque, tu risques de peser lourd ! il m'a prédit en me retenant désespérément par le coude.

– Ah oui ? Qu'est-ce qu'il faut faire pour ça ?

Il a distendu sa peau grise au niveau des bajoues et ses lèvres presque violettes ont dessiné un sourire de crocodile.

– Il suffit de séduire une fille de famille pour devenir plein aux as !

– Épouser une fille de rupin ? Devenir un gros plein de soupe ? J'ai pas faim !

– Ne te moque pas des riches, Cornélius… ça pourrait t'arriver !

Là-dessus, il m'a poussé dehors. Un peu comme s'il vidait un aquarium de son poisson rouge.

– Allez ! Ouste ! Casse-toi, môme ! Et surtout, méfie-toi des cons !… Les cons, c'est comme les tambours. C'est creux et ça résonne dans les couloirs !

Une amabilité à l'adresse de Mattéi, le maton corse chargé de m'accompagner au greffe, qui commençait à s'impatienter dans la coulisse.

*

Ma libération est survenue un peu après Pâques.

Quand j'ai mis le nez dehors, je me suis retrouvé dans l'obscurité glacée du petit matin. Je grelottais dans mon costume bleu. Au bout d'une ficelle, je portais mon paquet de hardes.

J'ai longé un moment le haut mur de la *chtildo*[1].

Fraj ! Libre ! J'étais libre ! Mes jambes tremblaient. Elles se dérobaient sous moi.

Juste après le premier carrefour, je me suis arrêté au bord du trottoir. J'ai respiré longuement. J'ai relevé mon col.

Les premiers instants passés, mes yeux s'habituaient à l'obscurité. J'ai pris une miette de plaisir à renifler la rue mal éclairée. Il commençait à faire bon.

Je me suis remis en marche. L'espoir rôdait. Les premiers vents du sud passaient.

Au fond d'une cour, une fenêtre était ouverte. Une très jolie jeune fille s'attardait devant la croisée. *I chaïe*[2] coiffait ses longs cheveux blonds. L'instant d'après, une voix d'homme l'a appelée par son prénom.

– Julie ! Dépêche-toi ! Ta mère t'attend !

O djouvel[3] a levé les yeux et m'a aperçu. Elle avait de grands yeux, la bouche enfantine. Comme prise en faute, elle a refermé la fenêtre.

Soudain, l'endroit était vide. Je suis resté comme étourdi par un grand fracas intérieur. La solitude est un drôle d'équipage ! Je me sentais convalescent et la fille de la maison était bien belle !

1. Prison (rappel).
2. Une fille.
3. La jeune femme.

J'ai regardé mes mains. Elles me paraissaient mortes.

Je me suis dit : « Hue ! » J'avais du plomb dans les mollets. Un pied devant l'autre, je me suis contenté de filer sur le bord de ce putain de trottoir. Heureusement, au fond de l'oreille gauche, au plus près de l'entendement, la voix amicale de mon *butyakengo*[1] – l'esprit protecteur que ma mère m'avait laissé en héritage me soufflait son conseil.

Elle disait : « Prends courage, Cornélius ! Tout est bien ! Pas de soucis ! Fameuse journée ! »

Et inondé des plus grands espoirs, je me suis lancé dans le gigantesque remous humain. Un tapotement de pas pressés m'accompagnait d'un ruissellement continu.

Marche, gitan ! Direction, la gare de Colmar.

De nouveau, je me sentais neuf. Pas question de ralentir l'allure. J'avançais. Il y avait lieu de marcher vite. Je fendais la foule de ces foutues personnes ordinaires. Rien que des gadjé mécanisés. J'ai trouvé qu'ils avaient le regard mufle. Que l'époque avait fabriqué des gens aveugles.

Dans tous les pays de ce bas monde, des gosses pleurent à l'horizon dévasté de leurs premiers pas vers le futur. Moi, je gardais les yeux secs. J'étais libre de ne pas participer à la grande troussée générale. J'étais différent. J'étais tsigane. J'avais la rage au fond des yeux. J'avais accumulé un trop-plein de dégoût à déverser à l'encontre du genre humain. Et ainsi allait la suite de ma grande colère… elle cavalait plus fort que dix tempêtes au fond de ma cervelle.

1. Esprit protecteur, sorte de souffle vital, qu'un défunt abandonne sur terre pour veiller sur ses enfants (rappel).

Si bien qu'en débarquant à Bordeaux, je n'ai guère eu à faire d'efforts pour choisir la direction que je voulais prendre.

Soudain, le présent était là, fait de jours de violons et d'onguents sur les plaies.

Direction la *kumpania* !

51
Le vieux qui bougeait un peu les lèvres

Mes pas se hâtaient vers la campagne. Mon instinct m'y poussait.

Ça chiait affreux dans ma tête ! Mais je ne veux pas vous cacher plus longtemps la vérité. Une seule pensée mobilisait tous mes sens. Atteindre au plus vite le campement et me jeter dans les bras de mon grand-père.

En arrivant en haut de la colline de détritus qui marquait la frontière de notre terrain de relègue, une jolie braise rutilait au bas de mon ventre. J'avais franchi l'autoroute au péril de ma vie et en courant, maintenant, je dévalais la pente qui menait à notre aire de stationnement.

De l'autre côté du fossé, j'ai atterri sur les genoux.

Une surprise de taille m'attendait en prenant pied sur notre terrain. À croire qu'avec les temps modernes, tout marchait à la cloche. J'avais quitté un village, je retrouvais un embouteillage. De nombreuses caravanes étrangères à notre *kumpania* avaient envahi l'espace. J'en dénombrai une bonne centaine, tractées par des voitures puissantes – rien que de belles carrosseries, souvent des Mercedes. Elles s'entassaient côte à côte et l'arrogance de leurs cuirs et de leurs chromes semblait reléguer nos *campings* et nos *camtars* au rôle de parents pauvres

Où donc était passé Podgorek, le *baro* de notre compagnie ? Qu'était-il advenu de nos rapports coutumiers avec le maire de la commune ? Mon cœur avait ralenti. Je me sentais coincé. J'attendais quelque chose. Une réponse capable de réconcilier le monde passé et le monde à venir. Au lieu de cela, je repérais trois voitures de police et une brochette de *klisté* qui emmerdaient un *menso*[1] en costume ridère, un important personnage, affublé d'un chapeau de dompteur de fauves – sans doute le patron des Voyageurs. Une poignée de papiers à la main, l'élégant montrait des dents de cheval dont une en or et argumentait ferme, face à un adjudant de CRS.

Sans que j'y prenne garde, en arrière-plan, la ménagerie poulaga s'était soudain mise en ébullition. En avant la houspille ! Des éclats de voix, des jurons faisaient s'envoler les anges. Histoire de redonner du fringant à la vie nomade, une demi-douzaine de *schmitts* n'ont pas tardé à ressortir des caravanes où ils perquisitionnaient. Ils poussaient devant eux plusieurs familles.

Leur groupe était suivi par plusieurs autres policiers qui portaient une brassée de fusils de chasse et plusieurs armes de poing. La guibolle mal assurée, emmerdés par le poids de leur charge, les *gardés*[2] patinaient littéralement dans la gadoue. Ils dérapaient dans les épluchures. Ils se tordaient les rangers sur les bouteilles de Coca-Cola.

Partout, ça s'était mis à gueuler au charron.

1. Individu.
2. Flics (rappel)

– Fils de putes, les romanos ! Regardez ça, chef ! Ils sont armés comme des canons !

Plus près de moi, le teint empourpré par l'effort et la hargne peinte sur la gueule, deux flicards en treillis bleu venaient de s'éjecter à leur tour d'une autre caravane. Ils encadraient et bousculaient un vieil homme noir en chemise et pieds nus. Une mauvaise peur se lisait sur son visage trempé par la sueur. Il tenait un banjo à la main et avançait à petits pas, une colombe blanche posée sur l'épaule.

– La nigraille est sans papiers ! a éructé un sergent.

– Embarquez-moi ça, a répondu l'adjudant. Embarquez les autres aussi ! On les épluchera à la maison !

Comme un bon ouvrier débordé par le travail, le sous-off a éprouvé le besoin de souffler un peu. Il a ôté un moment son calot. Il a essuyé un front haut mordu par une mousse de cheveux courts où sinuait une vieille cicatrice.

Il a regardé le terrain piétiné avec dégoût.

À force d'être foulée, la terre du campement était détrempée et ressemblait à un marécage. La fin d'après-midi était lourde. L'orage traînait sa gourme à la trame de l'horizon. De temps à autre, le tonnerre grondait dans le lointain.

Sans qu'il y soit pour quelque chose, les yeux rougis de l'adjudant étaient allés vers le vague.

Il s'est redressé en grommelant. Il avait l'air fourbu. Il a refermé son gros poing sur la bride de son baudrier en cuir et désigné l'entassement des caravanes d'un air découragé.

Il a fini par gueuler :

– Allez, les gars ! On remballe ! On plie les gaules ! Si

demain la clientèle est pas partie, on reviendra pour un grand nettoyage !

Il a allumé une cigarette.

Il a bougé dans ma direction.

J'ai reculé à l'abri d'une caravane.

Il est passé près de moi sans me voir.

Il a laissé derrière lui l'odeur de son tabac.

Des voix excitées se sont interpellées puis perdues dans la distance. Des portières ont claqué. Des moteurs se sont emballés. Très vite, dans un concert de pin-pon, le cauchemar a pris fin.

Vous pouvez me croire, monsieur, question réinsertion, j'ai trouvé que ça commençait mal.

J'avais attrapé un sacré cafard.

*

Je me suis dirigé vers d'autres parages.

Je me suis rendu un peu à l'écart du camp, là où je pensais que Schnuckie risquait d'avoir pris ses habitudes. Et, de fait, retranchée à l'orée du bois d'acacias, je n'ai pas tardé à repérer la *camtar* de mon grand-père.

Accompagné d'un cortège de chiens, j'ai contourné la corne d'un reste d'herbe grasse où broutait une chèvre un peu jaune. Le même modèle que celle qui avait été dressée jadis pour aller nous chercher à la sortie de l'école quand nous étions gosses.

Mur papu se tenait sous le saule en forme de parapluie qui, à la belle saison et depuis tant d'années, lui offrait l'abri de sa tonnelle. Dos à l'arbre, avec son long couteau effilé, il taillait tranquillement un morceau de bois qu'il avait ramassé. Il *chacotait*, comme on dit en Louisiane.

Je me suis bien gardé de faire le moindre bruit.

Je ne sais toujours pas pourquoi, son regard s'est levé sur moi. Dès qu'il m'a vu, le front ridé, le Vieux s'est frotté les yeux avec les poings. Il a commencé à ouvrir et à fermer ses mâchoires. Yak, yak ! Son dentier claquait du bec.

Il a effectué une hasardeuse volte-face et s'est dressé sur son tabouret.

Il a tendu le bras derrière lui pour prendre appui. Il a laissé sa main errer sur le tronc de l'arbre. Il a caressé un moment l'écorce usée comme du velours. Mais il n'arrivait toujours à rien. Du moins, pas à parler.

Au bout d'une longue minute, il a chassé un moustique qui le harcelait et retiré son chapeau gondolé par la pluie, découvrant un crâne brûlé comme un charbon.

Sans même me regarder, le vieux bougre a craché un trait de salive devant lui.

– Ça, alors !... ça alors !... il a commencé à répéter. Ça alors ! il a pas tardé à psalmodier.

Ensuite, il a passé sa main dans le crin de ses cheveux embrouillés. Il a bougé la tête dans tous les sens pour reprendre ses esprits.

Il a croisé les bras sur sa poitrine et s'est esclaffé :

– Nom d'une bite ! Nom d'une vieille bite, Cornélius ! La marmite de ma patience était pleine ! Il était grand temps que tu reviennes !

Et tout émoustillé :

– Bienvenue à la porte du monde, fils ! *Te benil tu o del!* Que Dieu te bénisse !

52

Choyé comme une abeille dans un champ de roses

Grand-père Schnuckenack Runkele m'a ouvert toute grande la porte de sa maison roulante. Il dit que c'est la moindre des choses de partager son toit et son pain – *leskro taxa* et *leskro maro* – avec son petit-fils.

– *Sarsane* ? me demande-t-il à tout bout de champ. Comment ça va ?

Si je ne lui réponds pas dans la foulée, il s'inquiète :

– Tu n'as pas l'air dans ton assiette ?

– Mais si ! C'est juste que je suis occupé à écrire.

Ma réponse ne le convainc pas. Il contourne la table. Il essuie la toile cirée avec une éponge. Il dessert l'assiette qui a servi à mon déjeuner.

Il cherche un endroit pour s'asseoir. Il ne le trouve pas. Le cul entre deux chaises, son visage prend une drôle d'expression.

Il bougonne :

– Comment veux-tu que je m'intéresse à toi si tu ne me tiens pas au courant de ta vie intérieure ?

Je lève la tête de mon carnet de moleskine. Je lui souris et si d'aventure, pour le tranquilliser, je lui fais savoir que depuis que je l'ai retrouvé je vais le mieux possible, il se penche tout de même sur mon cas et m'interroge avec des intonations de mère de famille :

– *Soralane ?* Qu'est-ce que tu as mangé ?

– *Matrellis*[1].

Ma foi ! Ça ne lui paraît pas suffisant ! Il frotte ses mains usées. Il les adoucit sur le pan de sa chemise.

– Il te faut des vitamines ! s'écrie-t-il. Je vais te trouver une orange.

Il se lève vite fait. Il cavale avec un grand sourire étalé sur son visage de fouine. Il va jusqu'au Prisunic. Il en ressort les bras chargés d'emplettes. C'est vraiment un très beau vieillard. Il sait de quel enfer je viens et il me fait comprendre qu'il jettera toutes ses dernières forces dans la bagarre pour me faire retrouver le goût des gourmandises.

Moi je le laisse faire. J'ai assez mal au fond des os pour mesurer le prix de sa tendresse.

Souvent, il me prend dans ses bras. Il me serre contre lui. Je reçois le choc de ses yeux profonds.

– *Tchou mi déma, tiquenot !*[2]

J'aime bien sa façon de me parler. Moraliste ès fables et incurable observateur de la famille tsigane, il ouvre souvent en grand le robinet de notre passé. Il revisite les légendes. Il épouille avec talent la tête de nos ancêtres avec de belles paroles.

– *Ap katé, Cornélius !* Nous sommes de leur descendance ! Des gens dont le but n'était pas de posséder et dont l'existence se déroulait dans l'instant. Ni passé ni avenir ! Suivons leur exemple ! Navigation toute ! En avant ! Le

1. Pommes de terre.
2. Embrasse-moi, gamin !

voyage s'annonce bien ! Juste le présent ! Viens manger et boire ! *Aydi ra !* Que le chemin nous conduise à la liberté ou à la mort !

*

Ainsi passent les jours sans que je les compte.

Depuis que je suis rentré au bercail et que je me suis placé sous la protection de Schnuckie, j'ai l'impression de vivre sous l'arche d'un bel arc-en-ciel traversant. J'ai retrouvé au fond du tiroir de la commode où je les avais abandonnés mes chers amis de la planète Gutenberg. Écoutez bien ! Quand j'ai ouvert le bouteillon, l'encre avait séché. Je suis allé acheter de la Waterman et j'en ai rempli le vieux Jo. J'ai mis en service une vieille plume Sergent-Major. Jo, Sergent et moi, nous faisons bon ménage. Finie ma période Bic. La planète Gutenberg est de retour. Elle ne me quittera plus.

La vie aurait-elle repris des couleurs ? Mon trésor est si neuf !

Devant la table de travail que j'ai installée au fond de la caravane, *morjafri*[1] je m'affaire. Sans cesse davantage, j'éprouve le besoin de me confier à la page. C'est ma pureté, c'est mon équilibre. C'est mon aventure secrète.

Pas de soucis ! Fameuse journée, Cornélius !

Je ferme les yeux pour mieux fouiller tous les décombres de ma vie passée.

Fidèle à mes résolutions, j'écris chaque matin sur mes carnets de moleskine.

1. Le matin de bonne heure.

53
L'horizon dévasté

J'ai pris mes quartiers au fond de la caravane qui est spacieuse et confortable. Je dors sur un lit pliant. Madame Hanko, notre voisine de *tsera*[1], nous a pris sous son aile. Elle nous apporte de bons plats mijotés dans les herbes.

Je connais madame Hanko depuis des années. Elle a la réputation d'avoir bon cœur même si parfois elle est langue de vipère. Paraît qu'elle a eu la vie dure avec une mère qui est morte pendant une épidémie de grippe et un père qui a disparu dans une *akijade*[2], un soir qu'il était pion.

Madame Hanko était toute jeune quand le malheur est arrivé et elle a élevé ses huit frères et sœurs si bien qu'elle ne s'est jamais mariée. Il y a des gens, comme ça, qui n'ont pas le choix. À force d'être noyés dans le malheur, ils sont obligés de s'oublier. La vacherie ne leur laisse pas le temps de s'occuper d'eux-mêmes. Et c'est un peu le cas de cette femme-là.

1. Habitation (rappel).
2. Bagarre (vu et revu).

Bon. On peut dire que depuis mon retour au camp et pour faire court, tout va bien. J'ai la gamelle et une sorte de famille qui m'entoure.

De temps en temps, ça toque au carreau. Tout le monde retrinque à ma liberté. J'ai tout pour être heureux puisque les amis, les voisins, les cousins, Podgorek, notre *baro*, font de leur mieux pour rallumer la clarté autour de moi. Pourtant, pourquoi le cacher ? Les jours passant, j'ai de plus en plus de mal à m'inviter de nouveau au festin de la vie.

Souvent, dans mon premier sommeil, mon esprit vagabonde et des centaines d'ombres se déplacent autour de moi. Je revois les visages de prisonniers que j'ai côtoyés pendant des années. J'imagine leurs sourires affamés, leur teint pâle, leurs joues avalées, leurs paupières boursouflées par l'alcool, la moindre de leurs cicatrices. Un torrent d'angoisse dévale le courant de mes veines.

Ma tête se balance de gauche et de droite sur l'oreiller. C'est odieux ce qui m'arrive ! Au bout du couloir, je vois apparaître *o morsh* avec les yeux fous. Il est en train d'ouvrir sa braguette. Les autres violeurs sont derrière lui. Avec des sourires affamés leur groupe s'abat sur moi. Ils m'emprisonnent les bras pour m'interdire de me débattre. Ils me renversent. Ma tête heurte le carrelage désinfecté à l'eau de Javel. Les brutes prennent mon corps.

Je bois des haleines brûlantes. J'ai le cul dans la bouillie. Ils déversent leur mélasse.

Quelque chose meurt en moi.

Sans cesse le cauchemar revient. Quand je me réveille, j'ai le tonnerre dans la bouche. Je réprime à grand-peine un frisson qui secoue mon échine. Je frotte mes avant-bras pour effacer la chair de poule.

J'ai beau essayer de m'apaiser, les éclats de lumière bleutée dans les galeries de la prison ne s'effacent qu'à grand-peine. Les boucs fornicateurs déboussolés par l'abstinence tardent à se dissiper.

Longtemps encore, je vois des mains tendues au travers des barreaux. Des mains qui cherchent souvent à faire oublier un index, mutilé à hauteur de la troisième phalange. Ça recommence, les cris. J'entends des voix. Je distingue des appels féroces, des imprécations. Ou alors, des gémissements et des plaintes qui interrogent encore la nuit bien après l'extinction des feux.

Quelle est la nature de ma blessure ? En quelle fissure de l'âme se trouve mon secret ? N'en avons-nous pas tous qui sont inavouables ? J'ai décidé d'enfouir le mien avec le linge sale, au fond d'un vieux placard.

Pas question de le partager avec quiconque.

J'enrage mais je me cramponne au silence.

Pour me guérir de ma peur, il n'est que l'écriture.

J'écris tous les jours, monsieur.

À vous, je peux tout dire.

54

Schnuckie, cette petite âme qui craint la foudre

Le vieux Rom me regarde vivre. Il ne pose plus de questions sur l'avancement de mon travail. Il a compris que je suis en route vers quelque chose. Que Sergent-Major est un moyen de locomotion. Qu'il remplace pour moi la verdine de nos parents.

Aux premiers frimas, il a regardé s'éloigner les gens du voyage qui nous avaient envahis. Par le biais de je ne sais quelle grâce administrative, les Pentecôtistes avaient obtenu un sursis à leur expulsion. Schnuckie a dit qu'il leur souhaitait bonne chance et de trouver plus loin les signes du bonheur.

J'admire l'équilibre précaire de son amour sans limites pour le genre humain et sa manière d'écarter par la musique *fricà mare*, la grande peur.

Cependant, souvent, en reposant son violon, il soupire. Ses côtes retombent. C'est comme une respiration hésitante. Il dit que l'homme n'est plus sûr de rien. Que pour sa part, il ne voit rien venir. Ni germe ni plante.

Aussi, de plus en plus souvent, appuyé sur une jambe, les yeux chagrins tournés vers la décharge gorgée de détritus, de sacs de plastique, de papiers gras et de ferraille rouillée, il lui arrive de rêvasser pendant des heures. Les yeux rivés aux chiures de l'époque, il ne bouge guère de son observatoire.

S'il tarde trop à rentrer, je vais le chercher. Quand il revient de dehors, son pas est lourd. Son visage tanné par le grand air prend une expression très grave.

Il incline la tête vers l'avant. Il grommelle en me regardant droit dans les yeux :

– Bientôt la mort va me tendre les bras. Auras-tu la peau assez dure pour résister ?

Une fois chez nous, il ouvre à nouveau sa boîte à violon.

Il dit :

– T'auras beau faire, fils, l'époque est douloureuse ! Nous sommes assis sur un gros tas d'ordures. À moins de tirer des lapins blancs d'un grand chapeau, je ne vois pas qui pourra résister encore longtemps aux horoscopes de la violence qui se dessine !

La musique court sous les caresses de son archet et grâce à lui, ce sont des millions d'hommes qu'il faut chérir. Il poursuit sa route avec exigence. Et tant pis si c'est le diable qu'il lui faut affronter pour approcher le Bon Dieu.

Le vieux envoie des mots d'amour aux étoiles, aux chagrins, aux guerres et aux vengeances. Il fait pleurer son violon avec quelque chose qui vient de loin et qui vous remue dedans.

Parfois, à force de remonter les sentiers abandonnés et de buter sur les vieilles souches de nos croyances, de grosses larmes ravinent les joues du rescapé d'Auschwitz, et, douce comme une pluie d'automne, son angoisse me recouvre.

C'est gris. C'est simple. C'est sans tapage. C'est souvent minuscule, mais ça a le goût de la vie. En tout cas, ça y ressemble.

Et je pleure à mon tour.

55

Les désespoirs de l'heure qui sonne

Décidément, Schnuckie déconne pas mal ces temps-ci. Les zig-zags et coups de boutoirs de l'époque, les pirouettes économiques du monde moderne lui font l'effet d'un révulsif puissant. Dès le point du jour, il écoute la radio en sourdine. Il ne supporte plus la parole des journalistes.

Ce matin, il s'est réveillé de très mauvais poil. Il est exalté. Dès qu'il m'aperçoit, il se monte, il gueule en transe. Il trémousse sa maigreur dans son petit gilet de coutil. Il me fait signe de le rejoindre.

– *Ap Katé,* Cornélius !

Grand-père aïeul est cramoisi. Il fait les bras qui moulinent. Il dit que c'est trop fort. Il dit que le lait de la société de consommation a tourné dans les pis trop gonflés de la bourrique humaine ! Il fulmine. Il retourne son chapeau. Il dit que si les hommes continuent à nourrir les poissons du Bon Dieu, les cochons et les vaches avec des farines animales, bientôt les banquiers de Wall Street mangeront les enfants du tiers-monde. Pour un peu, il monterait sur une caisse à savon. Il irait faire un discours aux responsables du désastre.

J'essaie de calmer sa rogne. Peine perdue. Schnuckie prévient qu'il va monter en ville. Qu'il va leur casser la tête à tous ces salauds. À grands coups de souliers de gitan il va les *marave*[1].

Les yeux fous, *mo pourro*[2] menace de s'arracher la barbe de désespoir. Une fois de plus, il se rend au bout du camp. Il galope en direction du *stiga*[3]. Il grimpe sur la bute. Il se plante au bord du trafic qui passe sur l'autoroute :

– *Yek! douille! trine! chtar! panch!* Un, deux, trois, quatre, cinq et cætera! il s'emballe, en pointant les bagnoles. Autrefois, je comptais les poules et les hérissons sur les doigts de ma main! Et c'était bien suffisant pour se nourrir! Aujourd'hui, si j'ouvre la radio, la télé, j'entends les *narvali* de l'économie compter les zeuros par milliards! *Cetla! Sonakaj! Ojtos! Castels*[4], hectares, fromages, plein les poches! Les *rup*[5] croulent sous les *crailles*, les *lovés*. Les *bancnotes* s'empilent dans les coffres à ne plus savoir quoi en faire! Et les pauvres crèvent de faim!

Il reste planté devant la circulation ininterrompue.

– Oh mais, qu'il fait rêveusement, il se gratte le ventre, je n'ai jamais été mis en présence d'un milliard mais ça doit faire un foutu tas de hérissons! Peut-être une montagne!

Il siffle. Il soulève son chapeau. Il s'ébouriffe. Il reste là à fixer le trafic. Un camion passe et lui jette la fumée noire de son gasoil au visage.

D'autres bagnoles passent.

1. Tuer, abattre, battre (vu maintes fois).
2. Vieux.
3. Sentier qui monte.
4. Pognon, automobiles, châteaux.
5. Les riches (les rupins, les nantis) [croulent sous] le pognon, le fric, les billets.

Il reçoit de la flotte plein la gueule. Héroïque, les pieds dans l'eau, il patauge dans la tarbouille du sentier. Il désigne les cadavres de hérissons écrabouillés.

Il finit par dire :

– Tout de même !... tous ces milliards accumulés, tous ces *niglo* gâchés, ça devrait pouvoir faire manger un tas de monde ! Celui qui travaille, celui qui récolte et même celui qui passe au bord de la route...

Il pense à nous bien sûr, à notre tribu dont le régal des jours de fête était de partager un goûteux hérisson.

Schnukie est parcouru par un grand frisson.

– Depuis que le profit est la raison d'être des hommes, depuis que le fric est la carotte de la bourrique humaine, la société fracasse ! Tout déboule ! Tout monte au gouffre ! Ça hurle affreux dans les usines ! Les ouvriers sont sur le carreau. Les franchouilles sont foutus ! Les Alsaciens, les Lorrains sont foutus ! Même ici dans des pays pourris d'or, avec des banques tous les cinquante mètres, les pauvres vont à la soupe populaire ! Je ne parle pas des coureux, des barquins, des bomians dans notre genre ! Les Gitans, les Tsiganes, les manouches n'ont plus de place nulle part !

Il se tourne vers moi. Il a les lèvres qui tremblent. Il est hagard. Il commence à déboutonner sa chemise, à quitter ses vêtements, à se déloquer dans le blizzard.

Il gueule :

– Pourquoi, mais pourquoi j'ai résisté aux injections de Mengele ? J'aurais mieux fait de roussir dans les fours ! C'est du reculer pour mieux sauter ! L'argent nous extermine ! La morale est minée ! Les politiques mentent ! Ça finira mal. ! Dans la brutalité !

Je m'approche de lui.

Je passe ma veste sur ses frêles épaules.

Les yeux écarquillés sur le songe, il marmonne des prévisions dans sa barbe :

– Reflets de feu ! Ça va gronder ! Tu vas voir ! Des foules énormes ! Tout le ciel en fusées ! Des bonnets rouges ! La révolution ! La révolution !…

Il me tend ses petits bras pour que je le réconforte. Il est comme un enfant.

Je l'entraîne. Il hallucine plus loin.

Encore un peu, nous marchons, le voilà qui m'échappe en criant :

– À lapider, tous les *Saddam* ! À fouetter, tous les Ben Ali du pouvoir !

Je le rattrape qui s'en va le cul nu. Je lui dis :

– Il faut rentrer te mettre au chaud, grand-père. Regarde, Schnuckie, tu n'es pas raisonnable… ton tatouage Z est tout pâle… Tu vas prendre froid.

Je l'exhorte à me suivre jusqu'à sa caravane.

Je lui dis :

– C'est vrai, le monde est fou.

– Ah, tu vois ! Tu y viens !

– Une raison de plus pour nous tenir à l'écart de sa folie.

Il mc regarde. Il me demande :

– Mais tu ne me dis pas où le gitan peut se cacher ? Hein ? Tu ne me le dis pas !… Parce que tu ne le sais pas !

Je lui enjoins de rentrer dans sa tanière. Il obtempère de mauvaise grâce.

À l'improviste, il se jette à quatre pattes. À quatre-vingt-quatorze ans, il est encore plus valide qu'il n'y paraît. Il se réfugie sous son lit.

Il réapparaît à l'air libre. Il a le visage plein de poussière et les sourcils tapissés de toiles d'araignée. Il me regarde avec l'âme légère. Depuis sa cachette, il ricane. Il se bamboule même un peu. Il tortille du cul. Il se bouffe les poils de barbe de rigolade.

– Comme ça ? il demande. Comme ça, il faut se planquer ?... Sous le buffet ? Sous la gazinière ? Tu es sûr, Cornélius, que les banquiers vont pas me chopper ?

Au final, il sort de sa niche. Il se dresse sur ses vieilles jambes. Il va jusqu'à son placard. Il se verse un plein verre de brandy. Je sais qu'il va boire jusqu'à la nuit. Jusqu'à être bleu.

Il se verse un second verre. Il le lève à ma santé.

– Comme on est, comme on meurt ! il prédit. *Krat hi blindo diké tchi !* Seulement l'aveugle ne voit rien !

Je baisse la tête.

Et si *mur papu* avait raison sur toute la ligne ?

56

Je ne sais pas, alors je me tais

Décidément, Schnuckie, peu à peu, perd la boule.

Il prône le retour d'un petit monde immobile. Il parle de plus en plus du fiasco de l'argent à tous crins. Il crépite au sujet des gens qui cavalent dans la rue sans se voir. Il radote au sujet d'une société qui brûle ses voitures, des jeunes déboussolés. Il plaide pour une époque révolue où les abeilles faisaient bzz, bzz en bourdonnant autour des fleurs.

Il marche devant lui. Il jargonne dans son par-dedans. La tête vissée dans le col de sa veste, il se moque de la pluie comme de l'orage.

C'est le monde extérieur qui le rend fou. Il se rend quotidiennement au bord de l'autoroute pour ramasser les hérissons écrasés par les camions. Il les dépose avec soin au fond d'un panier. Il les récolte. Il les ramène. Il les enterre. Il déparle sur leur tombe. Il radote. Il délire. Il est empli d'une crainte qui le dépasse.

– Où vont les Roms ? demande-t-il avec l'air égaré. *Kai jas ame, Romale ?* Où allons-nous, Roms ? Que va devenir le peuple tsigane ? Quelle place ? Quel futur ? Vers quels horizons, vers quelle liberté, les gitans porteront leurs derniers pas ?

Le *kako* a une tête à faire peur, disent ceux du camp. Poussés par la curiosité, les voisins, les amis viennent de plus en plus nombreux pour le voir. Il est habillé comme un épouvantail. Sans cesse, il retourne à la source du danger. Il suit l'autoroute au péril de sa propre existence.

L'autre jour, Podgorek, notre *Sero baro*, a hasardé un coup d'œil de mon côté. Autour de nous, un groupe de curieux s'était formé. Rajko Durič, le bras droit d'Atila Podgorek se trouvait au premier rang. Mais aussi les Jimenez, les Guillot, les Pater, les Balata et même le reste de la famille Wadoche nous entouraient. Tous les anciens de la *kumpania* étaient là pour partager l'avis du *Sero*.

Podgo a chuchoté :

– Je connais bien ton grand-père, *niglo*… Il s'acharne parce que son instinct l'avertit qu'il va devoir nous quitter… Plus de forces, plus de jus ! L'âge est là ! Il sent qu'on ne marchande pas le temps qui reste… Bien sûr, il ira jusqu'au sang dans l'espoir de trouver un remède, mais il serait convenable de l'accompagner là où il doit finir ses jours… près de Marioula…

En attendant, inconscient des inquiétudes qu'il suscite parmi les membres de sa tribu, *mur puro*[1] poursuit sa quête de somnambule.

Il file dans l'air glacial de la nuit qui tombe. Un sourire mince éclaire son visage. Il écoute le chuintement des pneumatiques. Il évite les rigoles. L'asphalte brille.

1. Mon vieux.

Cent fois il risque de tomber. Il trébuche mais toujours repart du même pas précipité.

J'en suis abasourdi.

– En réalité, il se fait du souci pour ton avenir, me dit madame Hanko. Ne le quitte plus des yeux et tâche de trouver un moyen de le rassurer.

*

Et jour après jour, la quête, à tâtons, reprend.

Schnuckenack Runkele s'entête.

Il grimpe. Il glisse. Il repart.

Il s'acharne à atteindre le sommet de la montagne de détritus.

Il a froid. Il lutte contre le vent qui lui coupe le visage. Il s'aide d'un bâton pour maintenir son équilibre.

Mais ce n'est pas tout. Il boit de plus en plus. Sa vieille main parcheminée de veines cherche à tâtons le flacon de brandy qui sommeille en permanence au fond de sa poche. Quand ce n'est pas le brandy, c'est l'anisette, c'est le schnaps.

Coude levé, le Vieux biberonne du feu. Une engouffrade de boissons fortes.

Il s'éloigne du raisonnable. Du tempéré.

Il ne respire plus le chant des oiseaux. Il ne s'abandonne plus aux derniers rayons du soleil avant l'hiver.

Affronté à la morsure du temps, il cède à un véritable délire éveillé.

*

À certains signes, je sais quand son esprit va divaguer. Toujours, il commence par me fixer avec des yeux immenses.

Il avale ses joues. Il devient pâle.

– Partager ! Donner ! hurle-t-il soudain réveillé en sursaut par une légitime colère. Je n'y crois pas !... Je n'y crois plus ! Tout est boutiqué d'avance !

D'un pas pesant, il s'éloigne de la caravane. Des yeux, je suis la course heurtée d'un homme hagard qui, au hasard de sa fuite, s'affaiblit chaque jour davantage.

À force de faire le voyage jusqu'aux rives du vaste univers de bruit et de vitesse, à force de ramasser les animaux écrabouillés le long de l'autoroute sanglante, il met à mal ses principes de vie et se creuse la cervelle pour trouver la meilleure façon d'échapper au désastre collectif de la société qui sombre.

Le soir, il quitte les abords de l'autoroute. Il se rend à la corne du bois. C'est là qu'est son cimetière. C'est là qu'il enterre sa récolte de hérissons.

Il urine au pied d'un acacia. Il se secoue la queue et reste un moment avec son truc dans la main. Il prend le temps de cracher sur une pierre et se reboutonne.

– Souffle de Dieu ! s'écrie-t-il, perdu dans ses pensées secrètes, pourquoi faut-il compter chaque matin avec le prix du baril brut ? Pourquoi le grand Barbu ne réserve-t-il que des épluchures au peuple gitan ? Pourquoi les anges se croisent-ils les ailes en voyant passer les Roms ?

Il rumine à nouveau. Il devient méfiant. Il balbutie deux, trois paroles inaudibles.

Les mains comme ça, en porte-voix pour couvrir le tumulte du vent, pas plus épais qu'un petit papier, les yeux immenses, le teint mat, la frimousse sale, il sautille, il ébauche une sorte de gigue sur ses petits fumerons entourés de linges sales, il accomplit la danse du *niglo*.

L'air égaré, il finit par rentrer à la maison roulante. Il bouscule madame Hanko, occupée à faire le ménage.

Il décide en général de boire un coup de *ratchardine*[1].

La *manus*[2] hausse les épaules et quitte les lieux avec l'air furibard. Elle me retrouve dehors. Dorénavant, c'est elle qui s'occupe de Schnuckie, qui l'aide à sa toilette et qui nous apporte la plupart de nos repas. Ce soir, elle a le teint brouillé, le front plissé, la démarche lourde.

En me voyant, elle se met à bégayer de fureur. Sa colère ne connaît plus de bornes.

Elle s'écrie :

– Si tu ne fais rien, à part écrire tes livres, un jour, il va partir droit devant lui ! Il va partir sans me le dire !

*

L'autre fois, tenez-vous bien, monsieur, son violon d'un côté, une bouteille de schnaps de l'autre, il a posé sur moi ses yeux d'alcoolique. Il a passé sa main dans sa couronne de cheveux emmêlés. Il a éclairci sa voix rauque, le feu de bois qui avait fait ça. L'abus du schnaps aussi.

Il a dit quelque chose qui ne lui ressemblait pas.

D'une voix qui tremblait, il a chevroté :

– Personne ne nous aime ! On devrait ramasser nos affaires et calter plus loin !... Battons la route, fils ! Les méchants reviennent. Je le sens, ils vont lâcher les chiens !

Il a entrepris de me serrer très fort le bras. Ses vieilles

1. Calvados.
2. Femme manouche (rappel).

mains comme des pinces. Pour aller au bout de sa démonstration, je voyais bien qu'il se donnait du mal. Il avait la cervelle qui cherchait d'autres façons de sauver les Roms du naufrage.

Il hésitait à fond la caisse. Il cherchait dans les labyrinthes de sa vieille caboche ce qu'il était venu lui-même chiner, il y a plus de quatre-vingt-treize ans, dans l'aventure de la vie.

Enfin, il a soupiré profond.

La sécheresse au fond de la gorge, il a jeté un regard rapide du côté de son avant-bras, là où un numéro déteint est tatoué.

– Il est grand temps de partir ! il a dit.

J'en ai parlé à Podgorek. Le *Sero Rom* m'a écouté.

– J'suis qu'à moitié surpris de sa décision, a marmonné l'ancien montreur d'ours. Schnuckie a toujours fait savoir qu'il voulait être enterré face à la mer… tout là-haut, du côté de Dunkerque, dans un plat pays sans bornes, ensablé par le vent et battu par les vagues – là où se trouve la vieille Marioula.

Notre *baro* a ajouté :

– En prévision, j'ai réuni le *Kriss Romani*. Les sages sont prêts à accompagner ton grand-père. Le Conseil a décidé. Demain, *o roma, manus, cavé, capra* et même les *djouvas*[1] feront le voyage. Toute la *kumpania* partira vers le nord !

1. Les hommes, les femmes, les gosses, la chèvre [et même les] poux.

57

Voilà à quoi je ressemblais, transfiguré par une mauvaise peur…

Ils sont partis, monsieur !

Ils sont partis. Je suis resté.

Ils sont partis ! Ils ont pris la route sans moi. C'est à n'y pas croire, n'est-ce pas ?

Ils sont partis sous les étoiles. *O dzamaskro*[1]. Les Romanis, mes frères, mes amis. Les Tsiganes, mon grand-père… Schnuckenack, emballé vite fait dans le noir. J'aurais voulu voir la figure qu'il tirait !

Envolés, les boumians ! Les camps-volants ! Les caraques ! Les Tsiganes, mon peuple ! La tête dans les nuages, ils s'en sont allés.

Je peux imaginer votre surprise, monsieur. J'ai des remords, vous pensez bien ! J'ai commis bien des crimes sans le faire exprès, mais celui-là, abandonner mon grand-père à l'heure de la mort, cumule, je l'avoue, toutes les infamies !

Je me suis conduit si mal ! Quand j'y repense, mon cœur s'emporte ! Je pleure. Je flanche. Tenez, j'en bafouille ! Je

1. Les voyageurs.

renonce à vous expliquer. Et pas de dérobade, c'est dit net et sans bavure. Si j'écarte le brouillard qui, aujourd'hui encore, jette sa poix sur mon aveuglement du moment, je n'ai de recours que de plaider la folie d'amour. C'est elle, monsieur, c'est elle qui m'avait poussé à la trahison !

J'avais reçu la veille une lettre de Tsiganina. Elle me donnait rendez-vous au Brouquet, dans la petite maison de notre enfance et de nos rires. Sur le moment, je jure, j'ai poussé une plainte. Le cœur transpercé à vif, c'est une véritable douleur que je ressentais.

L'instant d'après, comme on reçoit une grande vague de ressac, j'ai été submergé de bonheur. Impossible de me retenir. C'était comme une grande furie. Il fallait que je dise je t'aime. Il fallait que je parle dans les boucles de Tsiganina. Sa voix m'appelait. Elle résonnait en moi avec l'écho d'un prodigieux cristal. Je l'aimais toujours ! C'était l'évidence !

Ah, c'était trop fou ! C'était trop fort ! Tout ça dépassait les forces humaines. Je ne pouvais pas garder pour moi l'urgence de revoir ma si jolie petite vipère.

Dans un grand accent de sincérité, je suis allé confier mon désarroi à Podgorek.

*

J'ai passé une nuit sans sommeil.

Heure après heure, j'ai imaginé Tsiganina. J'étais victime d'une ardeur intérieure que je ne contrôlais pas. Je virevoltais sur mon lit. Je dinguais contre la paroi de la caravane. J'étais emporté. Je chargeais comme un âne. C'était chaud au bout. J'avais attendu si longtemps !

Encore une fois, je ne cherche pas des excuses. Mais reconnaissez-le, monsieur, tout complotait autour de moi.

L'abstinence, sans doute. Le sang, c'est vrai. Mais aussi la force de mes sentiments pour le joli petit serpent qui m'avait mordu au temps de ma jeunesse.

À force de loucher dans le noir, j'ai revu la frimousse et le rire enjoué de Tsiganina. Je me suis cramponné à son corps. J'ai sucé ses cheveux. Mon adorée ! Elle m'a donné ses lèvres. J'ai saigné d'amour. Je faisais peine à voir après une nuit de tourments et de rêves.

*

Je me suis levé le premier.

J'emportais une besace qui contenait quelques affaires de première nécessité. En vérité, à part ces hardes et mes carnets de moleskine, je ne possédais rien au monde qui vaille d'être conservé.

J'ai attendu un grand moment dans l'obscurité glacée que le camp s'éveille. Tapi derrière un rideau d'arbres, je m'étais enroulé dans une couverture. Je grelottais. Nous étions mi-novembre et le froid saisissait. Il mordait dans l'humide. Au moindre de mes gestes, les frissons m'empoignaient.

Peu à peu, des silhouettes frileuses se dessinaient à contre-jour des lumières qui venaient de s'allumer aux vitres des *camtars*.

Des voix s'éclaircissaient. Des brocs d'eau, des seaux se vidaient dans le sombre de l'herbe. Des enfants pleuraient.

D'y songer encore, la mémoire me relance. Les oreilles me bourdonnent.

Ventre en avant, Podgorek n'a pas tardé à surgir des ténèbres à son tour. Il était porteur d'un fanal. Plusieurs fois, il a chuchoté mon nom.

Voilà à quoi je ressemblais, transfiguré par une mauvaise peur…

La bedaine devant lui comme un petit tonneau, il trottinait sur ses restes de pieds.

De temps en temps, il lâchait :

– Cornélius ! Cornélius, montre-toi !

Vibure, il circulait entre les caravanes. Cent fois, il est passé dans les parages où j'étais caché, déguisé en crotte de souris.

– Cornélius, fais pas l'huître ! ronchonnait-il. Je t'attends encore un peu. Sois pas trop long ! Direction Bray-Dunes ! On s'en va !

Le vent froid l'assassinait par-derrière. Tous les cheveux à rebours lui barbouillaient le nez. Il allait de vardine en caravane pour demander si quelqu'un m'avait aperçu.

Il s'acharnait sur sa tâche. Il commençait à s'énerver. En cheminant entre les véhicules, il continuait à s'adresser à moi. Maintenant, il n'hésitait pas à donner toute la voix.

– Gaffe, *tikno* ! il me mettait en garde. *O del dikel pamendé !* Le Seigneur nous regarde !… Fais pas l'huître ! Va pas te mettre à bâiller d'amour devant Tsiganina ! C'est une femme mariée !

Au fur et à mesure que le temps passait, il changeait de ton et de mesure.

– Sale petite frappe ! L'honneur du gitan, c'est comme les allumettes, ça ne sert qu'une fois. Gare au *marimé*[1] ! Il te guette si tu pratiques l'adultère !

Le *Sero baro* exposait son visage de saindoux aux lumières bleutées des réchauds camping gaz. Il passait son gros nez dans chaque caravane. Il grondait entre ses dents qu'il fallait qu'on se hâte. Dans sa rage de ne pas mettre

1. Bannissement d'un membre de la communauté décrété par le *Kriss Romani* pour impureté.

la main sur moi, il envoyait des nuées de postillons dans la clarté blafarde des lampes à acétylène.

– Vite ! On fout le camp ! On déhotte !

Pendant une grande demi-heure, à la façon d'un chien de berger, il a mené son monde tambour battant. Les familles tourbillonnaient dans un bruit de casseroles heurtées, d'invectives, ah, merde il fallait rien oublier, *bira*, la bière, *maro*, le pain, et *kiral*, le fromage. À tâtons dans le noir, c'était un foutu balthazar. Impossible parfois de remettre la main sur tout le satané fourbi. Le trépied pour faire le feu, une brassée d'osier pour les paniers et même un peu de *hasht*[1], conservé au sec dessous la caravane.

– Vitesse ! Vitesse, je vous prie !

Podgorek était partout à la fois. Il bourdonnait. Il relançait les énergies. *Fougo ! Fougo !* il disait. Il voulait qu'on embarque sans délai. Pas une petite minute à perdre.

De temps en temps, il s'arrêtait. Il toussait à perdre haleine. Tout poussif comme ça, ses yeux fouillaient les ténèbres. Il se frappait la poitrine et chuchotait :

– Cornélius ! Ne t'éloigne pas du Gitan !

Une fois délivré son message, sans doute pour me donner une dernière chance, il repartait.

Sur son passage, le campement gigotait en sourdine. Ou alors, tout d'un coup, ça glapissait d'une voix de femme. Ça houspillait pour un coup de main qui ne venait pas. *Ho cré kan, tikno ?* Qu'est-ce que tu fabriques, gamin ? *Ja tele !* Va en bas ! La pelle ! La scie ! Ne les oublie pas ! Du nerf ! Ça cavalait, la *kumpania* ! Ça transbahutait, ça colletait. Des ballots, des paquets, de l'outillage. Ça charriait à pleines mains, ça traînait à même le sol.

1. Bois mort.

Voilà à quoi je ressemblais, transfiguré par une mauvaise peur…

Dans certains coins, il se transportait du lourd. La grande malle en carafe sous la bâche, les cartons avec les bas, les jupons, les souliers. Pendant une grande demi-heure encore, les habitants du campement ont fini d'embarquer leurs richesses. Les vélos des mioches, les chiens, *coben*[1], et même la chèvre.

Podgo était prêt à tout pour m'empêcher de faire une grosse connerie. Il n'a pas cessé de m'exhorter à sortir de ma cache et à suivre mon peuple.

– Vilain compost ! il a fini par m'insulter. Colère des yeux ! Tu peux être fier ! Tu nous abandonnes ! Et comment je fais, moi, pour t'arrêter d'être un *vakesko*[2] de la pire espèce ?

Merde ! Une dernière fois, il me foudroyait le cœur.

J'ai laissé mourir sa voix. Ses pas trottinants se sont éloignés. Du fond des ténèbres, j'ai cru reconnaître un sanglot étouffé. Je ne me suis pas montré.

J'ai fini par me rendre au pied de notre caravane. J'ai approché mon visage de la *fenstra*[3] arrière. J'avais besoin de contempler une fois encore le bonheur auquel j'allais tourner le dos.

Madame Hanko se trouvait chez mon grand-père.

Schnuckenak, là-haut, dans son jus, était vraiment bien occupé. Il ne comprenait pas très bien ce qui se passait. Ni vers quoi ce tumulte le conduisait. Ni quelle nécessité il y avait à se brosser les cheveux. Il était encore bleu de la veille.

1. Les poules.
2. Voyou.
3. Vitre (rappel).

Madame Hanko l'a enrobé dans un vieux châle. Elle lui a versé un verre de schnaps. Elle l'a calé dans son fauteuil.

Cheyenne, son neveu, un poilu aux bras noueux, n'a pas tardé à ralléger dans notre maison roulante.

– C'est moi que je prends le guidon du *camtar*, il a averti. Ordre de Podgo !

La voix de ce dernier s'est élevée pour donner le signal du départ.

– *Kumpania !* Direction Bray-Dunes ! En avant !

Sans plus tarder, Cheyenne s'est hissé à l'avant du véhicule, au poste de pilotage.

Je me souviens, il s'est rebroussé un peu la tignasse en étudiant le tableau de bord. Enfin, il a lancé le moteur.

Dans un bruit de diesels enroués, de ferraille claquante – un sacré bastringue – le convoi s'est ébranlé dans les fumées âcres. Jusqu'à la dernière *matora*, le campement de Toulenne s'est vidé.

Au milieu des papiers gras, des sacs en plastique et de quelques carcasses de pneus usagés, je suis resté.

J'étais seul au monde et je serrais les lèvres avec au fond du cœur quelque chose de lourd qui ressemblait d'assez près au remords.

58
La maison dans les vignes

Ainsi que me l'avait enseigné Schnuckenack Runkele du temps de sa jouvence : « Souvent, l'ambitieux s'envole comme un oiseau, voyage dans les nuages et à la fin du compte, tout finit cendre ou queue de poisson ! »

J'avais misé gros sur ma rencontre avec Tsiganina. J'allais atterrir dans un buisson d'épines.

Je me souviens de mon arrivée au Brouquet. La clôture de la petite maison dans les vignes était ouverte et j'y ai vu comme une invite à pénétrer dans la cour.

Je me suis avancé vers la modeste bâtisse. Sur la façade, j'ai retrouvé le squelette de la treille, dépouillée de ses feuilles. Je n'ai pu m'empêcher de caresser les pierres imprégnées à jamais par la bouillie bordelaise.

J'ai poussé la porte du logis. Mon ombre s'est allongée sur le seuil. Je suis resté sur place un moment, scrutant l'intérieur.

Enfin, j'ai franchi le pas de porte et au premier coup d'œil j'ai découvert la tendre petite chérie qui mobilisait mes rêves, son tendre petit visage tout éploré, tout chagrin.

Pourtant, Tsiganina était devenue une femme aux hanches épanouies. Elle m'offrait le spectacle d'une beauté accomplie mais elle avait les épaules raides et les mâchoires si serrées qu'elle m'impressionnait. Elle se balançait d'avant en arrière, comme elle semblait en avoir pris l'habitude.

Soudain, j'ai pris conscience qu'elle me dévisageait avec autant de méfiance que si j'avais été d'une espèce malfaisante. Et je vous avouerais, monsieur, que sur le moment j'étais incapable de percer le sens de son comportement.

La lumière d'une lampe allumée ourlait les contours de son corps d'une transparence incandescente. Je devinais ses jambes fuselées sous l'étoffe de sa longue robe à volants.

Une soudaine grimace lui a déformé la bouche :

– Tu es en retard.

Ses premiers mots. Une voix morne. Un ton de reproche.

– Je n'ai pas pu venir avant.

– Dans l'intervalle, trois autres hommes sont venus de plusieurs kilomètres à la ronde solliciter le plaisir de ma compagnie.

– Qu'as-tu fait ?

– J'ai décliné leur offre.

À quel jeu stupide jouait-elle ? La situation était devenue folle. Curieuse manière de raccommoder le temps ! Personne n'était plus dans son rôle.

Je continuais vainement à guetter sur son visage le sourire taquin qui naissait volontiers autrefois sur sa bouche enfantine.

Au lieu de cela, visage foudroyé, sur fond d'un mur blanc, elle ressemblait à une sirène égarée sur la plage. Elle me regardait et ses grands yeux flottaient. Elle ne semblait plus me voir.

– Depuis quand es-tu là ? me risquai-je.

Elle a paru réfléchir un bref instant.

– Trois semaines, je crois bien, répondit-elle d'une voix éteinte.

– Tu es venue seule ?

– Oui.

– Marie-Sara ne t'a pas accompagnée ?

– Tu vois bien que non.

– Que devient-elle ?

– Son ombre a quitté son corps. Elle va de campement et campement. Elle danse le flamenco devant le feu et désespère les hommes qui la courtisent. Je ne pense pas qu'elle reviendra jamais.

– Mais toi ?

– Moi ? Besoin de noyer mon chagrin.

Ma curiosité ne lui a pas échappé.

Elle a pris l'air mystérieux comme si elle entrouvrait devant moi une boîte au contenu invisible.

– J'ai quitté mon mari. Il me battait quand il était soûl. Il m'a fait deux enfants que je ne voulais pas. Encore aujourd'hui je n'arrive pas à croire que tout ça m'est arrivé !

Il n'y avait aucun espoir dans sa voix.

Elle avait relevé les lourds bandeaux de ses cheveux. Une ombre tenace obscurcissait son visage.

– Pour le punir, je suis devenue une chienne qui a envie de baiser avec la terre entière !

Elle paraissait au bord du gouffre. J'avais du mal à identifier la nature de ses sentiments tant sa violence intérieure s'exprimait avec une intensité poignante.

Elle a redressé la tête. Avec un air de défi, elle a lancé :

– La vie à Perpignan était devenue impossible. Je me suis réfugiée ici !

Soudain la vérité crue m'aveuglait. Comme la vie est large ! Comme les êtres s'y perdent ! Dites, monsieur, c'était elle ? C'était Tsiganina, cette créature endurcie ? Je ne la reconnaissais pas.

Nous nous taisions. Nous nous observions.

Deux grosses larmes ont fini par déborder la corolle de ses paupières. Elles ont roulé sur ses joues.

Elles fabriquaient du silence. Elles le prolongeaient.

Cette fois, la Jolie attendait mon regard. Elle me fixait droit dans les yeux. Sans brisure. Sans cassure. Elle savait parfaitement qu'elle était l'objet d'un violent désir de ma part.

Incorrigible germe de vie ! Personne, n'est-ce pas, n'a le courage de fuir à l'approche de l'amour ! Je l'aimais, monsieur ! Je lui ai ouvert les bras.

Elle a laissé monter en elle un sanglot incontrôlable et s'est jetée contre moi. Elle est restée blottie, la tête enfouie au creux de mon épaule. Je respirais ses longs cheveux et je sentais qu'elle se réchauffait à la chaleur de mon corps.

– Accepte-moi ! Accepte-moi ! finit-elle par sangloter. Je n'en peux plus. J'essaie de paraître en vie mais je suis si malheureuse !

Moi, je restais raide comme bûche, embarrassé à la fois et satisfait de voir se réaliser un rêve que je croyais impossible.

Ne me jugez pas de travers, monsieur !

Vous savez comment c'est, bien sûr, quand les femmes vous grimpent autour du cou. Rien ne les arrête plus. Elles nous prennent toutes nos forces. Toutes nos énergies. Elles effacent nos remords et nous ne pensons plus qu'à calmer nos frayeurs en dansant sur leur ventre.

Tsiganina était de cette intelligence-là.

Elle savait s'y prendre. Ombre et lumière, elle savait se déguiser en courtisane.

Elle n'a pas tardé à se faire tortillante. Elle a levé vers moi des yeux étranges.

– Est-ce que ça t'intéresserait de baiser un peu cette nuit ? a-t-elle demandé.

J'ai reculé d'un pas. Mon cœur avait sauté un battement.

– Regarde les choses en face, Cornélius, a-t-elle murmuré. Je suis seulement une femme en mal de tendresse. Si ça n'est pas toi qui me prends, ce sera les autres qui viendront danser sur mon ventre !

J'étais pris au piège.

Je mentirais en disant que je n'avais pas envie d'elle.

Elle gouvernait, monsieur. Elle a dégrafé sa jupe qui est restée au sol. Elle m'a entraîné dans la chambre. Elle s'est faite mourante entre mes bras. D'un coup, elle s'est pâmée. Elle a ouvert les paumes en touchant les draps.

D'une voix égarée, paupières mi-closes, elle a encouragé mon élan.

– Ouvre-moi ! elle a exigé.

Et nous avons fait l'amour avec une stupéfiante sauvagerie.

59

Dieu envoie des fables aux hommes pour qu'ils réfléchissent

La nuit était tombée depuis longtemps déjà lorsque Tsiganina, rassasiée de chair et d'esprit, avait poussé un cri rauque et noyé tout son puits.

Ensuite, sans explication, elle m'avait écarté avec une brusquerie inattendue avant de sombrer dans un profond sommeil.

La tête renversée vers l'arrière, la croupe rebondie, elle dormait à poings fermés. Ses mains longues et bronzées escortaient ses cheveux défaits par notre lutte alanguie.

Comme elle était belle ! En même temps, comme elle était lointaine !

Sans que j'y puisse rien, un sommeil lourd me gagnait à mon tour. J'étais happé par le vide. Mon corps lentement se soulevait, emporté sous les ailes du rêve.

Je prenais mon envol au-dessus d'une lande rase, battue par les vents et qui dominait la mer.

C'était un chemin tournant qui n'en finissait pas.

Je venais de trébucher sur une pierre glissante. Comme je faisais mine de me redresser et de vouloir reprendre ma course folle, je *la* devinai.

Au détour d'une palissade mal jointe, je la vis, la vieille gitane. Ses vêtements plaqués au corps par le mauvais biais de la pluie et de la bourrasque, elle semblait m'attendre à la croisée des chemins.

Elle se tenait immobile, telle que je l'avais connue par le passé, quand elle était vivante.

Son visage farouche de pythonisse flottait dans l'ombre de la nuit. Elle fumait la pipe. Nippée d'indienne et d'organdi, des boucles d'oreilles encadraient son visage gris.

D'un geste, je m'efforçai de balayer son image.

Elle agita son collier de sequins et rit, montrant des dents déchaussées.

– Je suis Marioula, femme d'Égypte, grinça-t-elle, et tu m'as bien reconnue !...

– *Mour mami !* m'écriai-je, pour l'amour du ciel quelle sorcière es-tu ?

– Je suis *Celle* qui vient ! répondit-elle en agitant ses amulettes.

Qu'elle soit sortie du creux d'un songe ou véridique, je la distinguais parfaitement.

– Retourne dans l'autre monde...

– N'insulte pas les morts !

– Laisse-moi passer mon chemin...

– Tu ne sais même pas où tu vas ! railla la gitane.

J'essayai de forcer mon passage.

Elle m'arrêta d'un geste furieux :

– Les vivants sont arrogants et injustes ! Tu ne crois pas assez au royaume des spectres, Cornélius ! L'éducation moderne en est la cause ! Pourtant, sache qu'afin de t'atteindre, j'ai accompli un long et pénible voyage au cœur des ténèbres… et que j'ai dû affronter bien des *sape*[1] qui me voulaient mordre aux chevilles !

– Qu'attends-tu de moi ? lui demandai-je alors.

– Je suis là pour essayer de me consoler ! Plus que tout, j'ai quitté le fond des labyrinthes où l'on marche seule, afin de me concilier l'âme tourmentée de celui qui fut mon époux et que tu as abandonné !

S'approchant sur ses hauts talons, elle tournoya autour de moi et annonça de sa voix de crécelle :

– Plus profond est le puits, plus glaciale est son eau. Plus longue a été notre séparation, plus ferme sera ma parole… Je te demande d'aller soulager les derniers instants de mon cher époux, Schnuckenack Runkele… Juste parmi les Justes !…

Tandis que je l'écoutais, j'allais au vertige. C'était pagaille dans ma ciboule.

L'ombre de la mort se profilait à nouveau sur mon chemin. Elle ne me quittait plus.

– Qu'est-il arrivé à mon grand-père ?…

– Schnuckenack ne va pas tarder à rallier le royaume des *mule*[2].

– Dis-m'en plus, la Vieille !

Pour un peu je l'aurais secouée.

– La nuit dernière, il a eu tous ses os cassés par des hommes… des hommes en noir… avec des masques, des bâtons et des barres de fer !

J'essayais de chasser le spectre de ma grand-mère.

– Retourne danser avec les *bengs*, Marioula ! Tu n'existes que dans mon imagination !

Cette fois, c'en était plus que ce qu'elle pouvait supporter !

1. Serpents.
2. Morts.

– À moi que tu dis ça, mécréant ?

– *Ava*[1] ! Bientôt deux ans que tu es passée de l'autre côté ! Comment peux-tu avoir des nouvelles *d'en haut* ?

– En lançant les fèves de la divination dans la bave de grenouille !

Avec une vitesse stupéfiante, elle s'était relancée dans ma direction. Signe d'une grande colère, un rictus déformait sa bouche aux lèvres fissurées. Elle donnait l'impression de se déplacer sur une ligne invisible.

Elle avança soudain vers moi son rostre de chimère.

– *Assama, tikno !* Par le couteau et le violon, tu m'avais promis que tu serais l'œil qui veillerait sur ton grand-père ! Ta place aurait dû être à ses côtés… Au lieu de cela, tu as commis l'adultère ! Tu as forniqué avec ta propre sœur !

– J'aime Tsiganina depuis toujours !

Les paupières luisantes d'un fard mauve, l'apparition fit bouger ses yeux allongés à toute allure. Cette fois, l'indignation la suffoquait.

– Prends bien garde de ne pas tomber amoureux de l'impossible amour et quitte cette femme qui te ronge le corps ! Tu n'as rien de bon à attendre d'elle !

La pythie ajouta à mon oreille :

– Hâte-toi plutôt d'aller soulager ton grand-père ! Et prends bien garde de t'endormir au rendez-vous que tu dois à tes ancêtres ! *Ma bis ta gar !* Ne l'oublie pas !… Si tu es gitan, moi je suis gitane ! Si tu me brûles l'âme, je t'en ferai autant !

Et le vent, soudain, l'emporta dans l'arrière-plan d'un buisson tout en flammes.

1. Oui !

60

Le devenir des êtres est un entonnoir féroce, le temps s'y précipite, l'imprévisible s'y glisse

À peine extirpé de mon songe, le front inondé de sueur, la cervelle démontée par une sorte de terreur inexplicable, je m'étais dressé sur notre lit défait.

Tsiganina dormait toujours.

Les yeux défaillants de doute, j'ai contemplé un moment ses jambes ruisselantes, sa pose abandonnée, son visage détendu, essayant de comprendre à quel mécanisme obéissent les femmes – guerrières sans scrupule ou courtisanes avisées –, capables de montrer des écailles dures et dans la minute qui suit une tendresse infinie.

J'observais l'entrée de sa grotte en essayant d'imaginer l'endroit d'elle où j'avais cru cueillir un million de lotus blancs.

Était-ce bien elle, la chienne qui avait aimé baiser avec la terre entière ?

Dans la chambre, point de lumière et point de bruit.

Le froid peu à peu me gagnait. J'osais à peine remuer. Et du fond des ténèbres, je continuais à lutter pied à pied contre mon imagination pour que s'estompent les images de mon hallucinante rencontre avec la vieille Marioula.

Comme si elle avait entendu ma détresse, comme si elle seule possédait le *drab*, le remède, capable d'effacer mes inquiétudes, Tsiganina commença à bouger.

Après l'oubli réparateur, doucement, elle revenait au monde.

J'ai allumé la lumière de la lampe de chevet.

Tapie dans la pénombre, elle me tenait au bout d'un regard qui sur le moment me parut lourd de sens. Elle avait la mine sombre. Les traits tirés. Elle venait de se réveiller au milieu d'un vase en miettes.

– Pas d'interrogatoire, exigea-t-elle.

– Je ne t'ai pas posé la moindre question.

– Les sept ans qui nous séparent de notre amour de jeunesse ont été bien cruels… C'est arrivé sans que nous y puissions rien, dit-elle encore.

Soudain, les souvenirs faisaient tam-tam dans ma cervelle.

Elle avait incliné la tête et maintenant, la lumière frappait son visage.

Elle avait les joues fiévreuses. Elle exprimait la musique de son âme avec une intonation enrayée.

– Tu sais, souvent, je n'arrive pas à croire à tout ce qui m'est arrivé… chuchota-t-elle d'une voix rauque. Souvent, Jimenez m'a battue… Ils m'ont recousue à l'hôpital… c'étaient des temps où mon crâne se cognait à des poings si durs que je pleurais d'avance si je ne ramenais pas d'argent.

Elle s'est redressée d'un coup. Elle était devenue d'un sérieux extrême.

– Qu'est-ce que tu dirais de vivre une expérience à la campagne ? demanda-t-elle. Juste toi et moi dans cette maison !

Elle m'a pris la main. C'était un curieux moment, tout au bord de l'abîme.

J'ai écouté sa voix enjôleuse. Elle m'a demandé si je l'aimais toujours.

Je pouvais sentir battre sa chaleur animale.

– Je t'en prie, Cornélius ! Ne continue pas à nous faire du mal ! Reste avec moi !

Elle attendait une réponse.

Ah, je sais ! C'est lamentable ! Il faut que je vous avoue, monsieur, ma dernière faiblesse. J'avais tellement besoin de lui dire mon amour !

Doucement, je lui ai caressé le visage. Petite chérie entre mes mains, je ne pouvais pas me retenir plus longtemps.

D'un seul trait je lui ai récité tout ce que j'avais sur le cœur :

– *Kamave tu !* Je suis dingue de toi, petite sœur, dingue de toi, et c'est la vérité !

– Tu serais prêt à tout pour me conserver ?

– À tout ! Je le jure !

– *Tchou mi déma !* Embrasse-moi ! exigea-t-elle en m'offrant ses lèvres.

Nos haleines se sont mêlées. Nos langues ont remué au chaud. Je me suis risqué dans ses yeux immenses et profonds.

Elle les avait gardés grands ouverts.

Comment n'ai-je pas réalisé qu'au fond de ses pupilles, il gelait à pierre fendre ? Comment n'ai-je pas pressenti le prix à payer ?

En proie à une vitalité soudaine, elle a poussé un soupir énorme et elle a ri en secouant sa crinière de cheveux sombres. La rusée mignonne était redevenue lionne !

Elle s'est penchée hors du lit et dans un mouvement tournant a entraîné le drap dans son sillage. Chemin faisant vers le cabinet de toilette, elle s'est enroulée dans ses plis.

– Deux secondes et je reviens ! a-t-elle lancé sans se retourner.

Je l'ai entendue manipuler le robinet du lavabo. Faire couler l'eau.

Lorsqu'elle a réapparu à la porte de la chambre, elle avait enfilé un slip rouge à dentelles mais elle avait gardé intacte la drôlerie de ses seins. Le plus étrange était qu'elle avait retrouvé aussi une sorte de gaieté espiègle. Celle qui avait la couleur de notre enfance. Celle qui m'embobinait depuis qu'à l'époque de nos seize ans elle m'avait retourné dans la paille.

Elle s'est arrêtée au bord du lit. J'ai contemplé un moment son ventre musculeux, Une fois de plus, l'amour semblait au rendez-vous.

Elle était là. Elle semblait à moi. Un sourire mince éclairait son visage.

Au fond de ses yeux noirs et rieurs, j'ai cru lire un éclair bleuté qui ressemblait à la foudre.

– Je suis venue te demander de tuer mon vieux mari, dit-elle soudain en s'abattant sur moi comme sur une proie facile.

Sa voix sentait le crime.

Je l'ai dévisagée tel un démon.

Un air glacial m'a saisi. Un amer dégoût s'est installé en moi. J'aurais voulu m'échapper à la minute même. Tout était déchiré en loques.

Et il m'est monté dans la bouche comme un écœurant goût de terre.

Sixième carnet de moleskine

61

« Si tu es au fond du trou, arrête de creuser ! »

Proverbe rom

Chacun sa lessive d'eau sale, monsieur !

À ce stade de mon histoire, je n'ai pas envie d'ajouter une seule pelletée de terre au gouffre que j'avais ouvert sous mes pieds.

Et même si vous vous doutez bien qu'on n'éponge pas le désamour avec de la mie de pain, je n'ai pas très envie de vous tenir informé de la façon dont j'ai quitté Tsiganina.

Cependant, deux mots ! Il faut bien comprendre. J'étais à bout, j'étais rincé ! Qu'elle m'ait fait signe pour me proposer un crime, moi qui étais venu avec des mots d'amour ! Moi qui avais cru glisser mon corps auprès d'une petite âme !

J'étais blême d'avoir été le hérisson de la farce ! De m'être écarté de ma voie. D'avoir abandonné Schnuckenack, mon cher grand-père, pour une ombre maléfique. J'avais honte pour moi ! Voilà comme c'était le fond des choses… D'un coup, les souvenirs me crachaient à la gueule ! Souvenez-vous de ma demande en mariage ! De mon indigestion de terre ! Pour la seconde fois, Tsiganina venait de me crucifier la vie !

Délivré de tout scrupule par son appel au meurtre, je dois vous avouer que j'ai bousculé ma presque sœur avec les mauvais gestes qu'on réserve d'ordinaire à une *loumni* de caniveau. Après tout qu'était-elle devenue d'autre ?

Réfugié dans la violence, j'étais devenu chien tout à fait. Un *choukel* enragé. Les crocs au coin de la bouche ! C'est fou mais c'est comme ça ! J'ai poursuivi Tsiganina jusque dans la cuisine où elle avait trouvé refuge. J'ai commencé à la secouer. Je l'ai serrée trop fort. Mes mains autour de son cou. J'aurais aussi bien pu l'étrangler ! Il s'en est fallu d'un poil !

Elle était mauvaise. Elle se tortillait.

À reculons, le souffle court, elle avait fini par se replier dans le coin le plus sombre de la salle. Je l'observais, toute pâlotte… J'avais eu la main lourde… De l'air, de l'oxygène, voilà ce qu'elle cherchait ! J'étais loin d'imaginer ce qu'elle mijotait. En fait, à tâtons, ses doigts, derrière son dos, exploraient l'espace.

Je me suis approché d'elle. Je revois ses yeux noirs plonger dans les miens. Son visage était sec.

En moins que rien, cobra ! Elle a levé la main sur moi pour me frapper. Elle poignait par le manche un couteau effilé. Une lame. *O tchuri !* Elle m'aurait lardé, monsieur ! Je lui ai retourné le bras. Je l'ai plaquée au mur. Une chaise est allée valser sur le carrelage. Je l'ai giflée plusieurs fois. Des coups ! La frénésie ! Tu tapes, tu ne vois plus clair ! Je me suis emporté. J'aurais pu la broyer. J'aurais pu la *marave*. Je ne pouvais plus m'arrêter !

Quand elle a été au sol, *me somas narvelo*, j'étais fou dément. Il y avait eu de quoi, je pense.

Je me suis penché sur elle. Mes mains tremblaient. Je n'étais plus maître. Et puis, tant pis…

Je lui ai dit :

– Dis donc, *snôko*[1] ! À force d'emmener ton *minz* à la cabriole… tu dois être riche !… Je veux ma petite réparation !… *Mankèv lové*[2] !

Elle m'a dévisagé comme si elle me voyait pour la première fois.

Elle a mis toute la haine dont elle était capable dans sa voix mouillée de larmes

– *Creff !* elle a dit en crachant dans ma direction.

Elle n'aurait pas dû. Me voilà relancé. J'y suis allé à coups de soulier de gitan dans ses côtes.

Je suis resté étanche à ses protestations, à ses jérémiades. Brutal jusqu'au bout. Mon amour était réduit en poudre. Comment peut-on haïr ce qu'on a le plus aimé, monsieur ?

– *Dja prale* ! En haut ! elle a fini par gémir. Dans l'armoire à linge !

Elle avait caché ses économies sous une pile de draps. Je me suis octroyé la moitié des *crailles*[3] qu'elle avait gagnées avec son *prooz*.

Quand je suis redescendu de l'étage, Tsiganina avait réintégré la chambre. Elle avait cédé à l'abattement.

Elle s'était arrêtée de pleurnicher. La surprise semblait lui avoir ôté la douleur. Elle avait beau se tordre au tapis, j'aurais dû me douter qu'elle avait du ressort.

Vous allez voir un peu comme elle s'y est prise,

1. Moustique.
2. Donne-moi des sous !
3. Sous, argent (rappel).

monsieur. Elle s'est d'abord essayée à jouer le rôle de la femme délaissée. Ce théâtre-là lui seyait à merveille.

– En te perdant, j'ai tout perdu ! gémit-elle au bout d'un moment, et quelle imprudence de ma part de t'avoir fait confiance !

Ses mains paraissaient mortes mais ses yeux bougeaient très vite.

– Espèce de salaud ! suffoqua-t-elle l'instant d'après.

Elle était en proie à une colère froide.

– Tu n'as rien compris au film ! J'avais tout misé sur notre amour !

J'ai haussé les épaules et j'ai continué à vaquer à mes préparatifs.

Devant l'imminence de mon départ, elle a fixé mes yeux comme pour y enfoncer un clou. Elle a dit qu'elle m'enverrait dans les nuages si je restais une minute de plus.

Elle est partie de la chambre en claquant la porte.

Alors que j'étais sur le point de franchir le seuil pour ne jamais le repasser, je l'ai trouvée sur mon chemin. Elle m'attendait dans la cour.

Grâce à son inimitable talent de serpent, elle était parvenue à se glisser dans la peau d'une veuve bouleversante et avait trouvé le temps de se vêtir de noir.

– Coupe-moi les cheveux, exigea-t-elle en posant sa main sur mon avant-bras.

Elle croyait me désarmer une fois de plus en sacrifiant ses longs cheveux. Mais ma caboche était sèche et je n'envisageais pas d'autre sortie que la cruauté.

Aussi, après un court instant d'hésitation, j'ai ouvert la mâchoire des ciseaux. J'ai tranché une vague de l'admirable chevelure. Puis une autre. Encore une autre.

Et je me suis senti libre.

Fraj, monsieur!

Visage foudroyé, Tsiganina a baissé les paupières. Elle a paru regarder au-dedans d'elle-même.

– Garde-toi de jamais revenir! a-t-elle hurlé d'une voix voilée par une bave de vomi. Tu ne me retrouverais pas!

Sans répondre, j'ai tourné le dos à nos souvenirs crevassés.

Vaincue, masque mort, elle est restée à genoux sur le sol. Les yeux inondés de larmes, elle m'a regardé m'éloigner.

Moi – prodige incroyable! – tandis que j'empruntais le sentier qui longeait les vignes, le pas léger, les yeux partout posés sur la nature pleine d'odeurs, j'avais la sensation d'entrer à nouveau sous le toit du ciel et de recouvrer ma liberté sauvage.

Une voix, une voix m'encourageait qui était celle de Schnuckenack Runkele le jour où, s'en prenant à Marie-Sara, il avait prédit :

– Vous n'y pourrez rien, madame *Bioutiful*! Vous ne changerez jamais le cours des choses! Mon petit-fils est fait pour manger le vent et jouer de la musique!

Une fois de plus, il avait eu raison. Et, zim, boum, boum! je jure que c'est vrai, monsieur, plus j'avançais sous la protection de la forêt de pins, plus il me venait des fanfares de joie aux oreilles.

Yekhestar, tout d'un coup, j'avalais une grande aubade! Ça tambourinait de partout! Cymbales! Tambour! Trombone! *Glinga*! Toute la musique des *cirkari* rattaquait au fond de ma cervelle pour célébrer mon retour au vaste monde.

Un grand ouf, monsieur, un grand soupir de soulagement !

Je me sentais si gai qu'en parvenant en vue de la route nationale, zim boum boum ! j'aurais bien enfilé une redingote rouge, coiffé un beau chapeau à plumes et entamé un air de violon.

62

Ça commence bien… C'est plutôt gai. J'ai rencontré un préposé en peau de toutou

Une demi-heure plus tard, je me suis retrouvé devant le guichet de la gare de Langon. J'avais soutiré des *aidants* à Tsiganina assez pour prendre le train.

J'avais toujours la tête dans les nuages. J'ai eu un mal fou à formuler ma destination.

J'ai fini par dire :

– Un billet pour la frontière belge.

Ça m'a valu un curieux regard de la part du préposé aux titres de transport.

– Pouvez-vous préciser, monsieur ?… C'est un peu vague pour la machine… elle ne comprendrait pas.

– Trouvez-moi un bled avec des briques et de la pluie !

L'homme de la SNCF s'avérait pointilleux. Déjà, un gitan, comme ça, un basané qui voyageait par le train, ça lui paraissait bien étrange.

Il avait approché son visage de l'hygiaphone.

– Votre destination, jeune homme… plutôt côté bière ou plutôt côté vent ?… Mouscron ou bien Zuydcoote ?

Le gadjo semblait avoir mis une sacrée dose de malice dans sa question.

Il répéta :

– Mouscron ou bien Zuydcoote ?

– Bray-Dunes.

– À la bonne heure ! J'y vois plus clair ! Changement à Arras…

– Bon.

– Puis correspondance pour Dunkerque…

– Parfait.

– Par Hazebrouk !…

– Si vous le dites…

– Arrivée 18 h 26 à Dunkerque. La nuit sera presque tombée…

Poussé par un zèle hors du commun, le préposé avait chaussé ses lunettes et venait de se plonger dans la consultation d'un ouvrage ferroviaire.

– Encore une information, finit-il par dire d'une voix égale… Je vois sur mon chaix que la gare de Dunkerque est *en principe* reliée à celle de Bray-Dunes par une voie ferrée unique d'environ 17 kilomètres de long… Hélas, nous ne sommes pas en mesure de vous garantir la régularité des départs… Il n'y a plus guère de trafic depuis quelques années… Vous prenez toujours ?

– Je prends !

– Première ou deuxième classe ?

– Première !

En me délivrant mon billet, le ferroviaire m'a regardé avec une commisération toute professionnelle :

Ça commence bien… C'est plutôt gai…

– Partir pour des contrées pareilles… Je vois que vous n'avez pas peur du vide ! C'est pour un suicide ?

– Seulement une remise à niveau.

– Quai n° 2. Correspondance à Bordeaux. Départ imminent.

J'ai pris mes jambes à mon cou.

63

Un infime point noir sur une plage déserte

Commune de Bray-Dunes. Département du Nord de la France. À moins de cinq kilomètres de la frontière belge. En pays de Flandre.

C'était le début d'un autre monde, un long couloir de vent, un endroit peint au jus d'encre de Chine et tapissé de froides ondées.

C'était une côte rectiligne, une grève à perte de vue, une perspective sans fin, un mur de vacarme venu de la mer.

C'étaient des courants, des buées transportés vers les terres, des champs bavant de l'eau sale, des fondrières où les cris de détresse les plus acharnés, où les peurs, les souffrances humaines les plus affreuses auraient pu donner libre cours à leurs excès, à leur démesure, sans que le tintamarre des éléments déchaînés, sans que le cours du grand ricanement de la nature s'en ressentît le moindrement.

Depuis la veille, le mauvais temps s'était emparé du plat pays. La colère du ciel, ouatée et brutale à la fois, dessinait un univers blanc et gris poché de sombres nuées où perçait le cri déchirant des mouettes.

J'étais le seul être vivant sur la plage. Un point noir dans la distance. Un presque rien dans l'immensité du Bon Dieu.

Tête nue, décoiffé par la tempête, je me hâtais, marchant au-devant d'un horizon qui reculait sans changer de taille.

Bousculé par le raffut des éléments, la beauté sauvage de la côte, la furie des flots, je marchais dans l'axe de la grève. J'arpentais le sable d'un pas de somnambule à la recherche du campement où séjournaient *mur phralé*, mes frères.

De Leffrinckoucke à Zuydcoote, de Bray-Dunes à De Panne – de l'autre côté de la frontière belge – aussi loin que portait le regard, c'était le même spectacle : la mer écrêtée par la houle, les nuages de sable gris arrachés à la dune, le front furieux des vagues brisant sur la côte.

Parfois, en s'emballant, le vent sifflait.

Je réprimais une embardée involontaire. J'inclinais la tête vers l'avant. Je poursuivais ma marche. J'arquais. Je clopinais, les yeux obstinément plissés.

Comme j'atteignais le pied d'une digue ou plutôt d'un enrochement, je levai les yeux et je l'aperçus.

O tchavo grulégo! Un gamin frisé. Un jeune garçon accroupi sur ses talons. Le poil noir. Les *yakas*[1] couleur tourbe. Une *tirante*[2] au coin des lèvres. Le corps enroulé

1. Yeux.
2. Cigarette (rappel).

dans l'écharpe de ses bras croisés pour mieux résister à la coupure du froid.

En me voyant, il cracha au loin son *stugo*[1], se dressa sur ses jambes et courut jusqu'à moi.

– *Gutamurja!* dit-il sans me regarder et le vent emporta ses paroles.

Puis se rapprochant de moi jusqu'à me toucher :

– *Tou, Cornélius?*

– *Ava.*

– *Me som Mihalik Tchoudra!*[2]

D'autorité, mon guide avait glissé sa main dans la mienne. La nuit commençait à tomber. En prolongement de l'empierrement en forme de digue se dessinait l'ébauche d'un sentier aux contours mangés par l'herbe.

– *Kotar!* Par là!

À la vitesse d'un poney emballé, Mihalik emprunta sans hésiter son tracé incertain qui s'enfonçait dans les terres.

Nous avancions en aveugles, courbés pour vaincre le mauvais terrain et la tempête. J'avais posé ma main sur la tignasse du garçon.

– *Sikeder! Sikeder!* Plus vite!

Le *tchaïe* nous obligeait à mener un train d'enfer. Il serrait, il serrait ma main.

– Monte sur tes pieds, Cornélius! m'encouragea-t-il soudain. Il faut se dépêcher! Il n'est peut-être pas trop tard…

Et devant mon étonnement :

1. Mégot.
2. – Bonjour! […]
– C'est toi, Cornélius?
– Oui.
– Moi, je suis Mihalik Tchoundra!

– Ton grand-père a rencontré la grande Peur… cette nuit. *Angsti!*

– Qu'est-ce que tu me chantes ?

Il me dévisagea sérieusement. Il repartit de plus belle en tricotant sur ses courtes jambes.

– *O cacepen!* La vérité ! Je crache, je jure et je meurs si ça n'est pas vrai ! Le *viok* a fait une mauvaise rencontre. Du bas monde habillé en cuir noir, des crânes rasés, mêlés au carnaval…

– Carnaval ?

– Le carnaval de Dunkerque… Hier, les déguisés, les travestis, les masques dansaient sur le quai… certains, les poches bourrées de bière, ont fini la nuit à Bray-Dunes… Il fallait voir !… les files de voitures qui klaxonnaient… les phares… les cris… la bière… Ça sautait, ça dansait de partout… Les masques étaient si nombreux qu'on avait du mal à remuer. Et puis, y a ce gros peloton de motos qui est arrivé… Quand ils sont tombés sur le vieux, ils lui ont crié aux oreilles… tes papiers !… Il leur a montré son titre de séjour… Ils l'ont déchiré sous son nez… ils chantaient : « Les rats, les corbeaux, les Gitans, les crouilles et les Arabes n'ont pas besoin de papiers d'identité ! » Ils disaient on les reconnaît à l'odeur ! Et tout ce bas monde a commencé à jouer avec les chaussures du Vieux… Après, ils l'ont cloué par l'oreille à un poteau… et ça poussait… ça poussait pour le battre… Ils étaient au moins vingt… le bras levé… Féroces à ne pas croire… Ça sifflait, les boucles de ceinturon… Ça mordait dans le gitan. Depuis toujours, ils détestent les Roms !… Au cimetière, ils ont écrit : *Dehors, les étrangers!* C'est là qu'on a retrouvé Schnuckie. Il rampait entre les tombes…

Ni le soleil ni la mort ne peuvent se regarder en face, monsieur !

Après des mots ficelés pareils, je suis resté muet. Mes lèvres étaient arides et mon esprit confus.

Nous avons marché un moment sans desserrer les dents.

Sans que j'y prenne garde, nous avions quitté le sec. Nos pieds clapotaient sur un sol infiltré d'eaux saumâtres. Nous contournions des épaves de voitures, et nous éprouvions de plus en plus de difficultés à nous orienter dans l'obscurité.

Pendant plusieurs centaines de mètres encore, nous avons cheminé dans la bourbe d'un terrain noyé par les eaux de ruissellement. Jusqu'à ce que les *camtars* blotties dans l'inconnu de la nuit surgissent devant nous. Jusqu'à ce que, d'un geste brusque, Mihalik m'entraîne en direction d'une caravane blottie derrière un mur de pierres sèches.

La *camping* de *mur papu* !

64

Tout est changé, vous allez voir

Dès l'entrée, nous eûmes la respiration coupée par une odeur de chou au lard et d'oignons rissolés. Nous arrivions au moment où Atila Podgorek, agissant en tant que chef du campement tsigane, disait à Rajko Durič, son bras droit, qu'il devait aller chercher les musiciens, les violons et les guitares et aussi pas mal d'alcool parce qu'on allait devoir soutenir une famille en deuil.

Le front plissé, l'esprit absorbé par l'immensité de sa tâche, le *Sero Rom* se tourna vers moi et m'apprit que Schnuckenack Runkele venait de rendre son dernier souffle.

Celle qui l'avait veillé jusqu'au bout afin de soulager son agonie, madame Hanko, qui avait encore tant d'éclat dans ses belles robes, ressemblait ce jour-là à une veuve. Le front noirci comme un fond de marmite, elle s'était résignée à ranger les fèves divinatoires. En signe d'abandon, elle venait de poser ses mains grasses sur ses hanches.

Dans la pénombre, une vingtaine d'hommes aux pommettes hautes, aux sombres moustaches, aux faciès hâlés côtoyaient des femmes – jeunes ou vieilles – coiffées pour la plupart du foulard de mariage. Lors de mon entrée, il s'était produit dans leurs rangs serrés une sorte de frémissement. Un silence s'était creusé et le blanc des yeux des assistants s'était détourné vers moi.

Forte de l'importance de son rôle, madame Hanko s'était propulsée au premier rang. Elle jugeait bon de m'instruire elle-même des circonstances du drame. Enroulant de grands yeux effrayés, elle dit que c'était fait. Ce qui était écrit était arrivé. Tout le monde ici avait le cœur brisé. Sa propre expression. Papa Schnuckenack Runkele était allé rejoindre sa fidèle épouse, la vieille Marioula, «la *Sinti* au visage plus gris que celui de son homme».

Qu'un tel jugement, empesté de fiel, sortît de la bouche de madame Hanko n'étonnait personne dans la petite communauté. En effet, nul n'ignorait qu'à peine enterrée l'épouse de Schnuckie, elle se serait volontiers portée volontaire pour réchauffer les vieux os du déporté et dormir dans sa caravane.

Pour l'instant, sa sortie valut à la matrone une volée de bois vert de la part d'Atila Podgorek qui la foudroya de ses yeux fauves.

– Senti ou Rom, ne fais pas la différence ! lui rappela-t-il d'une voix courroucée. C'est le même soleil qui rend le lin plus blanc, la Senti plus grise et le Gitan plus noir !

Nombre de représentants des deux sexes approuvèrent les paroles du *Sero Rom* par des hochements de tête. Quelqu'un en profita pour rappeler que Marioula avait été une femme fidèle et que la jeteuse de sorts avait vendu les longues tresses de ses cheveux un jour qu'elle et son homme avaient eu faim… Certains y allèrent même de quelques grognements sourds qui confirmaient la réprobation générale.

Madame Hanko baissa la tête et, pour se faire oublier, rejoignit un coin d'ombre.

Sitôt, le brouhaha des voix reprit. Plusieurs femmes se signèrent. Avec la force et la précision d'une serre d'oiseau, les mains impérieuses de Mihalik venaient de se refermer à nouveau sur mon avant-bras. Je n'ai pas tardé à me retrouver au premier rang de l'assistance.

Objet de toutes les curiosités, je m'inclinai devant le défunt.

Grimpe au ciel, Schnuckie ! Un grand frisson s'était emparé de moi tandis que je découvrais le visage livide et tuméfié de mon grand-père qu'on avait endimanché d'un costume sombre. Je crus lire sur ses lèvres bleuies l'ébauche d'un calme sourire. Je notai un enfoncement du sinus frontal dont la voûte osseuse avait cédé sous la violence des chocs. Je constatai que, malgré la toilette prodiguée par les femmes, personne n'avait pu restaurer l'apparence de son œil droit, éclaté par les coups. Le globe, éjecté des profondeurs de l'orbite, pendait au coin de la paupière.

– Quand est-il mort ? m'informai-je.

En réponse à mon questionnement, je reçus en plein nez le souffle aillé renforcé de clou de girofle de mon voisin.

Encore Atila Podgorek :

– Voici à peine une heure que Schnuckie a quitté le pays des loups et des lions où les méchants sucent le sang des races les plus faibles ! Nous allons le pleurer !

Faisant écho à celle du *Sero*, la voix rauque de Rajko Durič s'éleva à son tour :

– En romani, il n'y a pas de mot pour tombe ou tombeau, mais nous allons le pleurer et lui donner une sépulture digne de sa stature !

Un homme tapi dans l'ombre allongea un poing noueux et s'écria :

– Nous allons aussi le venger !

Il avança dans la lumière son mufle tapissé d'une peau de parchemin et ajouta :

– Cornélius ! Les gitans de ton clan attendent l'appel au pied de leurs chevaux ! Voyageant sur le chemin de la justice et de l'honneur, nous punirons le crime qui nous prive de notre frère !

La véhémence de ce lointain cousin venu de Roumanie pouvait surprendre mais elle était le juste reflet du sentiment de révolte qui s'était emparé de tous les hommes de la petite communauté.

Podgorek fit un geste apaisant et prit la parole :

– Quand on rompt la branche d'un arbre, dit-il, le tronc ressent la douleur, les racines versent des larmes de sang et la fleur porte le deuil.

Mais le cousin roumain qui s'appelait Ludolfus Snagov, voilà que son nom me revenait en mémoire, frotta ses mains calleuses comme pour les adoucir et relança la flamme du souvenir avec un infini respect :

– Pendant la guerre, *mur pral* Runkele a résisté aux piqûres pour cheval du docteur Mengele… Comment aurait-il pu supporter les vicissitudes de ceux qui aujourd'hui encore, comme demain et comme tous les jours de la création, n'admettront jamais notre liberté de vivre en Gitans, avec nos lois, conformément à notre idéal de vie ?

Les yeux baissés sous son chapeau sans forme, il ajouta :

– Ce matin, le Vieux a dit ses prières. Il a voulu qu'on le rase. Il s'est lavé les mains. Les femmes lui ont proposé de la nourriture fraîche mais rien, aucune force n'aurait pu le retenir parmi nous. Il en avait *trop vu*, disait-il. Comment aurait-il pu supporter un nouveau cycle de persécutions ?

– *Kai jas ame, Romale ?* Où allons-nous, les Roms ? Ses dernières paroles, prononça Rajko Durič d'une voix lugubre.

Soudain, pour tous les assistants, l'assassinat du vieux Runkele pesait le juste poids de l'angoissante vérité. Son sort était scellé mais pas l'avenir du peuple persécuté. Sur toutes les routes, au bord de tous les rivages, il se trouverait toujours des hommes en noir pour rouer vifs ou éventrer des femmes et des enfants tsiganes.

– Combien de nos frères gisent parmi les fleurs ? se lamenta une voix de femme noyée dans la foule. Combien se taisent ? Combien dorment ?… Et nul ne sait qui ils sont !

Écoutant la voix de mon âme, un élan sourd et aveugle m'avait jeté en avant. Je me suis approché à nouveau de la dépouille de Schnuckie.

Je n'ai pu réprimer un frisson à la vue du sang qui suintait des paupières closes du petit supplicié. Un moment, j'ai tenu fermés mes propres yeux, essayant d'imaginer l'invisible, c'est-à-dire d'évaluer la somme des souffrances endurées par le vieil homme et le degré de cruauté de ses bourreaux. Je n'y suis pas parvenu, tant il est vrai que l'invisible ne se mesure pas et ne s'interprète justement qu'à l'aune de ce qui est visible – donc trop abominable pour être regardé.

J'ai rouvert les yeux.

Ceux du défunt lui pendaient. Il était étendu sur sa couche, au fond de la roulotte. Les mains croisées sur son étroit thorax. Maigre, maigre à compter tous ses os.

Le sang faisant nappe et source sous ses paupières suintait en un cramoisi de framboise qui envahissait ses pommettes.

– Pardon d'être arrivé trop tard ! dis-je en m'adressant aux regards exigeants des hommes et des femmes qui m'entouraient.

Zilka, une jolie fillette dans les douze ans, se fraya un passage jusqu'au défunt. Elle était habillée d'une jupe d'étoffe rude et apportait au mort le soutien d'un oreiller de velours vert tendre que madame Hanko s'empressa de glisser sous sa nuque.

– *Upre Roma !* Levez-vous, Roms ! s'écria Podgorek qui paraissait soucieux de garder l'initiative de la parole. Cessez de geindre et faites ce que je vais dire ! Il nous faut accompagner Schnuckie jusqu'à sa dernière demeure ! Aidons-le à emprunter un chemin vers une vie nouvelle…

Et tous se dispersèrent pour se préparer au devoir de communion des esprits.

*

L'après-midi, vers trois heures, comme pour ajouter au poids du chagrin, la pluie, en lourds bandeaux venus du large, s'était remise à tomber.

Courbés sous l'averse, nous avons mené Schnuckenack Runkele à sa dernière demeure. Selon la coutume et pour obéir à ses dernières volontés, nous l'avons enterré au bord du chemin qui mène à la grève. Nous l'avons déposé auprès de la défunte Marioula, sa fidèle épouse. Dans son cercueil, nous avons placé de l'argent – quelques pièces, un beau billet tout neuf – et nous y avons ajouté son couteau et son cher violon – tous objets familiers que le mort serait content de trouver pour occuper les jours sans fin qui l'attendaient dans l'au-delà.

Au bout d'un grand moment de recueillement où j'ai pensé à tout le micmac de ma vie, j'ai sursauté au bruit de la première pelletée de terre. J'ai levé la tête et j'ai découvert la maison derrière la dune.

La pluie a redoublé.

La terre a recouvert le cercueil. Mais comme je m'y attendais, se dessinait à l'horizon un formidable arc-en-ciel.

La maison était située juste au pied de l'arc-en-ciel.

C'était la vôtre, monsieur !

65

Les préparatifs
État des lieux dans la bourrasque

À chacun selon ses capacités. Peu à peu, la veillée funèbre s'organisait. Aux musiciens, il fut demandé que leurs instruments ne tardent pas davantage à pousser des plaintes qui montent jusqu'aux frontières du ciel. Puis, les rôles furent distribués aux femmes. À charge pour elles de cuisiner des plats chauds, d'organiser le lieu de la réunion, de trouver un espace sec au pied de la digue, de faire en sorte que les enfants glanent du bois et veillent à l'alimentation des brasiers.

Une commission de trois « érudits » venait d'être nommée parmi les aînés. Les trois hommes désignés avaient du poil sous le nez et jouissaient d'une bonne réputation. Ils étaient chargés de fouiller les archives de leur mémoire et de prendre la parole tout au long de la nuit afin d'évoquer les vertus de Schnuckenack Runkele pour graver dans les esprits de l'assemblée des vivants les péripéties et mérites de sa chienne de vie.

Les historiographes désignés avaient noms Jan Graf Zingaro, Janko Raikovič et Bradislav Ilič. Ils avaient la tête assez folle et des muscles sous les manches. Tout au long de leur existence, ils avaient fait la route un verre à la main et un couteau dans la poche et étaient capables de chanter ou de tourner des quatrains qui allumaient le feu au fond de la tête de l'assistance.

Atila Podgorek avait veillé à ce qu'on distribue assez de *slivovice* et de genièvre pour délier les langues et favoriser l'inspiration de ceux qui s'exprimeraient. Auparavant, il avait traversé le campement en pataugeant dans la boue et répandu la triste nouvelle de caravane en caravane. Il s'était rendu jusqu'au bord du marécage, lointain vestige de l'immense lac des Moëres et avait parlé à l'oreille de Rosalia Wajbele.

Rosalia était une veuve aux prunelles claires et aux paupières cernées par du khôl. Elle fumait sa cigarette sur le seuil de sa verdine et tenait en son poing une gerbe de crayons de couleur – signe qu'elle pouvait redessiner le *kismet* – le destin des êtres. Podgorek l'avait chargée d'arrêter la pluie qui risquait de gâcher la soirée et, sans plus tarder, la belle était descendue de son perchoir. Dans un gracieux mouvement de sa robe à étages, elle s'était éloignée dans la tourmente. À l'abri des regards, elle avait levé son beau visage vers la nue.

À l'instar des roseaux qui l'entouraient, elle avait commencé à balancer tout son corps d'avant en arrière. De sa bouche sèche aux lèvres gercées montaient des paroles bien plus fortes que la pluie…

Sa voix était ferme et sa résolution durcissait ses traits. Elle avait sorti de sa poche une boîte en ferraille dans laquelle flottait un cœur de poulet séché. Elle parlait directement au *beng*. Elle agitait sa boîte à la barbe du diable. Elle pestait contre l'averse qui n'en finissait pas de noyer le sol et faisait mine de ne pas vouloir s'arrêter. Coléreuse, elle regardait le ciel. Poings serrés, elle criait sa malédiction.

Rosalia avait la taille fine de celles qui enjôlent. Elle avait aussi les épaules larges des femmes qui se battent avec le quotidien et les reins solides de celles qui vont puiser l'eau du puits. Sa démarche était souple. Grâce à sa beauté, son charme, sa coquetterie, elle savait ranimer dans le cœur des hommes l'amour qui s'étiole. Mais ce soir, elle était une autre.

Elle était la représentante de tous ceux qu'elle avait vu mourir dans les plus lointaines des montagnes de sa Serbie natale.

Elle arrêtait la pluie pour que les siens puissent penser en paix à tous les enfants qui avaient été démembrés par les Oustachis ou tués en les assommant contre des arbres. Elle racontait comment ses parents, après avoir été attachés au câble d'un téléphérique pour le transport du foin, avaient servi de cibles de tir, alors qu'ils se balançaient dans le vide.

Elle était bien plus forte que la pluie et le vent réunis.

66

Le flamenco, le couteau, la vengeance, et toutes ces façons d'écouter chanter la mort…

Atila Podgorek était de retour au campement. Il connaissait la manière d'employer chacun pour ses dons ou ses particularités, mais il n'était pas qu'un organisateur. Il était aussi un sage.

Il savait par expérience que dans des réunions alcoolisées où les gens sans distinction de parenté peuvent parler et donner leur avis, où les jeunes gens peuvent s'échauffer et se monter la tête, dominent souvent les désaccords, les disputes, les querelles et que de la discorde peut naître la loi des couteaux. Podgo était l'ennemi des bagarres. Il se servait de la tradition et de la musique comme remparts contre la violence. Lui-même jouait assez joliment de l'accordéon.

Persuadé de la grandeur bienheureuse de la nature et du bienfait des sources et des philtres, il croyait en un monde chaleureux. Il avait élevé ses fils dans l'amour des chants, de la musique et des danses, et leur avait appris à gagner leur pain grâce à la pratique de la vannerie et à la collecte des plantes médicinales.

Avec patience, au fil des années, il avait su communiquer son attachement à la vie, et son inclination pour la divine Nature aux familles qui l'avaient suivi.

Les femmes de la *kumpania* avaient déployé un cercle de couvertures. Des feux avaient été allumés en différents points du terrain. Soudés par des intérêts, des mariages ou des pactes divers, les gens de la communauté, par petits groupes, s'étaient accroupis devant les flammes bondissantes. *O lelin*[1] tenaient leurs bébés endormis sur leurs genoux. *O cavé*, les gosses, vagabondaient d'un foyer à l'autre. *O roma*, les hommes, buvaient avec gravité la gnôle tirée des alambics de campagne. Leur mode de vie sans contrainte et leurs dons de musiciens faisaient merveille.

Chaque groupe partageait avec l'autre le feu qui réchauffe, l'alcool qui éloigne le malheur et les philtres d'amour qui propulsent les esprits hors de toute limite.

Rosalia Wajbele, qui avait été chargée d'éloigner la pluie, avait exercé son don dans la coulisse. Elle avait marmonné dans ses joues des formules qu'elle seule connaissait. Elle avait aussi fait bouillir certaines herbes dans un chaudron. Elle s'était servi de *l'herbe du vent*, autrement dit de la menthe frisée. Elle avait usé également de la langue-de-cerf, du plantain, de la chicorée et de plusieurs autres encore qui, écrasées, mélangées, possédaient le pouvoir de décourager le *beng*. Comme par miracle, l'averse avait cédé. Elle était devenue buée, vapeur, puis plus rien. Les familles s'étaient regroupées au sec, emmitouflées de châles, de foulards ou de couvertures. Des pans entiers

1. Les femmes avec enfant.

de marmaille étaient assis sur des bancs, sur des chaises basses ou sur des caisses retournées.

Ceux qui étaient chargés d'évoquer les mérites de Schnuckenack Runkele et de résumer les plus fameux épisodes de son existence venaient d'entrer en scène. Ils arrivaient de Belgique et, au grand dam de Podgorek qui redoutait leur violence, s'étaient invités aux funérailles en apprenant la nouvelle du décès.

Ils étaient trois, comme j'ai dit. Jan Graf Zingaro, Janko Raikovič et Bradislav Ilič. Trois *ursari* de la tribu des montreurs d'ours. Trois lointains parents, originaires des Alpes de Transylvanie. Trois robustes « fils des forêts profondes » qui voyageaient à travers toute l'Europe et brandissaient leurs poings de campement en campement en criant leur révolte contre les persécutions faites aux Tsiganes et aux Roms.

Farouches opposants aux déviances et résurgences de la doctrine aryenne, les trois compagnons s'étaient donné pour tâche d'éclairer le chemin du peuple nomade – pourchassé, méprisé, battu, déporté, avili, depuis la nuit des temps. Pour ces trois solides gaillards, foin du fatalisme et des perpétuelles brimades ! Plus question d'errer comme des chardons poussés par le vent ! Ils disaient qu'il fallait rendre coup pour coup. Ils n'avaient plus pour credo que de se battre avec les poings, que de ressortir les *churi*[1]. Que de piquer les méchants et de les vider de leurs tripes.

Ils pensaient que la survie des enfants de Bohême était à ce prix. Que leur sort était entre leurs propres mains. Ils s'étaient mis en tête de redonner aux jeunes Roms

1. Couteaux, surins.

leur fierté d'hommes libres et militaient pour le pouvoir tsigane.

*

Avec eux, révolue l'époque où l'on faisait lécher les pieds du mort par un chien blanc ! Pour commencer, Jan Graf Zingaro et Janko Raikovič avaient franchi le feu à plusieurs reprises.

Encouragés par l'assistance, ces hommes à la carrure athlétique prenaient leur élan depuis un coin sombre. Ils en jaillissaient en hurlant, brandissant une longue perche. Propulsés dans les airs par la seule force de leurs muscles, ils traversaient le bûcher. Ils survolaient les flammes où se consumaient les vestiges des possessions qui avaient été celles de mon grand-père. Meubles d'usage, literie, chaises ou vaisselle, fauteuil d'osier, chapeau, canne ou bâton, tous les objets – selon la coutume –, fût-ce la moindre harde ou la moindre photo ayant appartenu au vieil homme, devaient disparaître pour effacer les souillures de la mort et décourager l'âme du défunt de revenir hanter ses lieux de vie.

Bradislav Ilič, le compère des deux voltigeurs, se tenait en bordure du foyer.

– Bonsoir tout le monde ! lança-t-il en tapant sur le sol ses bottes crottées de la boue des marais.

Torse nu, musculeux, tatoué, il brandissait une bouteille. Il en porta le goulot à sa bouche. Il renversa le buste en arrière. Il lampa une goulée de l'étrange breuvage, le vaporisa au travers de ses lèvres serrées et cracha le feu.

Tandis qu'il faisait mouvement, une flamme rugissante sortait de lui tous les dix pas à peu près.

Les enfants se taisaient. Ils se serraient les uns contre les autres tandis que Bradislav Ilič passait devant eux.

Conscient de son prestige, l'homme-dragon revint se placer au centre de l'assistance et commença à proférer des chapelets d'incantations à destination du ciel noir.

Voilà, monsieur, le genre de phrases que glapissait Ilič en langage de sa lointaine contrée :

– *Mieux vaut être esclave à l'entrée du paradis qu'être roi sur le trône de l'enfer !*

Ou encore :

– *Il suffit d'un gourdin pour casser tout un char de cruches !*

Le cracheur de feu avait le teint gris. Le bord des paupières rouge. Les épaules noueuses.

Il renversait à nouveau le goulot de la bouteille dans sa bouche. Il absorbait un bon peu de liquide inflammable. Il vaporisait le carburant en soufflant au travers de ses lèvres, et y boutait le feu. Une gerbe de lumière déroulait sa crinière dans les airs.

Ilič avait l'art de capter l'attention de son auditoire en roulant des yeux furieux.

Il s'adressait à ceux des premiers rangs et leur délivrait ce genre de message :

– *Prenez l'or et l'argent*
Et soyez riches !
Moi je prends vos pleurs
Qui font si mal à verser…

Le torse luisant de graisse, il se tournait vers les autres et leur disait aussi :

– *Vous foulerez l'esclavage !*
Vous noierez le malheur !
Alors vous serez gais,

Alors vous serez riches,
Et vos cœurs planeront sur la liberté !…

Et l'air empestait le kérosène.

– Tsiganes ! Regardez-vous ! disait-il encore en enrobant tous ses semblables dans un geste tournant. Regardez-vous bien !… insistait-il en couvant son peuple du regard, nous avons des bras robustes ! Nous possédons de grands courages ! Nous avons des cœurs aussi ! Et Podgorek a sans doute raison quand il dit que nos âmes doivent être pures et humaines. Mais n'oubliez pas le crime qui vient d'être accompli ! Le devoir vous commande de venger le vieux Runkele ! Que mon propre sang se déverse sur ma peau et dans ma bouche si je ne châtie pas ses assassins !

Comme pour donner plus de poids à son discours, il venait de faire volte-face.

D'un pas pesant, il fit mouvement dans ma direction. Qu'est-ce qu'il me voulait, je vous demande !

Soudain, quelle chaleur dans mes veines ! L'ours était devant moi. Il me regardait de près. Il me proposait sa gueule de brute. Il puait vraiment.

À pleine voix, afin d'être entendu de toute la *kumpania*, il me pointa du doigt :

– *Ma bitër lès*, Cornélius ! N'oublie pas ! Il est fou, celui qui écoute, qui pense et qui ne fait rien ! Pas d'excuses, *tikno* ! Pas de faux-semblants qui te placeraient dans le camp des lâches !… Tu n'apaiseras pas l'âme de ton ancêtre en te contentant de tremper ton pain dans la bave de grenouille ou en fréquentant les livres !

Ce discours lancé à l'oreille de tous les assistants n'était pas fait pour me rassurer. À l'évidence, Bradislav Ilič avait décidé de m'exposer aux regards des miens. Des tas d'images me passaient par la tête. J'y voyais trouble. Je me trouvais à nouveau à un carrefour du doute. Comme aux temps les plus froids. Les plus dangereux. Les plus obscurs.

Ilič ne me lâchait pas. Il paraissait cloué sur place. Il me dévisageait. Il me traversait du regard.

Je m'efforçais de ne pas bouger. Je ne cillais pas. Chacun de nous, inondé par ses pensées secrètes, évaluait l'autre avec méfiance.

Mon visage sans doute avait pris une drôle d'expression. L'idée de la violence venait de s'emparer de mon esprit.

Quand il vit que je n'étais pas près de baisser mon froc, je lus dans les yeux de l'*ursar* une lueur de désagrément. Sa bouche resta vide. Rien ne lui vint sous la langue. Et il me tourna le dos.

Il lampa plusieurs goulées d'alcool à sa bouteille. Il chaloupa des hanches, il cracha le feu vers les ténèbres. Ensuite, d'un revers de la manche, il s'essuya les lèvres et se rapprocha à nouveau de moi.

– On m'a tout dit sur ta personne, monsieur l'Instruit ! gronda-t-il. Les livres ! Les études !… À quoi je réponds que ta modernité soulève un problème douloureux !… L'éducation démonte la cervelle du gitan. Elle le conduit à de mauvaises fréquentations…

Il remettait ça. Il vissait sur moi ses petits yeux sauvages, craquelés de vaisseaux.

– Écrire ! grinça-t-il avec une obstination malsaine… Quel orgueil, *o chaïe* ! Pourquoi pas chourer le feu tant que tu y es !

J'ai prié le ciel pour savoir résister à mon agresseur. J'ai pensé à Sara. À madame *Bioutiful*. J'ai gonflé mes plumes. Un élan de colère m'a lancé en avant :

– Range ton bredi-breda, Bradislav Ilič ! L'éducation est notre seule chance de salut !

– Elle démonte la cervelle du Tsigane !

– Elle élève nos esprits !

– Elle nous éloigne du réel de nos ancêtres !

– Elle nous rendra plus forts !

– Autant se couper les burnes !

– Autant revenir au temps des cavernes !

Les yeux injectés de sang de la bête brute sont partis vers le vague. Il n'en revenait pas. Il n'empêche qu'il avait le cul troué au gros sel. On n'avait pas dû souvent lui tenir tête.

Incrédule, il s'est dressé en grommelant avant de partir d'un rire d'ogre :

– Non mais regarde-toi, *niglo* ! Secoue ta bite, un peu !... Ton petit *pélo*[1] d'écolier ! Chaque jour, la chanson du cœur t'affaiblit d'avantage !

La silhouette massive du plantigrade s'était mise à tourner autour de moi. Elle ne me quittait plus. L'*ursar* était en transe. Il gardait une trace d'écume à la bouche. C'était trop de colère dissimulée. Il saccadait depuis les talons de ses bottes jusqu'à ses poils de barbe.

– Il aurait fallu que tu nous connaisses dans la nuit des temps !... s'emporta-t-il soudain en redevenant historiographe. Jadis, nous étions un peuple libre et notre chef s'appelait Mar Amengo Dep. En ce temps-là, les Gitans vivaient tous ensemble, au même endroit. Dans un beau pays. Ce pays s'appelait Sind... Ils étaient fiers et sauvages...

1. Sexe, bite.

Il approcha sa tête hirsute de la mienne. Il puait les vapeurs d'alambic et de pétrole lampant. Il repartit de plus belle dans son discours égaré. La transpiration coulait sous ses aisselles. De grosses gouttes débordaient au-dessus de ses sourcils en friche.

Pédagogue, en pleine figure, il martelait ses phrases :

– Mar Amengo Dep avait deux frères ! L'un s'appelait Romano, l'autre se nommait Singan… Il y eut là-bas une grande guerre provoquée par les musulmans. Tout le pays gitan fut réduit en cendres. Tous les Gitans s'enfuirent ensemble hors de leur pays… Ils se mirent à errer, pauvres parmi les pauvres… Quelques-uns allèrent en Arabie, quelques-uns à Byzance, d'autres en Arménie… ils étaient guidés par les trois frères. Aujourd'hui les trois groupes s'appellent les Roms, les Sinti et les Kale. Voilà ce que raconte Ali Chaushev, de Shumen, en Bulgarie, voilà ce qu'il a raconté à mon vieux grand-père qui nous a laissé ce récit…

Quand il s'est arrêté de parler, il était essoufflé et semblait fourbu. La graisse de ses joues avait tourné au gris.

Brusquement, il me dévisagea. Une étincelle avait pris feu derrière ses prunelles sombres.

– Haut la tête, Cornélius ! prêcha-t-il. Surtout, ne va pas sauter hors de ton ombre ! Pour mériter d'être un homme, il faut trois choses : agir bien, parler peu, et ne pas s'écarter de sa voie… Les gens de ta génération doivent commencer à vivre une histoire qu'ils ne peuvent pas rater… Ils doivent apprendre à rendre coup pour coup… Sinon, toujours le Tsigane sera pendu !

C'était comme si Bratislav Ilič avait pris ma vie en main.

S'avisant que je faisais mine de lui tourner le dos, du

revers de la main, il essuya son visage et, en proie à une cuisante déception, s'écria :

– Ne bouge ni pied ni patte, jeune fou ! Je veux que tu m'écoutes jusqu'au bout !... Alors, oui ! Tu as raison sur un point... En dépit de la honte que j'ai à l'avouer, nous sommes tombés bien bas... Nous avons pris l'habitude du fatalisme ! Mais la bravoure est là ! Un jour, nous relèverons la tête...

La guibolle mal assurée, il était remonté contre moi. Une dernière fois, il est revenu à la charge :

– Aujourd'hui comme hier, le monde entier nous renifle ! Raffut !... mauvaises odeurs ! Tu ne sens pas le brûlé ?... Nous sommes dans la saumure ! Les racistes nous rotent dans le nez ! Face aux démons de l'Ordre noir qui en tous lieux remontent à l'échelle, tu es l'arme du Destin, Cornélius !... Crois-moi !... tu ne retrouveras la paix intérieure que si tu t'acquittes de ta dette !

Je restais silencieux.

Que pouvais-je lui opposer d'autre que le silence ? Une inexplicable contracture de tous mes muscles me mettait à sec.

Las de chercher à me convaincre, le menton triple, Bratislav Ilič paraissait mortifié. Il tourna dans ma direction ses yeux marécageux. Il fit pivoter son grand corps pour se placer en face de moi. Ses pattes se placèrent de chaque côté de ma tête et, m'immobilisant, il approcha son visage du mien.

Une fois de plus, j'affrontai le souffle du bouc.

– Faut que tu m'écoutes ! Faut que tu m'écoutes !

Je n'ai pas cherché à me dégager. Je lui ai parlé bord à bord. Haleine contre haleine. J'avais sûrement la tête drôle. Les yeux mauvais.

Je lui ai demandé :

– Qu'est-ce que tu me veux, hein ? Qu'est-ce que tu me veux à la fin ?

Il a baissé les bras et libéré mon visage. Toujours, je crois que j'entendrai sa réponse. Sa voix de rocaille chargée d'une exigence menaçante. J'en palpite au souvenir.

– C'est à toi de venger ton grand-père ! Prends ce couteau que je te tends et va frapper le skinhead !

Il glissait un *chouri* dans ma main. Il en poussait la corne jusque dans ma manche. J'essayais de me débarrasser de l'arme.

Je m'écriai :

– Je préférerais être en enfer plutôt que là où tu veux me faire passer !

Il me garda un long moment au fond de ses yeux allongés qui bougeaient sans arrêt.

Il avait l'air un peu fou. Il marmonna :

– Puisse que tu n'es pas près d'avoir un étalon entre les jambes, ce que je vais faire, je vais l'accomplir pour toi, gamin !… La dignité, c'est le début de la réussite !… Je vais réussir pour toi !

Après quoi, d'un saut de langue, il expédia un trait de salive vers le sol, m'abandonnant pour ce que j'étais à ses yeux : un copeau, une pelure, *o stumpo*[1] jeté dans le ruisseau pour être balayé.

Les épaules lourdes, il s'enfonça dans la foule.

1. Un mégot.

67

Qui veut mettre sa vie à l'épreuve n'hésite pas à sauter dans le vide

Après le départ de l'*ursar*, je crois bien que j'ai flotté un long moment entre rêve et réalité.

Sauf votre respect, monsieur, le rêve en s'évaporant avait un arrière-goût de lessiveuse ! Quant à la réalité, elle avait la forme allongée d'un serpent lové au creux de ma main. Fascination incroyable ! Je n'arrivais pas à détacher mon regard de la lame effilée que Bratislav Ilič avait glissé dans ma paume. Une navaja espagnole ! Un démon froid et meurtrier.

Je vivais un instant caverneux.

Je me sentais porteur d'une malédiction qui me mettait à chaque fois sur un chemin destiné à ne pas arriver. Encore une impasse ! Encore un cerceau de feu à franchir ! Encore un précipice à sauter ! Un obstacle aussi insurmontable, me semblait-il, que la traversée des monts Zemplén par les convois de chevaux empoitraillés dans la neige, au temps des verdines de mes ancêtres. Avec la promesse de l'Alföld comme seule récompense. Comme seul espoir de manger à sa faim. L'accès à la grande plaine à blé et à maïs telle que me la décrivait Schnuckenack Runkele, moraliste ès fables, lorsque – jeune enfant – j'avais l'oreille pendue aux contes qui me chantaient les roues du voyage.

Mais quoi ? Par quel détour du chemin fallait-il s'y prendre pour ouvrir les portes du monde ? Comment découvrir enfin la grande *draba*, le grand remède caché ?

Fallait-il accepter la patience des jours de violon et d'onguent sur les plaies ? Franchir la barrière des montagnes, surmonter des difficultés sans nom dans la nuit froide et venteuse pour atteindre le sommet harassant de l'exigence ? Était-ce bien là le sens de l'aventure humaine ? En un mot, fallait-il affronter le diable pour mieux approcher Dieu ?

Les yeux rivés sur ma paume ouverte, voilà le nougat où j'étais, monsieur !... et je ne vous demande pas de me jeter des corbeilles de fleurs ! Je ne mérite pas votre estime. Mais constatez au moins que si j'ai été dans l'obligation de me battre contre mon caractère, j'ai aussi eu bien du mal à échapper aux centaines d'yeux furieux qui empêchent les gens de ma sorte de s'envoler vers un ciel bleu !

Tuer le bourreau de Schnuckenack Runkele ? Devenir un assassin ? Risquer la relègue à perpétuité ? La violence aveugle était-elle la seule façon d'épeler la fierté des Roms ? Une foutue solitude de chair s'était abattue sur moi, je vous prie de croire !... La cervelle accaparée par des angoisses insoutenables, j'avais même attrapé un cafard noir.

Comment rallumer la clarté ? Comment retrouver la voie de la sagesse ? Quand pourrais-je respirer à nouveau le chant des oiseaux et m'abandonner au soleil ? Des bribes de mots me venaient à l'esprit tandis qu'un goût de rance et de vomi m'envahissait. J'avais l'impression de marcher sur les décombres de mes plus beaux projets.

J'ai replié la lame du *tchouri*, j'ai rangé l'arme dans ma poche et j'ai commencé à boire.

*

Encouragée par les cris et les voix emportées des chanteurs, une sylphide apparition avait entamé une danse flamenco. C'était la belle Rosalia Wajbele qui s'emparait à son tour des pentes embrumées de mon esprit. Les bras en anse au-dessus de sa tête, gracieuse mais guerrière aussi, elle dardait parfois son regard sur moi. Son corps d'airain, l'ampleur noble de ses gestes, la volupté mobile de ses hanches m'envoûtaient.

La *kumpania* martelait le rythme, encourageait la belle. À mon tour, conquis par le *cante jondo*, étourdi par le bruit, par la beauté de l'apparition, je frappais dans mes mains. Je joignais mon enthousiasme à l'averse des voix.

C'est arrivé comme je vous dis, monsieur. Un verre, un autre. Plus je buvais, plus j'avais l'impression de retrouver la vraie mesure du plaisir de vivre.

Me somas pilo. J'étais ivre. J'étais saoul.

Bourré. Moitié pion et moitié poivre.

Total *bango*[1].

Les guitares s'emballaient. La silhouette de Rosalia, parfois, occultait la lumière du feu. À contre-jour, irréelle, elle tourbillonnait. Un frémissement de la tête, elle me fixait au passage. Elle bombait le front. Elle tendait sa nuque.

1. À l'envers.

Elle cambrait les reins. Elle ouvrait la traîne de sa robe en éventail. Elle tapait de ses talons ferrés sur le sol comme si elle exigeait que je vienne me jeter à ses pieds.

À force de picoler, j'ai dû perdre la tête.

J'avais l'impression de rentrer dans une boutique obscure. Volté à vif par les vapeurs de l'alcool de prune, les lamentations des uns, les poings levés vers le ciel de ceux qui réclamaient vengeance pour Schnuckenack Runkele, les invectives des plus saouls, les glissades des violons, les accents de la guitare flamenco, le bruit des talons qui frappaient le sol – *zapatadas ! zapatadas !* – j'avais la sensation d'errer dans un monde d'incompréhension.

Je n'oublierai jamais le moment où Bradislav Ilič a posé sa lourde patte griffue sur moi.

Le vilain ours était à nouveau à mes côtés. Ah, le coup félon ! Ah, le fin fumier ! Pas besoin de me retourner. C'était bien lui. Reconnaissable à son odeur. Il était flanqué de ses deux acolytes, Jan Graf Zingaro, Janko Raikovič. Il avait coiffé sur sa tignasse un melon gris et arborait à la boutonnière un bel œillet double en plastique. Il puait sous sa moustache tombante. Face de diable et corps d'ogre musculeux, il mâchonnait un morceau de pain noir.

– Nous sommes sur le départ, annonça-t-il avec un sourire engageant.

Le nez épaté, ses petits yeux sauvages étaient posés sur moi.

Il me tendait sa bouteille de *slivovice.*

– Ne reste pas planté comme un poireau ! dit-il. Trinquons à Schnuckenack Runkele !

Et constatant mon hésitation :

– De quoi as-tu peur, petit roseau ?

Mon pauv' monsieur ! Je n'avais plus peur de rien !

Je ne sais même plus pourquoi mon regard s'est attardé sur son front carré, sur sa face hilare.

Je ne sais même pas pourquoi j'ai relevé le défi qu'il me lançait :

– Bois ! Bois, Cornélius ! Accepte la réconciliation !

C'est tout simplement l'instant où j'ai dû perdre la tête. Je lui ai pris la bouteille des mains et j'ai bu à en perdre le souffle.

À longs traits, j'ai vaincu la bouteille.

Je revois les yeux noirs de l'*ursar* plonger dans les miens. Je revois son sourire de contentement et d'un coup, je ne sais pas ce qui m'a pris, j'ai eu vaguement envie de mêler mon euphorie à la sienne. C'était du travail de magie au fond de ma cervelle embrumée. Je lui ai trouvé des faux airs de Robert Taylor, une peau de vache d'acteur hollywoodien que j'avais vu sur grand écran, dans un film noir, à Bordeaux. Je me sentais même assez clown pour avoir le projet rigolo de compter mentalement jusqu'à deux cents Robert Taylor. Deux cents Robert Taylor et je retiens un ! Histoire d'y rajouter un Jack Nicholson.

Au lieu de ça, j'ai fait deux enjambées d'un pas raide. Et j'ai sauté dans le néant sans un cri.

Foudroyé comme un chêne, je me suis abattu aux pieds de Bradislav Ilič.

Et j'ai dû avoir l'air con quand j'ai essayé de me faire lourd au moment où ses deux complices, Zingaro et Raikovič m'ont emporté dans leurs bras musculeux.

68

Les poings froids dans un air malfaisant

D'un coup, je me suis dressé dans l'obscurité et j'ai ressenti une désagréable impression d'humidité.

J'ai fait quelques pas à tâtons et je me suis aperçu que je foulais un sol tapissé de ciment grossier. J'ai commencé à explorer l'espace à la façon d'un aveugle. Je n'ai pas tardé à percuter une paroi qui me parut compacte, froide et rocheuse.

À l'opposé, une autre muraille, à la texture similaire.

En se déplaçant à 90°, encore une autre.

Je me trouvais, me sembla-t-il, dans une pièce d'environ sept mètres par six et je me mis en devoir d'en explorer le périmètre rugueux afin d'y déceler une ouverture.

Bientôt, ma main droite qui tâtait le grain du mur tomba sur un vide et mes joues reçurent la caresse d'un air plus froid que celui qu'il m'était donné de respirer jusqu'alors. Mes mains dessinèrent les contours d'une porte. Je m'aventurai par cette ouverture au-devant d'une seconde salle et j'eus la sensation diffuse qu'un peu de jour filtrait dans le lointain, à ma droite.

Persuadé que j'étais enfermé dans une caverne, j'en

étais à me demander qui avait eu intérêt à me séquestrer, lorsque, par la magie de je ne sais quelle turlupinade de cervelle, j'eus, pendant une fraction de seconde, la vision fugace du faciès de Bratislav Ilič et je crus entendre le bruit atténué de la mer.

Je me remis en marche.

Je progressai avec lenteur. Je suivis un moment la paroi graisseuse qui ne tarda pas à empester l'urine. Le sol de plus en plus mouvementé sous la plante de mes pieds était fait de terre battue qui alternait avec de la roche.

Je m'immobilisai.

Soudain, un vacarme assourdissant vint rompre le pacte avec l'absolu silence qui, à l'exception du battement de la mer, m'entourait jusqu'alors. D'un coup, je retrouvai tous mes soucis.

Cet énorme remue-ménage, accompagné de craquements, provenait de l'endroit où sourdait le halo de lumière. Pas de doute possible, une série de coups venant de l'extérieur semblaient s'acharner sur une structure de bois.

Je décidai de poursuivre ma progression tâtonnante.

Au détour d'un angle vif, le grand jour! Une barricade de planches enchevêtrées venait de céder dans un assourdissant fracas de bois mort. Un homme, empêtré dans un méli-mélo d'étais et de lattes hérissées de clous, s'extirpa de toute cette menuiserie malmenée et se fraya un passage. Il révéla derrière lui un ciel lumineux et un froid glacial.

Trois pouces plus loin, une porte basse explosa à son tour. Elle livra passage à deux ombres supplémentaires. Deux silhouettes massives qui s'immobilisèrent à contre-jour. Leur haleine se condensait au sortir de leur bouche.

Résolu à me battre, je reculai de quelques pas. Je ne

tardai pas à identifier celui qui venait de prendre la tête des envahisseurs.

L'homme qui continuait à faire grand bruit n'était autre que Bradislav Ilič. Vêtu d'un frac graisseux et qui puait très fort, il était flanqué de Jan Graf Zingaro, son ombre, son lieutenant, et suivi par la silhouette galopante de l'indispensable Janko Raikovič, toujours prêt à mettre son zèle au service des basses besognes.

Pour l'heure, fidèle à son statut d'homme de peine, Janko s'empressa de cavaler dans un coin. Penché sur le sol, il ne tarda pas à battre le briquet et à allumer un fanal.

Il le tendit à Ilič, afin que son chef puisse s'orienter dans les ténèbres. L'ours des *Muntii Metaliferi*, dont les yeux semblaient se familiariser avec la topographie des lieux, ne tarda pas à découvrir ma présence.

– *Niglo!* s'écria-t-il avec bonheur.

Afin de me saluer, il souleva son très joli chapeau gris sur sa face en poire blette et, les yeux comme ça tourneboulant, grimaça un sourire engageant.

– Réveillé ! s'écria-t-il avec bonheur. Mon ami Cornélius est réveillé ? Il est là ! Il m'accueille ! Il est debout !

Sans plus attendre, pour me prouver en quelles heureuses dispositions il se trouvait, il m'offrit avec générosité sa méphitique odeur qui, ce matin-là, était mêlée de fragrances de bergamote. Proche de moi à me toucher, il me demanda si j'avais remis de l'ordre dans mes idées et si la puanteur de corps de mon voisin de dortoir ne m'avait pas trop incommodé.

– Mon voisin ?

– Ton copain de chambrée, *raklo*!... Le gadjo n'a pas changé de fauteuil pendant la nuit, au moins ?

Découvrant mon incompréhension, il fit signe à

Raikovič de venir à sa botte. Selon son désir, ce dernier alluma une seconde lanterne puis une autre encore, donnant à la salle où nous nous trouvions une apparence et des dimensions insoupçonnées.

Les parois n'étaient pas dressées en ciment comme je l'avais imaginé. Elles étaient érigées en solide béton coffré. Un coup d'œil général à l'ouvrage et je me rendis compte que je me trouvais au cœur d'une casemate datant de la Seconde Guerre mondiale. Un bunker abandonné sur la grève par les Allemands au moment de leur retraite.

– Qu'est-ce que je fais ici ?

– Mais… tu te reposais en nous attendant.

– À qui appartient cet endroit ?

– Devine.

– À toi ?

– À celui qui vient y pisser le plus souvent…

Ilič paraissait d'excellente humeur. Il ricana au fond de son masque en peau de cuir et, dans une grande embardée de toute sa carcasse, me tourna le dos. Son lampion à la main, il s'enfonça dans la pièce suivante. Je me saisis de la lampe que me tendait Janko Raikovič et lui emboîtai le pas.

Je le retrouvai occupé à uriner. La guibolle mal assurée, la main gauche en appui contre la muraille, il se soulageait sur un tas de hardes. Il avait une contenance d'éléphant et grommelait de plaisir en se libérant d'un grand poids. C'est tout juste si les larmes ne lui montaient pas aux yeux.

– Un truc comme ça, on ne s'en lasse jamais ! commenta-t-il avec satisfaction.

D'un coup de reins, il finit par ranger son plumeau, reboutonna son par-devant, et ne tarda pas à foncer devant lui.

Il buta sur une chaise sans ralentir sa course et, différents obstacles une fois déblayés et empilés sur le côté, sembla s'aviser de la présence de mon compagnon de chambrée.

Une grimace lui fendit la bouche :

– Je te présente Maxence van der Meullen, agent de sécurité dans une grande surface de Roubaix ! annonça-t-il pompeusement en désignant une forme qui épousait celle d'un fauteuil éventré. Max est celui qui a cloué ton grand-père par l'oreille à un poteau de la digue. Il est l'animateur du commando de brutes qui a torturé le vieux Schnuckie ! C'est avec lui que tu as dormi après que nous lui ayons interdit de ronfler.

Il éleva sa lampe à pétrole.

Une lumière dorée inonda le faciès livide d'une sorte de brute au teint de cire. L'homme, le torse revêtu de son seul maillot de corps, gisait tête renversée. Il semblait dormir la bouche ouverte. Ses bras de gymnaste étaient croisés sur son torse et révélaient la présence de nombreux tatouages. Sur le biceps droit, le svastika était l'ornement principal. À la place du cœur, une pivoine couleur sang traçait – prolongée par de multiples rigoles – une inflorescence pourpre. Elle révélait en son centre la lèvre unique d'une plaie profonde, causée par une arme blanche. Ce coup mortel se situait à la base des pectoraux, exactement.

– Monsieur Max a beaucoup saigné, s'excusa Bratislav.

Et soudain, pointilleux :

– Nous avons été obligés de lui ôter sa combinaison de cuir noir afin de le rendre présentable pour la photo sur laquelle tu ne vas manquer de poser à ses côtés…

Tiens donc ! Voilà que revenait cette façon tout à fait spéciale de me faire enrager qu'employait l'*ursari* pour me forcer à sortir de moi-même. Incapable de lui répondre sur le moment, un tremblement nerveux m'envahit qui se prolongea dans tout mon corps. En même temps, d'horribles visions se formaient dans ma tête.

Puis la rage me prit, qui me rendit vindicatif :

– *Ho cré kan ?* Laisse-moi de côté dans cette affaire, saleté d'homme ! Pas question que je me trouve mêlé à ce crime !

En m'entendant réagir de la sorte, le visage du Transylvanien s'était fané aussi vite qu'il s'était ouvert. Il avait perdu son sourire bonasse. Il paraissait foudroyé par mon ingratitude.

– Décidément ! Tu es bien de ton espèce et de ta génération ! constata-t-il d'une voix amère. Quand je pense ! Pour un peu, tu te défilerais ! Alors que j'ai demandé à mes amis de te laisser dormir tout ton saoul... alors que je leur ai interdit de revendiquer publiquement le crime de ce sacré salaud !

L'air désorienté, le grand ours des Carpates me dévisageait avec horreur. Cul plombé, il se laissa tomber sur une chaise bancale, au risque de pulvériser son bois vermoulu, et ôta son chapeau de turfiste.

– Non mais je n'en crois pas mes oreilles ! Je m'assois ! C'est un vertige ! C'est un malaise ! Je me frotte les yeux ! Je n'y comprends plus rien ! Je vois des étoiles ! Nous te mâchons le travail et toi, tu ne penses qu'à trahir notre pacte d'amitié !...

Jumeaux de son désenchantement, Jan Graf Zingaro et Janko Raikovič s'étaient poussés du col aux côtés de leur chef. La mine furieuse, les deux compères, légèrement en retrait, se tenaient sur le chemin de la porte. Ils avaient croisé les bras et, en mâchant leur poil sous le nez, semblaient attendre la réponse à une question.

Ilič, s'avisant de leur courroux, coiffa à nouveau son chapeau gris et sauta sur ses pieds. Avançant son mufle enflé dans ma direction, il leva la main vers le ciel. Il m'infligea son haleine d'alligator et, le front ridé, se borna à m'expédier ces paroles :

– Dois-je te le rappeler ?... La loi du Gitan obéit à trois commandements : « Ne t'éloigne pas du Gitan. Sois vrai avec le Gitan. Paie ce que tu dois au Gitan ! »

– Je ne te dois rien ! me défendis-je aussitôt.

– Ne crois pas cela, *niglo* !... protesta Bratislav Ilič. Tu me dois la dignité ! Tu me dois aussi la reconnaissance des tiens qui vont sûrement saluer ton courage !

Avec des glissements de bêtes fauves, les trois vilains m'entouraient. Ils continuaient à me harceler de compliments immérités. Ils ricanaient dans le sombre.

– Il a vengé son grand-père !

– Il est le héros du jour !

J'imaginais leurs yeux posés sur moi, leurs paupières infiltrées, leurs chairs boursouflées. Je percevais par bouffées leurs haleines brûlantes. Parfois, ils s'éloignaient dans les ténèbres avec des volettements d'oiseaux effrayés puis revenaient jusqu'à frôler mes épaules.

– Il a nettoyé le linge sale !

– Il a *churiné* l'infâme fasciste ! Pas du travail de demoiselle !

C'était un grouillement sans pareil. J'avais l'impression de tituber au creux d'un obscur défilé sans issue.

– Ni sang ni meurtre ! finis-je par hurler. Ce n'est pas moi ! J'ai renoncé à la violence !

L'ancien dresseur d'ours poussa un profond soupir :

– Ça m'en fait de te mettre à l'envers, Cornélius ! Mais tu as bel et bien trucidé le salopard. Il est mort ! Tout est en règle ! Peu importe si nous avons accompli la tâche à ta place puisque nous avons décidé de t'en faire bénéficier.

Ce genre de situation avait de quoi me rendre fou et dangereux. Perdant toute notion de l'équilibre des forces, j'ai commencé à bousculer l'ours des Carpates.

– *Moukav*[1], Bradislav Ilič ! Garde ta générosité ! Je ne t'ai rien demandé !

Sans réfléchir d'avantage, je l'ai *marave* à poings fermés. Plusieurs fois en plein poil. Sous l'avalanche de mes coups, tout au plus sa stature effrayante parut se cabrer. Autant essayer de faire reculer les montagnes de Zarandului.

Ilič se contenta de s'assombrir. À défaut de m'écraser d'un seul revers de sa grosse patte – les yeux chagrins – il m'offrit sa compassion :

– Ta fureur est légitime. Mais difficile de rebrousser chemin, petit. Tu aimais ton *kako* et tu lui devais tout. En tuant monsieur Max, c'est Mengele que tu as envoyé au gibet !

– Foutaises ! À l'heure du crime je dormais ! Vous le savez bien ! Vous m'aviez drogué et j'ai dormi !

L'*ursari* haussa les épaules et prit une expression grave :

– Cesse d'aller de travers, *payo* ! Toutes les apparences sont contre toi !... N'as-tu pas poussé le raffinement jusqu'à trimballer le nazillon dans un blockhaus de la Seconde Guerre mondiale ? Foutu symbole il me semble !

Il avait à nouveau retiré son chapeau gris, découvrant

1. Ta gueule !

ses cheveux hirsutes. L'air peiné, il essuyait le bord de sa coiffure avec ses doigts.

– Attention ! me mit-il en garde, ça nous donne un vrai malaise, ton attitude ! En te fâchant contre nous, tu redoubles nos craintes !

Pour être plus explicite, il tendit son menton dévoré par la barbe en direction de ses sbires :

– Mes deux amis trouvent que tu n'es pas fiable, ajouta-t-il d'un ton qui ne parvenait pas à masquer une sourde inquiétude. Tu n'imagines pas ce qu'ils ne cessent de me dire… Ils me disent : « Fais-lui couic avec ta lame à ce *niglo* ! Il ne saura pas tenir sa langue. À peine aurons-nous le dos tourné qu'il nous dénoncera à la *klisterdja.* »

– À moi de décider !

– Ça n'est pas une réponse satisfaisante.

– Qu'est-ce qu'il vous faut de plus ? Un pourboire ? De la reconnaissance ?

Ilič baissa les yeux en signe de modestie. Il gonfla son jabot et fit mine de regarder ses chaussures blanches.

– Mais c'est exactement ça ! Car il faut bien l'admettre, la générosité que nous montrons à ton égard n'est pas monnaie courante !…

– En somme, à vous entendre, j'aurais liquidé ce salopard qui était quatre fois plus costaud que moi…

– Ben oui !… Jan Graf Zingaro et Janko Raikovič ici présents peuvent en témoigner… ils t'ont suivi tout au long de ta folie expéditive…

– Ça !… ricana Zingaro, on a tout vu si on nous interroge !

– Tout ! confirma Raikovič en gloussant une cascade de petits rires. T'es plus dangereux qu'il n'y paraît, *niglo* !

– Compliments ! Vous êtes de fameuses mouches à merde !

– Oh !… tempéra Raikovič avec une candeur désarmante, les mouches ont toujours à faire !

– Exact, échota Zingaro. Où l'on nous appelle, nous allons !… Les mouches ont vocation de se poser sur la bouse. L'odeur ne nous incommode pas…

Arrivés à ce stade de l'humour, les moustachus des confins de la rivière Körös étaient morts de rire. Pour effacer au plus vite leur insupportable image, je leur ai tourné le dos.

Puis, revenant à Ilič :

– Et toi ? Qu'as-tu fait pendant ce temps ?

– Moi ? Mais… j'ai tout combiné ! Je suis le cerveau de l'affaire !

– Tu es donc capable de m'expliquer par quel tour de magie je suis venu à bout du fasciste ?

– Au prix d'un beau travail de nuit… un ouvrage exemplaire ! s'enthousiasma Ian Graf Zingaro.

– Pendant le défilé des Gilles et des buveurs de bière… renchérit Janko Raikovič, nous nous sommes mêlés à la foule… et nous avons préparé l'embuscade…

– Au passage des chars, les yeux du fasciste étaient trop occupés pour qu'il surveille ses arrières… compléta Bradislav Ilič… Le frapper devenait un jeu d'enfant.

– Jan a chanté et joué de la guitare, Janko s'est déguisé en femme…

– Mais c'est Bradislav qui a lancé le couteau, ricana Zingaro. Quand Ilič lance son couteau, il est heureux comme un ours de six mois qui renverse une ruche pour lécher un rayon de miel !

En signe d'assentiment, l'*ursar* poussa un grommellement joyeux. Avec une agilité inattendue pour sa corpulence, il fit trois pas en avant et vint planter son estomac, toute sa bidoche, contre moi :

– Ça n'est pas tout ! pua-t-il. Jure que tu ne diras rien ?

Ses petits yeux noirs et menaçants dansaient au fond de ses orbites. Avec une dextérité surprenante il avait sorti son couteau des plis de sa ceinture de flanelle rouge.

En moins que rien, le fil du tranchant barrait ma gorge. Je revois son expression impitoyable.

– Jure que tu ne nous trahiras jamais, sinon, je te saigne ! murmura-t-il en roulant des prunelles.

Sous le fil du rasoir, je pouvais sentir mon sang bruire dans ma carotide. Attentif au regard de la brute, je m'obligeai à ne pas ciller.

– Et toi, jure que tu vas sortir du cauchemar de ma vie ! sifflai-je entre mes dents.

D'un revers de la main, j'avais balayé la sienne. En même temps j'avais pivoté et enfoncé mon genou au creux de son entrejambe.

Cette fois, j'avais frappé au bon endroit. Souffle coupé, il tituba sur place avec des yeux horrifiés.

– Quelle ingratitude ! s'offusqua-t-il en se pliant en deux pour soulager la douleur. Alors que tu n'as plus qu'à récolter les lauriers, voilà comme tu me récompenses !

Une fade odeur de transpiration environnait le géant. D'où je me trouvais je pouvais entendre son souffle accéléré.

Janko Raikovič, à son tour, venait de sortir un poignard de sa poche.

– Assez pissé ! lança Bradislav Ilič avec l'air mauvais. Tu viens de forger ton mal !... L'affaire doit aller à son terme !

Soudain, je fus ébloui par l'éclair d'un flash photographique. Et je réalisai que Jan Graf Zingaro venait de m'immortaliser sur la pellicule aux côtés du cadavre.

– Merci Kodak ! ricana Ilič. Au moins, comme ça, plus de doute possible !… Ce sera écrit noir sur blanc à la une des journaux… un jeune gitan rend sa justice !… Ta photo attestera de ton geste… Et le rédacteur de l'article n'oubliera pas, bien sûr, de rappeler ton séjour dans les quartiers de sécurité renforcée… Ensisheim, tu te souviens ?…

C'était si étrange de l'entendre parler de la sorte que, pendant quelques secondes, aucune pensée à part une sorte d'épuisement n'aurait su traduire mon état de vacuité.

Ilič me dévisageait de ses petits yeux sauvages. Le bras tendu à hauteur de son faciès blafard, il brandissait son fanal. C'était comme si, au bout de son poing, il me tendait un cerceau de feu afin que je le traverse.

– Change de figure, Cornélius ! dit-il d'une voix lugubre et insistante. Cesse de chercher le sens de ta vie à l'aveuglette ! Accepte ton crime !

J'étais incapable de lui répondre. Je grelottais sur le sol noir. Pour autant, je n'étais pas prêt à abandonner mon corps aux rapaces des cavernes et aux bêtes de la terre.

Il y a des moments où on ne compte plus ses dégoûts, ses fatigues et où l'on est prêt à tenter l'impossible pour échapper au piège qui se referme. Tendu sur mes muscles, j'en étais à vouloir tenter une sortie. Mais ne gouverne pas qui veut ! J'étais vraiment le jouet d'un cauchemar, monsieur ! De partout, l'irrationnel accourait.

Ilič, qui semblait lire dans mes projets, venait de bouger à peine. Suffisamment pour se mettre en travers du chemin qui m'aurait conduit vers l'entrée du bunker.

Le visage chiffonné par une grimace, il m'interdisait toute idée de fuite. Il juta un trait de salive devant lui et ne tarda pas à glapir ses directives à ses complices.

– *O mouké* [1] ! Préparez-vous au départ ! Nous allons sauter dans le cuir de notre Mercedes ! Janko !… Tu posteras notre courrier avant de passer en Belgique…

Pour faire écho à ce programme, il se fit un grand remue-ménage au fond du blockhaus. Un bruit de chaises bousculées. Un piétinement précipité. Une sorte de bousculade ponctuée de gloussements étouffés. Encore un raclement puis, une à une, toutes les sources de lumièrc s'éteignirent.

Plongé dans l'obscurité glacée, je perçus un froissement de vêtements. Un vent nauséabond balaya mon visage et à nouveau un vol d'oiseaux de nuit me sembla traverser la caverne.

Revêtus de longues capes, Zingaro et Raikovič venaient de se regrouper dans un élan spontané autour de leur chef. Estompés par la distance, ils prenaient des allures de vampires et, la tête en bas, semblaient suspendus au-dessus du vide.

Des foultitudes de questions se bousculaient à mon entendement. Et je sombrai dans une angoisse lourde et battante.

Vraies personnes de chair ou rostres de chimères, les trois ours des Carpates sortis de la forêt d'hiver me fixaient de leurs regards fureteurs. Trois *chpouks*, trois fantômes, engloutis par un pan d'ombre. Leurs faces grises posaient sur moi l'énigme de leurs orbites sombres.

– Je peux comprendre ton désarroi, gronda la voix de

1. Les mouches.

Bratislav Ilič, mais je pense que nous t'avons mis sur une voie nouvelle et j'espère que d'autres après toi suivront ton exemple !... Il est temps que les Roms commencent à vivre une autre histoire que celle que les persécuteurs leur infligent depuis des siècles !

Le destin des hommes ! Dites, monsieur, quelle bizarre alchimie ! Tellement de routes à prendre ! Tellement de trains à manquer ! Allais-je accepter d'entrer dans la peau d'un criminel ?

Bradislav Ilič se dressait à nouveau devant moi. Il me dominait de sa haute taille. Il allait, il venait, il dandinait autour du colis. Il me semblait qu'il avait encore forci... Les épaules... les mains... il était bien serré du poitrail dans sa redingote de turfiste. L'odeur par exemple, c'était ignoble !

Il a fini par soulever son galure au-dessus de sa tignasse afin de me saluer.

– Adieu, Cornélius ! Et n'oublie pas... gronda-t-il dans sa hure, la frontière est pour les loups, les chiens et les moutons ! Pas pour nous, les Tsiganes ! Bon voyage au réel de tes ancêtres !

Les autres aussi s'étaient mis en cérémonie pour prendre congé de moi. Second dans l'ordre des préséances, Zingaro ne tarda pas à avancer le *nak*[1] et ajouta :

– Dès que tu vas mettre un pied dehors, les gadjé vont lâcher les chiens ! Mais jusqu'aux confins de l'horizon, tu vas voir, tu vas leur mener un train superbe !

Et lorsqu'à son tour, Janko, agité par tout un remuement de son être, apparut dans le halo de lumière pour me prodiguer ses conseils, les mots faisaient la cabriole dans sa bouche encombrée de postillons :

1. Nez, pif.

– *Latcho drom, niglo*[1] *!* Cours ! Cours devant toi ! Même si cent lièvres n'ont jamais fait un cheval, galope pour la paix de Schnuckenack Runkele et voyage jusqu'au pays de Marioula !

Jugeant qu'ils avaient prononcé les derniers mots de la pièce, les Transylvaniens s'entre-regardèrent un bref instant puis plongèrent vers l'avant, saluant à la manière d'acteurs consommés.

L'ours et ses deux mouches – imaginez un peu ! – en costumes de poils, ils partaient, cette fois-ci. Ils n'insistaient plus.

Trois révérences et puis s'en furent.

Ils quittèrent la caverne dans un tapotement de bottes.

*

Pfuitt, monsieur ! Envolés ! Plus personne !

Un silence absolu s'était fait dans le blockhaus. Même la mer s'était arrêtée de battre. Les couvertures, les serviettes et les hardes piétinées rendaient une âcre odeur d'urine et de vomi.

Submergé par mon état de souillure et de solitude, j'ai commencé à bouger. À nettoyer les dernières boues du cauchemar. C'était comme un réveil progressif. Je n'étais même plus tout à fait sûr que les *ursari* aient jamais existé.

En moi, une voix s'égosillait.

Elle me demandait, elle insistait :

– *Kay jass, tchavo*[2] *?*

Pas après pas, à tâtons, j'étais tenté de lui répondre :

1. Bonne route, hérisson !
2. Où tu vas, garçon ?

– Est-ce que je sais, moi ! Là où le hasard me porte ! Devant moi !

Vinaigre ! Tourbillon ! Juste l'urgent ! L'immédiat ! Je hâtai le pas dans les ténèbres. C'était nuit. C'était noir. Pourtant, j'allais au-devant de quelque chose.

Soudain, je me suis immobilisé. J'ai eu une courte absence mais, comme j'ai dit, j'attendais quelque chose.

Sans que j'y prenne garde, ma main s'était échappée. Elle a fouillé dans ma poche. Elle s'est refermée sur le grand couteau en forme de serpent.

Et mieux qu'une joyeuse lumière, je jure, monsieur que j'ai entendu s'élever la voix tremblée de mon grand-père.

Elle disait :

– C'est la vérité qui mène au but, *niglo* ! Si les démons font mine de remonter à l'échelle, s'ils ont l'instinct de peau… bats-toi, Cornélius ! Sors tes griffes !

Et je me suis hâté vers mon crime.

*

J'avais la bouche sèche, l'air obstiné. À crève bonhomme, j'étais résolu. Ce n'est pas la méchanceté qui me dictait ma conduite. C'était l'audace du désespoir. C'était une manière de « recevoir » la souffrance endurée par *mur papu*.

J'ai couru jusqu'au cadavre du nazi et je lui ai adressé un coup de pied de gitan dans le ventre. Van der Meullen a produit un drôle de bruit, un sifflement, un peu comme un ballon qui se dégonfle, et le fauteuil où il se trouvait est tombé sur le flanc.

Et je l'ai fait, monsieur. Mon couteau dans les reins !

Mon couteau dans le cœur ! *Creff*, charogne ignoble ! *Te has tre mule !* Mange tes morts ! La pire malédiction ! J'ai *marave* la gueule de brute, le vilain *beng* de l'Ordre noir. Celui qui avait cloué Schnuckie par l'oreille à un poteau de la digue. Celui qui lui avait arraché l'œil avec une boucle de ceinture.

J'ai traîné sa dépouille jusqu'à un tas d'immondices. Désolé de vous infliger un spectacle pareil, monsieur. Longtemps j'ai hurlé aux pieds du cadavre parce que c'était ma seule manière désespérée d'aller au fond du dégoût.

Ensuite, comme si ma pensée avait pris un brusque tournant, j'ai choisi de fuir avec horreur la folie de ma violence et je suis parti en courant m'offrir à la lumière du jour qui se levait.

Dehors, la main en visière, j'ai inspecté la grève. Elle était déserte. Un vent soutenu ébouriffait la campagne, poussait vers les hameaux le moutonnement sale et continu des nuages. La mer et le ciel n'en finissaient pas de conjuguer leur méchanceté, leur hargne, leurs répits, leurs caresses et leurs gifles et de passer leur colère sur les toitures des maisons basses.

Puisque le passé m'avait rattrapé, puisque le présent m'offrait quelques heures de répit, je voulais écrire le futur.

Oh, bien sûr, mon futur n'était presque rien. Je le savais d'avance.

Raison de plus pour l'écrire, monsieur.

J'ai rafistolé la table vermoulue, j'ai trempé ma plume dans l'encrier et je m'y suis mis.

Septième carnet de moleskine

69

Voyage saccadé au pied d'un arc-en-ciel

Je suis sorti du bunker et la lumière du jour était vive. On entendait au loin les aboiements des chiens qui cherchaient la piste du gitan.

J'ai commencé à courir devant moi. Le monde de béton protecteur s'éloigna peu à peu de sorte que je me trouvais sur l'immense grève au centre d'un néant gris affamé par les eaux qui s'étaient retirées.

Depuis la fin de la matinée, le mauvais temps s'était emparé du plat pays. La colère du ciel ouatée et brutale à la fois dessinait un univers blanc et gris poché de sombres nuées où perçait le cri déchirant des mouettes.

Elles se livraient à de folles glissades. Elles se laissaient embarquer par les courants tourbillonnaires. C'était le contraire du raisonnable.

Je n'avais pas mangé depuis deux jours. Mes jambes se dérobaient sous moi. En courant sur le sable, je cherchais un coin d'espoir dans ma tête. Toujours un arc-en-ciel revenait dans mes pensées.

Au bout d'un moment, je suis tombé par terre. Raide, le corps endolori, j'ai écouté les aboiements qui se rapprochaient. J'ai évalué la distance qui me séparait de la dune et je suis entré dans le rêve – mélange d'épuisement, de faim, de soif et de peur. Un rêve qu'il me faudrait vaincre pour atteindre votre maison, monsieur. Pour vous livrer mes carnets avant d'être rattrapé par les flics.

Comme vous l'aurez compris, ce que je raconte, ce que je m'apprête à traverser, ce que je vous fais partager, je l'ai écrit d'avance. J'y vois clair, allez ! Vautours véritables, les gadjé ne vont pas tarder à se jeter sur le basané.

Soudain, ça rallège de partout, les *klisté*. Une lumière éblouissante jaillit d'un mousquet.

Je vois blanc. Ça tape. Un coup de marteau. Une rigole dans le dos. Sûrement du sang.

C'est à peine croyable, un sourire me vient au visage.

Les gendarmes tirent encore une fois. Toujours ce coup de marteau derrière l'épaule. Cette fois, ça m'a déglingué.

Je titube les mains en avant. L'avenir fusionne avec le présent. Il fait sombre, il fait clair. Boxe avec la mort, Cornélius ! Je chasse la brume qui passe devant mes yeux. Une boule humide et chaude coule de mes cheveux. Mais puisque je tiens debout… j'avance encore un peu.

Sur le point d'abandonner la partie, je déconne plein pot… je répète – ça m'aide – « *Tsigane je suis, Tsigane je reste, Tsigane je suis, Tsigane je reste.* » Je garde la voie. Je ne dévie pas. Juste j'entame un nouvel effort pour grimper là-haut.

Je m'enlise. Je m'enfonce. Je titube. Je dérape sur le sable gris.

Ils ne vont pas tarder à me rattraper. Ils vont bouffer du gitan. Je vais bientôt manger la terre.

Qu'adviendra-t-il par la suite ? Qui s'en souciera ? Sur la route après nous qui viendra ? Ça n'est pas le sujet ! On s'en bat ! On s'en tape ! Après nous, les hommes seront tous gras et sédentaires.

Mon sang se déverse sur ma peau et sourd dans ma bouche. Dans mes yeux, il me semble. Et dans mes bras qui sont si lourds. La mort me suce comme une couleuvre. La lumière, comme j'ai dit, m'environne. Elle m'emplit. Elle me blanchit. Elle est radieuse.

La *klistarja*[1] rapplique au grand complet. Les *gardés*[2], les *dzukels*[3] – tous lancés. Les voilà qui arrivent dans mon dos dans un grand bruit de mousquetons et d'aboiements sauvages.

Une minute ! Je traîne la patte ! Je suis vraiment très fatigué.

La pluie redouble. Comme je m'y attendais, à l'horizon se dessine un formidable arc-en-ciel. Il a suffi que j'y pense très fort pour qu'il apparaisse dans sa splendeur colorée.

Votre maison est située juste au pied de l'arc-en-ciel.

Je patauge, le regard vide. Le froid grouille autour de mes pieds et vous ne le savez pas.

Je dépose mon trésor sur le rebord de votre fenêtre. Sept carnets de moleskine. Je frappe aux carreaux pour vous alerter.

Lorsque je me retourne, un grand *schmitt* cagoulé de noir vient de surgir. Il s'encadre dans la porte du jardin. Il pousse un cri rauque.

Il épaule son arme automatique. Et tire à plusieurs reprises.

1. Gendarmerie.
2.Flics.
3. Chiens.

Bûchée fantastique !... Je tressaute, picoré d'oiseaux de feu. Je brûle... Je suis flamme aussitôt... Je saccade, je trémousse sous les balles... *Niglo dance, mister ! Niglo dance !...* La faridon du hérisson !

Une lumière éblouissante jaillit au fond de moi. Fulgurante et vive, elle aveugle tout ce qui a été et tout ce qui pourra être... Je mèche, je flambe et je pavane... je volte et je farandole... Adieu le jour, adieu la beauté des choses, adieu la vie !... Je m'élève... je m'envole... tout en bleu pour le ciel... Sous mes paupières se peignent des couleurs chatoyantes. Mon cœur s'arrête dans ma bouche. Tout cède autour. Un grand poids me recouvre. La mort me coupe la parole.

Je fais deux trois pas et je vois blanc.

Tout blanc.

Derrière ÇA, qui est immaculé et que j'effleure à peine – un rideau de je ne sais quelle matière transparente –, il y a *tchiben*, comme nous disons en manouche.

RIEN !

Et c'est peut-être encourageant...

Quand vous lirez ces lignes, monsieur, je serai mort à vingt-quatre ans.

Épilogue

Ainsi s'achèvent les derniers mots écrits de la main de Cornélius Runkele. Il a été pour ainsi dire assassiné par la police. Je le sais, je peux en témoigner. Les événements se sont déroulés sous mes yeux. À la porte de mon jardin. Exactement comme il l'avait imaginé.

Je ne sais plus qui a dit que c'est parfois plus une liberté de mourir qu'une liberté de vivre. À quoi je réponds que rien n'est moins sûr. Ce que je sais (qu'on me pardonne la verdeur de ma formulation !), c'est qu'il est mort, le niglo, à tourne-cul du bataclan de la société moderne et que son attachement à la liberté sauvage allait de pair avec son acharnement à fouiller la vérité des livres. De Cervantès à Charles Dickens, de Victor Hugo à la Commune de Paris, il était du genre à croire qu'on peut trouver du corail au fond du bassin des Tuileries ! Cornélius était né pour s'ouvrir au large monde. Il était remonté pour l'aventure des chemins. Pour les roues du voyage. Pour l'absence, pour la feuille à l'envers et pour descendre l'Orénoque. Dommage qu'il n'ait pas pu s'asseoir au grand festin de la vie.

Vous vous en doutez, je suis le propriétaire de la maison sur la dune. Je m'appelle Léon Corvisart et j'ai hérité ce bien de mon père qui était instituteur et m'a transmis son goût pour les études et la justice. J'ai entamé voici bientôt quarante ans une vie grise sous un ciel bas et ma personne n'a rien d'attrayant ou d'exceptionnel. Jeune marié, j'ai perdu mon épouse après six mois de disputes incessantes et je crois bien qu'elle est partie vivre ses déraisons au soleil. Mais mon histoire est de peu d'intérêt pour vous et vite je retourne dans le jardin piétiné de Cornélius Runkele.

Conformément aux vœux du défunt et respectueux de ses dernières volontés, j'ai fait parvenir les sept carnets de moleskine qu'il m'a confiés à un ami, Guillaume Allary, un jeune éditeur, qui tient son enseigne 5-7 Rue d'Hauteville, Paris, dixième. C'est grâce à ce dernier, à son regard généreux, que nous devons de voir imprimé le roman que vous venez de lire. À plusieurs reprises, Guillaume a manifesté sa tentation d'appeler ce livre «Voyage au pied d'un arc-en-ciel» mais je l'en ai dissuadé, et il a bien voulu conserver le titre initié par le jeune Rom.

Qu'il en soit remercié.

Table

Deuxième carnet de moleskine

Troisième carnet de moleskine

QUATRIÈME CARNET DE MOLESKINE

CINQUIÈME CARNET DE MOLESKINE

Sixième carnet de moleskine

Le papier de cet ouvrage est composé de fibres naturelles, renouvelables, recyclables et fabriquées à partir de bois provenant de forêts plantées et culivées de manière durable.

Cet ouvrage a été achevé d'imprimer en juin 2014
dans les ateliers de Normandie Roto Impression s.a.s.
61250 Lonrai
N° d'impression : 1402152
Dépôt légal : juin 2014
ISBN : 9782370730206

Imprimé en France